双葉文庫

デッドエンド

柴田哲孝

目次

第一章　脱獄

1

男はふと、狭い空を見上げた。

高いコンクリートの塀と、巨大な舎房の壁面で直線的に切り取られた歪な形の空だった。

初秋の陽光は目映く、空は抜けるように蒼かった。だが男には、自分の着ている受刑者服と同じ灰色の空にしか見えなかった。

「おい、笠原！　早くボールを拾って戻ってこい！」

塀に囲まれた運動場に、刑務官の声が響く。

「はい！　ただいま戻ります！」

刑務官に〝笠原〟と呼ばれた男は、白いズック靴の足元にころがるバレーボールを拾い上げた。それをアスファルトの上で一度バウンドさせ、打ち返す。そして青空に上がったボールを追うように、ネットを張ったコートへと駆け戻った。

男――笠原武大――は、走りながら周囲の塀を見渡した。あの塀のこちら側の世界に来てから、もう一年以上になる。塀の向こうには自分が昔、住んでいた〝娑婆〟と呼ばれる世界がある。

だが、そこがどんな世界だったのか。何があったのか。どのような色彩が溢れ、どのような音が聞こえ、どのような香りが漂っていたのか。すべての記憶が、あやふやになりはじめていた。

脳裏に奇妙なほどに現実的に刻み込まれているのは、もう何年も前に食べた料理の味と、妻の肌の感触。そして一人の幼い少女の輝く瞳と、笑い声だけだった。それ以外のものは、自分の本当の顔さえも忘れかけていた。

男はコートに戻り、バレーボールを打った。飛んできたボールを受け、仲間が上げたトスをネットの上から打ち返す。そのボールがアスファルトに弾むと、仲間たちの歓声が上がった。

男が、白い歯を見せて笑った。

だがその笑顔は本物ではなく、心の欺瞞(ぎまん)が作り上げた虚飾であることがわかっていた。自然な笑い方など、すでに忘れてしまった。人生にはもう二度と、心の底から笑うことなどないのかもしれない。

四五分の運動時間の終了三分前になって、刑務官がホイッスルを鳴らした。

「運動、止め。当番、片付け開始。その他、集合！」

掛け声と共に、運動場にいた受刑者が全員、動きだす。笠原はボールを籠に入れ、ネットを緩める。それをもう一人の当番の受刑者と共に巻き上げ、肩に担ぐ。バレーボールのネットの片付けは、半年前から笠原の役目と決まっていた。

ここでは何事も、率先して動くことだ。人が嫌がることは、自分から買って出る。けっして目立つことなく、面倒は起こさない。それが一日でも早く娑婆に出るための、最良の方法だ。

ネットを用具室に仕舞い、運動場に走って戻った。他の受刑者たちは、すでに各班ごとに整列していた。笠原も、自分の定位置に入って立つ。全員が揃ったところで、刑務官が命令する。

「点検用意、番号！」

同時に受刑者たちが、番号を発する。

――一、二、三、四、五、六、七、八、九……――。

人数が確認できたところで、一列縦隊。刑務官の命令を受け、各自が掛け声と共に行進し、舎房へと戻っていく。

――イチ、ニッ……イチ、ニッ……イチ、ニッ――。

受刑者たちの声が、塀の中の乾いた空気に響く。

刑務所の中では、どこに移動するにも人頭点検と団体行動が基本だ。運動場から舎房、舎房から工場、工場から舎房。いちいち整列させられ、一列縦隊で行進させられる。もし従わなかったり、だらけて歩いていれば、それだけで地獄の懲罰が待っている。

刑務所の目的は、とにかく受刑者をルールに従わせ、反省させることだ。毎日、無駄だと思えるようなことを延々と繰り返し、型にはめていく。徹底的に自由を奪い、従順に調教していく。

だが、それはあくまでも刑務官側の立前にすぎない。ここに入れられた奴らは、そのくらいのことでは反省しない。まして、調教されて従順になどなるわけがない。真面目な顔で団体行動に従いながら、心の中ではいつも舌を出している。

笠原は腕を大きく振り、足を上げ、掛け声を発する。行進しながら、横目で塀を見上げる。反対側の、監視カメラを見る。

千葉刑務所の塀は、高さ三・五メートル。厚さ三〇センチ。内側の上から約一メートルの所に防犯センサーがあり、数十台のカメラが二四時間監視している。そのくらいのことは、ここに一年以上いる受刑者ならば誰でも知っている。

笠原の刑は、妻を殺害した殺人罪で無期懲役が確定していた。もし真面目に務め、仮釈放が認められたとしても最低一五年はここを出ることができない。

だが笠原は、おとなしく刑期を務めるつもりはなかった。

自分の力で、一日も早くここを出てやる……。

2

刑務所の朝は早い。

午前六時三〇分、全館にベルが鳴り響き、起床。二〇分間で居室の保清（清掃）と洗面、排便をすませ、朝の人頭点検。集団行動で食堂に移動し、七時から朝食。三〇分で食事を終え、帰房。その一〇分後には人頭点検の後に出房して工場に向かい、検身を受け、始業。一一時五〇分の休憩時間まで刑務作業に従事する。

千葉刑務所では病人や懲罰中の者以外、工場での労働や所内の衛生管理など何らかの刑務作業に従事している。刑務作業などで得た作業報奨金で、日用品などの購入費をまかなう。だが、こうした作業報奨金は年額で数万円。月額では五〇〇〇円にも満たない。

笠原は入所当時から、千葉刑務所の名物のひとつである漆工芸品を製作する工場に就業していた。これは笠原自身が希望したもので、入所後の分類調査の期間中に適性検査に合格し、運良く配属された。

刑務作業の職種は、出所後に自立するための職業訓練という意味もあり、桐箪笥などの家具製作や御輿作りなどの伝統工芸に関するものが多い。そしてこれが、何も趣味を持つことを許されない刑務所内での楽しみのひとつになる。もし服役でもしなければ、笠原も漆塗りなどやろうとは思わなかっただろう。

漆刷毛（はけ）は、人間の女の髪の毛でできている。その先端を三角に切り揃え、漆器の肌に疾（はし）らせる。その静かな時間に、様々な妄想が浮かんでは消える。

よく想うのは、死んだ妻のことだ。彼女の黒髪も、上質の漆刷毛になるほど長く、美しかった。そしてこの深紅の漆の色を見ていると、あの日、自分の手にべったりと付着した彼女の血の色を思い出す。

休憩は昼食時間を含めて、四〇分。週に三回の運動日には、これが二〇分間延長される。休みが終わった後は必ず人頭点検を行い、午後の刑務作業が始まる。

一六時二五分、終業。素裸にされて検身を受け、工場内の点検と保清の後に人頭点検。集団行動で行進しながら居房へと戻る。

笠原はそのあらゆる規則に、素直に従った。だが、性格が従順なわけではない。すべては、〝目的〟のためだ。

一六時五〇分より、夕食。一七時四〇分より居房清掃。その後、週に二回、一人一五分の入浴。自由時間の後、二一時に消灯され、就寝する。

通常、日本の刑務所には、受刑者の性格や事情によって三種類の収監形態がある。懲罰中の者や性格異常者、収監中に命を狙われる可能性が高い者は昼夜共に独居房で過す。逆に長年収監されて出所間近の模範囚は、日中は刑務作業に出掛けて夜間のみ独居という特別扱いの者もいる。それ以外のほとんどの者は、昼も夜も雑居房の集団生活を強いられることになる。

雑居房の一般受刑者にとって、一日のうちで唯一くつろげるのが夜の自由時間だ。映画の上映会が行われることもあるし、居房でテレビを見る者もいる。将棋や、刑務官の目を盗んでサイコロ博打に興ずる奴らもいる。どこから手に入れたのか、手作りの煙草を吸う者もいる。自分は何をやって入ってきたとか、誰々は何人殺しているとか、そんな噂話に声を潜めたりもする。

笠原は毎日、ほとんどこの時間を本を読んで過した。中身は推理小説でも哲学書でも、何でもよかった。どうせ上の空で、本の内容などあまり頭に入ってはいない。

部屋の隅に積まれた蒲団(ふとん)に寄り掛かり、本を読む振りをしながら、まったく別のことを考えている。

ここを、いつ、どうやって出るか……。

笠原がここに収監された半年後の二〇一二年一月一一日、広島刑務所から一人の中国人受刑者が脱獄した。受刑者は李国林(りこくりん)という四〇歳の窃盗・殺人未遂犯で、過去にも護送車を奪って逃亡するなど二回の脱走事件を起こしていた。今回が、三度目だった。

この事件を笠原は、たまたま自由時間中に見ていたテレビのニュース番組で知った。その数日後には、所内の服役者の間にテレビではいわなかったような詳しい情報まで知れわたっていた。

情報によると犯人は警察庁により特別手配され、二日後の一月一三日夕刻に市内で身柄を確保された。問題はこの受刑者が運動時間にグラウンドに出ていたことと、逃走してから数十分後の人頭検査まで刑務官が気付かなかったこと。そして四〇歳のごく普通のこの男が、刑務所の高さ二・八メートルという塀を易々と乗り越えて逃げたという絶対的な事実だった。

笠原は、考える。

日本人の受刑者は、脱獄を最初から諦めている。もし逃げたとしても、すぐに捕まると決めつけている。

だが、外国人受刑者は違う。日本の刑務所の刑務官は、銃を携帯していないことを知っている。殺される心配がないのなら、逃げない奴は馬鹿だと考える。もし捕まれば、その時はその時だ。

実際に日本の刑務所からの、外国人受刑者の脱獄は跡を絶たない。三回脱獄を試みた、李国林という中国人受刑者の例だけではない。舎房の四階の屋上から塀の外に飛び降りた元北朝鮮兵士や、工場から持ち出したノミを刑務官の喉元に突き付けて逃げた奴もいると聞いている。

笠原は、頭の中に想い描く。

千葉刑務所の塀の高さは、三・五メートル……。

中国人受刑者が簡単に乗り越えたという広島刑務所の塀よりも、七〇センチ高い。その塀を乗り越えるのが可能なのかどうか。舎房の四階の屋上から飛び降りるのとどちらが簡単なのかどうかはやってみなくてはわからない。

だが、笠原は、自分の身体能力には自信があった。中学から高校時代は常に陸上部に在籍し、短距離選手としてインターハイにも出た経験がある。大学時代から社会人になっても、趣味でフリークライミングをやっていた。身長は一七六センチ。年齢は四〇を過ぎたが、この一年以上は収監されていたために体に無駄な肉は付いていない。

笠原は、頭の中に自分があの高い塀を乗り越える光景を想い浮かべる。

不可能ではない。やり方によっては、可能だ。そのために運動の種目にバレーボールを選び、人の嫌がる用具片付けの当番も買って出たのだ。

問題はいつ出るか。出た後でどう行動するか。すべてを計画的に実行する必要がある。もし闇雲に決行し、塀の外に出られたとしても、広島刑務所から脱獄した中国人のようにすぐに捕まるのでは意味はない。

消灯一〇分前のベルが舎房内に鳴った。それまで畳の上でくつろいでいた同室の全員が飛び起き、蒲団を敷きはじめる。

笠原も本を閉じ、自分の蒲団を敷いた。洗面所に立って歯を磨く。他の同室の六人の受刑者と共に、横になる。

「消灯──。就寝──」

刑務官の声が聞こえた直後に、居室の明かりが消えた。

闇の中で目を見開いたまま、思う。今日もこうして、一日が過ぎていった。だが、ここには、時間だけはいくらでもある。

他の受刑者の寝息を耳元に聞きながら、静かに目を閉じた。

3

千葉県千葉市若葉区にある『千葉刑務所』(旧千葉監獄)は、東京矯正管区にあるＬＡ級刑務所である。

収容定員は一一五〇名。一九〇七年に竣工した名物の煉瓦造りの正門と本館は、現在も残っている。収容分類級の〝LA〟とは、刑期八年以上の重罪初犯者を意味する。

ここにいる受刑者はほとんどが殺人という罪を犯しているか、教唆、もしくはその共犯者たちだ。たとえ人を殺してはいなくても、それに類する重大な罪——強盗致傷など——を犯している。そうでなければ、いまの日本で初犯で八年以上という量刑は有り得ない。

この刑務所には、まともな奴はほとんどいない。風呂に入れば二人に一人は体に墨を入れているし、自慢話であれ自分の生い立ちであれすべて嘘で塗り固められている。犯した罪を悔いることなく、捕まった不運だけを嘆く。

笠原は入所当時からそれを見極め、所内ではあえて仲間を作らないように努めていた。常に寡黙に振舞い、同室や班の者とも必要以外のことは話さなかった。後でわかったことだが、それが刑務所の中では最も平穏に過す最良の方法でもあった。

その笠原が唯一、個人的に話をしていた受刑者がいた。佐藤喜四郎という同室の老人で、ここの受刑者の中でも古参の一人だった。やはり一五年前に妻を殺し、無期刑で収監されていた。だが性格は穏やかで、教養もあり、受刑者の中ではごく少ないまともな人間の一人だった。

笠原が佐藤とだけは話をする理由は、他にもあった。佐藤は年齢が七〇近かったために、すでに工場の刑務作業は引退していた。かわりに所内の掃除などの、軽い雑役を受け持っている。刑務官にも信頼され、本館処遇部の中央総合監視室にも出入りしていた。

さらに佐藤は、娑婆にいた当時は千葉県の習志野市に住んでいた。バブルの後に勤めていた会社が倒産し、千葉市内でタクシーの運転手をやっていたこともある。千葉刑務所にも何度か客を乗せてきたこともあるし、この辺りの地理もよく知っていた。

笠原は千葉刑務所のことを、何も知らなかった。この辺りにはほとんど来たこともなかったし、土地鑑もない。周囲に何があるのかも知らなかった。

その笠原にとって、佐藤は重要な情報源だった。夜の自由時間にそれとなく話し掛けては、いろいろなことを訊き出した。

「この刑務所のある辺りは、昔は谷地（沼地）だったのさ。いまも貝塚っていう地名が残っているくらいで、大きな水辺があったんだろうな。最近は佐倉街道を中心に町が開けてきたが、いまも北東の方に、谷地がずっと続いているよ……」

刑務所の正門は南側、運動場は南西の側にある。北東は、その裏側になる。

「その沼地……谷地というのは、どのくらい広いんですか」

「そうだな。かなり広いね。北東に向かって行くと上に京葉道路の貝塚インターがあって、その先の原町の方までずっと続いてるんだ。あそこに逃げ込んじまえば、犬も追ってこれねえ……」

佐藤は、笠原が何を考えているのかわかっているように、そんなことをいう。そして、付け加える。

「ここに入った者は、誰でも一度は考えるもんさ。だけど、やめておいた方がいい。夢は夢で、頭の中で楽しんでた方が利口さ……」

常に殺伐として希望の欠片(かけら)もない刑務所の中にあって、笠原は佐藤と話している時だけは温(ぬく)もりのようなものを感じていた。

もう一人、笠原が時折話す受刑者がいた。清田光雄(きよたみつお)という、まだ若い男だった。

笠原が清田と知り合ったのは、刑務作業の漆工場だった。この春に入ってきたばかりの〝サラ〟(新人)で、たまたま笠原が工場内の決まりなどを教える役に付いた。噂では敵対する組織の幹部を刺殺し、一〇年の刑を喰って入ってきたらしい。

刑務所内ではこのような男が、最もハクが付く。同じ殺しにしても相手は女ではなく男で、しかもヤクザというプロだ。〝チャカ〟(銃)ではなく、〝ヤッパ〟(刃物)を使ったという点も畏怖の対象になる。

実際に清田は体も大きくどこか陰湿で、何を考えているのかわからないような男だった。無口どころかほとんど人と話さず、刑務官に注意されても返事をせずに睨み付ける。入所二週間の訓練中に刑務官を相手に暴れて懲罰を受け、革手錠で拘束されて一〇日間の軽屏禁(けいへいきん)(独房拘禁)を喰ったが、平然としていたらしい。

笠原が清田に興味を持ったのは、こうした何をしでかすかわからない狂気の部分だった。この男ならば、自分が必要と感じれば、またいつでも平然と人を殺すだろう。それが当然だと考えている。

刑務作業中は基本的に私語は禁止だが、笠原は刑務官の目を盗んで時折清田に話し掛けた。

「お前、誰かに〝タマ〟（命）を狙われてるらしいぞ」

「はい……」

清田は、笠原にだけはまともに答える。

「怖くないのか」

「いえ……」

「相手が誰だか、調べておいてやる」

「すみません……」

話すとはいっても、清田の言葉はいつも「はい」、「いいえ」、「すみません」の三つだけだ。しかも表情は心というものを持っていないかのように、まったく変化しない。ヤクザ同士の抗争で相手を殺した者は刑務所内でも命を狙われるのが常だが、特にそれを恐れる様子もなかった。

もう一人、笠原は、目を付けている男がいた。舎房も異なり、刑務作業の工場も違ったが、よく運動の時間にバレーボールの練習で一緒になる〝辰巳（たつみ）〟という男だった。いわばこの刑務所の有名人の一人で、どこかの大きな組織の幹部だという触れ込みだった。

全身に浪裏白跳張順（ろうりはくちょうちょうじゅん）――水滸伝豪傑一〇八人の一人――の和彫りを入れ、常にそれを自慢していた。体は清田よりもひと回り大きく、この刑務所内では最も腕っ節が強いという噂もあった。

笠原が辰巳に目を付けたのは、今回の計画には理想的な男だったからだ。ある日、運動の時間にバレーボールのコートで顔を合わせた時に、笠原は辰巳の耳元でこう囁いた。

「あんた、狙われてるぜ。気を付けた方がいい」

辰巳は一瞬、怪訝そうな顔をした。

「おれを？　狙うって、いったい誰がだい」

「若い〝サラっ子〟の跳ねっ返りらしい。今度ここで会うまでに、名前を調べておく」

「おもしれえ。いつでも相手になってやるっていっておけ」

辰巳が、不敵な笑いを浮かべた。

その場はひとまず、それで終わった。だが、これでいい。少なくともこれで計画の一段階目は、すべて整ったことになる。

あとは、いつ実行するかだ。


一〇月に入ったある日、夜の自由時間に佐藤が近寄ってきた。

老人はテレビを見ている居房の他の服役囚たちの後ろを素通りし、本を読んでいる笠原の隣に座った。そして独り言のように、呟きはじめた。

「……今日……掃除で〝総監〟に入ってよ……。黒板に書いてあったんだけどな。今度の〝大会〟の日に間に合わせるように、前日までに〝防線〟の点検をやるらしいな……。それといま、〝西B〟の角のカメラも壊れてるんで、同じ日に修理するんじゃねえのかな……」

笠原は本を読む振りをしながら、黙って老人の独り言に耳を傾けていた。ただ、かすかに頷く。佐藤はそれだけで満足したように、ゆっくりと立ち上がってテレビの前に歩き去った。

老人の言葉を、頭の中で反芻する。〝総監〟とは、中央総合監視室のことだ。ここに外塀を一周する〝防線〟――防犯線――と刑務所内すべての監視カメラの情報が集められ、二四時間体制で受刑者の行動を監視している。

その〝防線〟の点検を〝大会〟――秋の運動大会――の前日までにすませる。つまり、その間の何日かは、防犯線の電源が切られている可能性がある。修理するまでは塀の西側の一部に、中央総合監視室のモニターに映らない死角があるということだ。しかも現在、〝西B〟――西B号棟舎房――の角に設置された監視カメラも壊れている。

今年の秋の運動大会は、一〇月二一日の日曜日だ。あと、二週間と少し。この日には西側の運動場の全面を使い、各班ごとにソフトボールとバレーボールの試合が行われる。試合に出る者だけではなく、受刑者のほとんどが応援のために運動場に集まる。

本来ならば、監視が最も手薄になる運動大会の当日が狙い目だ。だが、当日はすでに、監視システムの点検と修理はすべて終わってしまっている。やるならば、その直前の方がいい。

広島刑務所から脱獄した中国人受刑者は、その後、二日間も逃げていた。理由は、やはり防犯線の電源が入っていない時間を狙って塀を越えたからだった。刑務官は、次の人頭検査までの数十分間、受刑者が一人足りなくなっていることに気付かなかった。その数十分間が、どれだけ距離を稼げるかどうか。どこかに身を隠せるかどうかの運命の分岐点になる。

笠原は本を広げたまま、視線だけを動かして壁のカレンダーを見た。今日は、一〇月五日。一九日の金曜日が、運動大会前の最後の運動日になる。大会の二日前、ちょうど二週間後だ。もし決行するとすれば、その日しかない。

笠原は視線を本のページに戻し、何事もなかったかのように読みはじめた。

週が明けて最初の刑務作業の日、笠原は清田に漆刷毛の先端の整え方を教えるような振りをしながら小声で話し掛けた。

「来週の一九日の金曜日だ。昼の運動時間に、お前を〝殺(や)る〟といっている」

「はい……」

清田はいつものように、小声で返事をするだけだ。

「相手は、南A号舎房の〝辰巳〟という奴だ。手首まで墨を入れている、大きな男だ。知ってるか」

「はい……」

「金曜日は腹が痛いとかいって、運動場には出ない方がいい」

だが、その言葉には、清田は何も返事をしなかった。

翌週水曜日の運動時間に、笠原は今度は辰巳を摑まえて話し掛けた。

「あんたを狙っている奴の名前が、やっとわかったよ。西A号舎房に今年の春に入ってきた、清田光雄という背の高い若い奴だ」

「ああ……あの野郎か。眉の濃いガキだろう。どこかの組員を殺ったとかほざいてる……」

「そうだ。明後日の金曜日の運動時間に、あんたを叩きのめすといっている」

「けっ。おもしれえ。相手してやるから掛かってこいといっておきな」

辰巳は顔を歪めて笑った。

これで、〝仕込み〟は終わった。あとは清田が、出てくるかどうかだ。だが、笠原には確信があった。あの男は、絶対に逃げない。相手に背中を見せるくらいなら、黙って殺す。

そういうタイプの人間だ。

4

一〇月一九日、当日――。

笠原はいつものように朝六時半に起床し、米七麦三の朝飯を黙々と食い、刑務作業に出房した。数日前から風邪気味で少し熱があったが、たいした問題ではなかった。

午前中は、作業に集中した。漆器の表面に疾る刷毛目にも、心の乱れは表れていない。時折、清田の様子を盗み見るが、特にいつもと変わったところはなかった。

一一時五〇分に休憩、そして昼食。約二〇分で食べ終えて、運動場に出る。やはり清田は、この日の運動を休まなかった。一方、反対側の工場から一列縦隊で出てきた班の中に、辰巳の姿も見えた。

奴らは、やる気だ……。

笠原はいつものように、何人かの当番と共に運動用具倉庫へと向かう。刑務官も一人、付いてきた。

急ぎ足で歩きながら、もう一度、状況を確認する。佐藤のいっていた〝西Bの角のカメラ〟は、運動場の西側の塀の三分の一ほどをレンズに収めている。そこが〝死角〟だ。だが本当にカメラが故障しているのかどうかは、確かめようがない。

問題はそのカメラの死角と、用具倉庫の位置関係だ。用具倉庫は塀から西B号棟舎房の壁伝いに、東に向かった反対側にある。その距離、約一〇〇メートル。それだけの距離を、重い〝用具〟を担ぎ、どのように移動するかだ。

笠原は、グラウンドに出てきた清田と辰巳の二人の姿を見た。辰巳はバレーボールのコートの辺りに、清田はソフトボールのネットの前に整列している。まだ、二人に何も動きはない。

奇妙なほど、冷静だった。五感が研ぎ澄まされ、すべてのものが見え、あらゆる音が聞こえていた。歪な形の狭い空はどんよりと曇っていたが、ここ数日やっと冷たくなりはじめた風が肌に心地好かった。

刑務官が、倉庫の南京錠を外す。鉄のドアが開くと、当番が次々と倉庫の中に入っていく。笠原もその後に続いた。

その時、運動場の反対側で動きがあった。ソフトボールのグラウンドに並ぶ列の中から一人が外れ、バレーボールのコートの方に向かっていく。遠目にも、清田だとわかった。

辰巳もそれに、気付いていたらしい。バレーボールのコートを離れ、清田の方に進み出ていく。異変に気付いた刑務官が、ホイッスルを吹いた。それを合図に、二人が運動場の中央を目差して走り出した。

二人が、ぶつかる。ホイッスルが鳴った。刑務官が、二人に向かう。一瞬にして受刑者の間に歓声が湧き上がり、人の群れが二人を取り囲んだ。

倉庫にいた刑務官も、腰の警棒を抜きながら走った。他の当番たちが、その後を追っていく。笠原だけが、開け放たれた倉庫の前に取り残された。

一人で倉庫の中に入る。棚の上を、探した。そこからまだワイヤーを通していない、予備のバレーボールのネットを降ろす。用具の当番になり、半年も前から目を付けていたものだ。

笠原は畳んだネットを肩に担ぎ、ボールに空気を入れるポンプをひとつ持って外に出た。西の塀に向かって歩きながら、ネットの片側にポンプの管を結び付ける。

運動場の騒ぎは、まだ続いていた。歓声。嗾(けしか)ける叫び。ホイッスルが鳴る。誰も笠原を見ていない。

笠原は、歩きながら、自分に「落ち着け……」といい聞かせる。バレーボールのネットの長さは、約九メートル。高さ三・五メートルの塀を乗り越えるための縄梯子には、十分な長さだ。

気が付くと、騒ぎが大きくなっていた。長期の服役囚たちは、日頃の鬱憤が溜まっている。

ちょっとしたことで、そのエネルギーが爆発する。清田と辰巳の喧嘩に触発され、周囲のいたる所で小競り合いが始まっていた。こうなれば、数人の刑務官で簡単には止められない。

チャンスだ——。

笠原は、塀までの残り三〇メートルを一気に走った。もう、振り返らなかった。走りながらポンプを握り、巻いたネットを後ろに解いて伸ばす。

塀の前で止まり、見上げた。狙うのは塀の上ではない。その一メートル下にある、防犯線のワイヤーだ。笠原はネットの先端から三メートル程のところを掴み、ポンプを振り回した。塀に向かって、投げ上げた。空気ポンプは宙に弧を描き、飛んだ。一発で、防犯線に掛かった。

だが、サイレンは鳴らない。電源は切れている。笠原は吊り下がったネットに飛びつき、塀を蹴って登った。

防犯線のワイヤーを掴み、その上に立つ。さらに塀の上に手を掛け、両腕に力を込めて体を頂点に押し上げた。

一度、振り返った。騒ぎはまだ続いていた。誰も、笠原に気付いていない。

塀の外を見た。眼下に、夢にまで見た娑婆の風景が広がっていた。

高さは三・五メートル。だが笠原は、一瞬たりとも躊躇（ちゅうちょ）しなかった。

自由に向かって、鳥のように飛んだ。

刑務所の外の裏通りに、人影はなかった。笠原は足を引き摺りながら、塀の北側へと向かった。飛び降りる時に、足を傷めたらしい。だが、痛みはあまり感じなかった。

老服役囚の佐藤は、刑務所の北東に広大な谷地が続いているといっていた。笠原は、その谷地を目指した。だが、刑務所の裏手に回って最初に目に入ったのは、古い公団住宅のような何棟かの建物だった。

笠原は道を渡り、敷地の中へ入った。植え込みに身を潜め、辺りの様子を探る。金曜日の昼下がりということもあり、ここにも人影はない。

一階のテラスに、洗濯物が干してあった。女物の下着やパジャマに、子供服。男の大人用の服もある。

笠原は植え込みから出てテラスに走り、自分に合いそうな服を手当り次第に物干竿から抜き取った。それを小脇に抱えて植え込みの裏に持ち込み、周囲に注意を払いながら着換えた。

植え込みから植え込みへと身を隠しながら、移動する。笠原は、この共同住宅が千葉刑務所の官舎であることを知らなかった。途中でレッドソックスのベースボールキャップが干してあるのを見つけ、それも盗み、五分刈の頭を隠した。

共同住宅の敷地を抜けると、裏の細い道に出た。道に沿ってコンクリートの水路が流れている。その向こうに葦(あし)や雑草が繁茂する広大な谷地が広がっていた。

佐藤がいっていたのは、ここだ……。

笠原は自転車が通るのをやり過ごし、水路に近付いた。幅は約二メートル、深さは自分の背丈ほどだ。底に、浅く生活排水が流れていた。

靴を脱ぎ、いま盗んだばかりのジーンズの裾を捲り上げ、水の中に飛び降りた。汚泥と水苔のぬめるような感触が、足の裏に伝わる。そのまま笠原は水路の高い壁面に身を隠しながら、下流へと移動した。これで犬に追われたとしても、水で臭いを消せる。

笠原は勘で二〇〇メートルほど進んだ所で、水路の反対側に上がった。ちょうど何軒かの住宅の裏で、誰にも見られていない。そのまま金網を乗り越え、谷地の側に降りた。

息が切れていた。だが、休むわけにはいかなかった。

笠原は手にズック靴を持ち、裸足のまま谷地に入った。下生えの下は干上がっていたが、足が脛のあたりまで泥の中に沈み込む。その足を泥から抜き、一歩踏み出す。また足を抜き、一歩踏み出す。そうやって、谷地の真中に向かっていく。

やがて、背丈よりも高い葦の中に入った。ここまで来れば、もう周囲から笠原の姿は見えない。

前方に谷地の浮島のような、こんもりとした森があった。まだ、かなり距離があった。その先にもさらに、谷地が続いている。ともかく森までは、休まずに進み続けるつもりだった。

すでに刑務所を出てから、三〇分近くが経過しているはずだ。だが、サイレンは聞こえない。刑務官は、笠原がいなくなったことにまだ気付いていないのか――。

やっと谷地を抜け、森に着いた。すでに、体力の限界だった。笠原は靴を履き、森の中に分け入った。もう、刑務所からかなり距離を稼いでいる。どこか落ち着ける場所を探したかった。

だが、この時、刑務所の方からサイレンの音が聞こえた。

奴らが、追ってくる……。

笠原は、森の中を進んだ。間もなく、木立に囲まれた暗い道に出た。鶏小屋のある、農家が一軒。その先の石段を登っていくと、大きな銀杏(いちょう)の木が立つ無人の古い神社があった。

だが、隠れる場所はない。こんな所に隠れても、すぐに見付かる。

笠原は、息を切らしながら走り続けた。刑務所のサイレンは、遠くで鳴り続けていた。この森を包囲されれば、時間の問題だ。いつかは捕まる……。

やがて森を抜け、また反対側の谷地に出た。森と谷地の間に、人がやっと通れるほどの細い農道があった。笠原は、その農道を足を引き摺りながら走った。刑務所の塀から飛び降りた時に傷めた左足が、思うように動かなくなっていた。

しばらくすると、風景の開けた場所に出た。ここも以前は、谷地だったはずだ。それが何かの理由で埋め立てられているらしい。前方に、佐藤がいっていたように、京葉道路の高架が見えた。

笠原は、高架に向かって走った。周囲には、それ以外に建造物はない。畑と、森があるだけだ。間もなく、高架の下を潜(くぐ)る広いコンクリートの道のような場所に出た。

だが、道ではない。車が走れるような作りにはなっていないし、人が歩いた形跡もなかった。

考えている暇は、なかった。笠原は、走った。そのうちに、自分がどこを走っているのかがわかってきた。

これは、川だ。先程、歩いたような、水路だ。その上にコンクリートの板を並べ、塞いだのだ。

立ち止まり、地面に耳を付ける。思ったとおりだ。地下からかすかに、水の流れる音が聞こえてきた。

また走る。間もなく、京葉自動車道の高架の下を潜った。さらに進むと、コンクリートの板が一枚割れて、穴が開いていた。

遠くから、犬の鳴き声が聞こえてきた。それが自分を追う警察犬の声なのか。もしくは他の犬なのか。笠原にはわからなかった。

迷っている場合ではなかった。笠原は足からその穴に入り、深さも何もわからない地下の闇の中に飛び降りた。

水の中に落ち、足を滑らせてころんだ。その時、何かが脇腹に刺さった。

「くそ……」

手探りで、引き抜く。何か、折れた細い鉄パイプのようなものだった。それを水の中に投げ捨て、歩きだした。

地下の排水路には、汚水の臭いが充満していた。水深は、足首ほどまでしかなかった。だが、川底がぬめって歩きにくい。

笠原は脇腹を押え、壁に手を突きながら歩き続けた。天井のコンクリートの板の隙間から、かすかに光が差し込んでいる。暗さに目が慣れてくると、周囲の状況が少しずつ見えてきた。

川底には壊れたテレビや自転車、何かの看板、犬の死体など、いろいろなものが落ちていた。足元には大きなドブネズミが、群れを成して這い回っている。時折、どこかの道路と交差しているのか、頭上から人の声や車の走る音が聞こえることもあった。

笠原は時折、壁に寄り掛かって休み、また歩き続けた。刑務所を出てからどのくらいの時間が経ったのか。どのくらいの距離を歩いたのか。疲れと、傷の痛み、頭が朦朧とするようなガスの臭いで何も感覚がなくなっていた。下流に向かっているのか、上流に向かっているのかもわからなくなってくる。

気が付くと、いつの間にか天井の板の隙間から差し込む光もなくなっていた。日が暮れたのかもしれない。一〇月のこの時期の日没は、午後五時くらいのはずだ。

それでも笠原は、進み続けた。やがて、天井のコンクリートが無くなって外に出た。新鮮な空気を、胸に吸い込む。夜空に、少し欠けはじめた月が青く光っていた。

月を見るのは、いつ以来だろう……。

ふと、そんなことを思った。

水路は、住宅地の中を流れていた。笠原は、壁際に身を隠しながら進んだ。前方に小さな橋があり、道と交差していた。その下を潜ろうとした時に、道の上に何人かの制服を着た人影が見えた。警察官だった。

笠原は咄嗟に橋の陰に駆け込み、壁を登って欄干の下に身を隠した。橋の上から人の話し声と足音が聞こえ、LEDライトの眩しい光が水面を照らした。

息を殺し、待った。やがて光が消え、足音と話し声が遠ざかっていった。

笠原は、それでもしばらく動かなかった。いや、動けなかった。体力も気力も、すでに限界にきていた。

ここは、どこなのだろう……。

もし一定の方向に逃げてきていれば、刑務所から数キロは離れているはずだった。いま見かけた警察官も、たまたま警邏中に川の中を確認しただけだ。もう、非常線は突破しているのかもしれない。

夜になり、風が冷たくなりはじめていた。体も水に濡れたままだ。凍えるように寒く、体が震え、歯が鳴った。悪寒がして、熱が上がりはじめているのがわかった。

一時間ほどしてから、笠原はまた動きだした。怪我をした脇腹を押さえ、水の中を歩く。自分がどこに行こうとしているのか、わからなかった。

水路はまた地下に潜り、しばらくしてまた地上に出た。両側に家やマンションなどが背を向けて建ち並び、高い塀のようにそそり立っていた。空が、狭い。もう狭い空も高い塀も、見たくはなかった。

だが、笠原は、このような場所を探していた。ここならば、人に見られずに水路から上がれる。上がってすぐに、建物の陰に身を隠すことができる。

まだ真新しい、二階建のアパートのような建物があった。二階のいくつかの窓には明かりが見えたが、一階に四つ並ぶ部屋は真暗だった。笠原は周囲を確かめてここで水路から上がり、隣の建物との間からアパートの裏に身を潜めた。

自分の姿を想像した。まるで、ドブネズミだ……。

アパートの裏の窓を、ひとつずつ確認して歩く。すべて、鍵が掛かっていた。仕方ない。笠原は着ている濡れたスウェットパーカーを脱ぎ、それを対岸の家から見えにくい位置の窓ガラスに当て、肘を叩きつけて割った。

鍵を開け、小さな窓から体を滑り込ませる。風呂場の、脱衣所だった。ドアを開けると、ダイニングルームらしき部屋に出た。

明かりのスイッチを入れた。やはり、誰もいない。他に、小さなベッドルームがひとつ。部屋の中は、綺麗に片付いていた。

淡いオレンジ色のベッドカバーに、花柄のカーテン。白い合板の箪笥(たんす)の上には、テディベアの縫(ぬ)い包(ぐる)みが置いてあった。どうやら、一人暮しの女の部屋らしい。

時計を見ると、午後九時を回っていた。脱獄してから、九時間近くも逃げ続けていたことになる。脇腹を押えていた手を見ると、血でべっとりと汚れていた。

冷蔵庫を開け、ミネラルウォーターを飲んだ。ラップが掛かっていた器の中の、肉ジャガを頬張る。だが、それ以上は胃が何も受け付けそうもなかった。

この部屋の住人が帰ってくる前に、逃げなければならない。だが、もう体が動かなかった。

とにかく、休みたかった。ベッドに潜り込みたかったが、なぜかカバーを汚しては悪いような気がした。

笠原は明かりを消し、ベッドと箪笥の隙間で体を丸めた。

目を閉じると、一瞬の内に意識が落ちた。

5

無数の投光器の光軸が、深い闇の中に吸い込まれていく。

光の中に、群生する葦の花穂(かすい)の影が白く浮かび上がっていた。

遠くから犬の鳴き声が聞こえてくるが、先程から位置がほとんど移動していない。

警察庁警備局公安課特別捜査室の田臥健吾(たぶせけんご)警視は、イヤホンから流れる千葉県警の無線連絡に耳を傾けていた。

――こちら高品町……B班……A―6……異状なし――。

――こちら貝塚……D班……水路浄化施設……痕跡なし――。

――こちら貝塚……ガーデンコート前C―4……犬が反応……しかし臭い追えず――。

田臥は、腕の時計を見た。午後八時五〇分になろうとしていた。

笠原武大が千葉刑務所から脱獄してから、すでに八時間以上が経過した。事件の二時間後に、警察庁指定被疑者特別指名手配を行った。さらに二時間後には田臥が捜査指揮の担当者として〝現着(ゲンチャク)〟したが、笠原の足取りはまったく摑めていない。

事件発生当時、千葉刑務所内の受刑者間にちょっとした騒ぎがあった。そのために笠原の脱獄の発覚が数十分遅れたことが、その後の捜査に混乱を来す要因になっていた。だが、その刑務所内の騒ぎも、笠原が計画的に引き起こしたことが判明していた。

「どう思う……」田臥が同じ警察庁警備局の部下、室井智(むろいさとる)に声を掛けた。「奴は、〝網(あみ)〟(非常線)を抜けたと思うか」

現在、千葉県警は南西方向に半径三キロ。北東方向に半径五キロの範囲内で非常線を張っている。

「どうですかね……」

室井が腕を組み、左手を顎に当てて考える。これが、何かを分析する時の室井の癖だ。そして、慎重に話しはじめる。

「八時間経ってますからね。微妙なところだとは思います。しかし私は、まだ〝網〟の中にいるような気がします」

「理由は」

田臥が、訊く。室井がまた少し、考える。

「奴は、この湿地帯を横断しています。ここで、かなりの体力を消耗したはずです。もし車でも奪えば別ですが、そうでもなければそれほど遠くには逃げていないと思いますね……」

通常、人間の歩く速度は時速四キロから五キロ。だがこれは、あくまでも舗装路を直線で歩いた場合の速度だ。脱獄犯のような特殊な逃亡犯の場合には、まったくこれに当てはまらない。

これまでに、笠原が〝籠抜け〟してからの足取りの一部が明らかになっていた。奴は刑務所の西側の塀を乗り越えて脱獄し、直後に北東側に移動。刑務所に隣接する官舎の敷地内に侵入して洗濯物を盗み、着換えた。その後、官舎裏の湿地帯に逃げ込み、約五〇〇メートル先の対岸まで横断。その後、足取りが摑めなくなっている。

だが、湿地帯の横断は体力も時間も消耗する。その後も土地鑑のない場所で迷い、休み、隠れ、時には走ったり戻ったりを繰り返しながら逃げているはずだ。笠原だけでなく、警察に追われるあらゆる逃亡犯に例外はない。だとすれば直線距離に換算し、一時間に一キロも逃げられないだろう。

それにしても、すでに八時間以上だ。笠原がいまも半径五キロ以内の〝網〟の中に潜伏している根拠など、どこにもない。

だが、奇妙だ……。

笠原武大は、殺人犯だ。妻を殺害して無期懲役を受けている。その笠原が〝抜け〟たのだから、警察庁が特別指名手配を取るのは理解できる。過去に日本で特別手配されたのは連合赤軍事件、オウム真理教事件などの被疑者計五二人。二〇一二年一月に起きた広島刑務所脱獄事件の中国人受刑者も、その中に含まれている。

わからないのは、なぜその管轄が警察庁警備局の公安なのか。なぜ担当が特別捜査室の田臥だったのか。その理由だ。

〝公安〟は本来、極左暴力集団、右翼団体に関連する事件を専門に扱っている。特に田臥が所属する〝特捜〟——別名〝サクラ〟——は、通常の検察でも踏み込めない権力機構の捜査を目的とする。今回の一件は、あえていうなら専門外だ。

「今回の〝笠原〟という男……。いったい、何者なんですか……」

室井が、自分自身に問い掛けるように訊いた。

「わからんね。おれが知っているのは奴が元雑誌記者で、自分の女房を切り刻んだ変態野郎だということだけだ」

田臥が公安課長の厚木範政（あつぎのりまさ）から直々に呼び出されたのは、今回の一件で警察庁の特別手配が掛かった午後三時前だった。その直前に警察庁の上層部の間で招集された臨時会議の内容を、田臥は聞かされていない。ただ今回の一件を担当し、ただちに現場に直行。殺人犯の笠原武大という男をすみやかに確保、「保護しろ」と命令されただけだ。

気になるのは、厚木が〝保護〟という言葉を使ったことだ。そのひと言が、妙に気になっていた。通常、殺人犯——しかも脱獄犯でもある——を確保する時に、〝保護〟などとは絶対にいわない。

「ここで、県警の捜査班に指示を出していてくれ。おれはもう一度、ファイルを確認してみる」

「わかりました」

田臥はその場を離れ、路上に駐めてある警察庁のバンに向かった。後部座席を改造した指令室に乗り込み、パソコンの電源を入れた。公安の個人のキーワードを打ち込み、〝笠原武大〟のファイルを開く。

今日、命令を受けて初めてこのファイルにアクセスするまで、田臥は笠原のことをほとんど何も知らなかった。ただ、一般に報道されている知識として、妻を殺害した凶悪犯として認識していたにすぎない。だが、何かがあるはずだ……。

〈——笠原武大——。

一九七一年八月八日生まれ。宮城県仙台市出身。二〇一二年一〇月現在、四一歳。東京大学経済学部卒。経済産業省を経て、二〇〇五年にフリーの雑誌記者に転身した（注1）

——〉

東大の経済学部か……。

しかも経産省の役人だったエリートが、なぜ雑誌記者に転身したのか。田臥はファイル中の（注1）の文字をクリックした。

〈——（注1）——。

※このファイルを開くには、特別なキーワードが必要です——〉

出てきたのは、それだけだ。つまり、警察庁の者でも誰もが見られる情報ではない、ということだ。最初のファイルに戻り、さらに読み進む。

〈――中学から宮城県仙台青葉高校にかけて、一貫して陸上部に所属。一九八八年の第四五回・全国高等学校総合体育大会（兵庫県大会）に一〇〇メートル走、二〇〇メートル走の二種目に宮城県代表として出場。一〇〇メートルで全国六位。東京大学ではフリークライミング同好会に所属――〉

つまり、文武両道というわけか。笠原は、千葉刑務所の高さ三・五メートルの塀を、バレーボールのネットだけを頼りに乗り越えて逃走した。一〇〇メートルを一〇秒台で走る身体能力とフリークライミングという特技があれば、その程度のことは難しくなかったのかもしれない。

さらに、ファイルを読む。

〈――二〇一〇年一二月一六日、妻・尚美（なおみ）（当時三三歳）を自宅（東京都中野区中野五丁目九番×号・コンフォートヴィラ三〇四号）にて刺殺。同日、逮捕。翌一二月一七日、東京地検に送致。翌年六月九日、東京地裁は無期懲役の求刑に対し同無期懲役の判決を下した。同

六月二三日、被告は無罪を主張して東京高裁に控訴。だが東京高裁はこれを棄却し（注2）、刑が確定した——〉

犯行から送検、判決、控訴棄却による結審まで、僅か半年か……。

現在の裁判員制度下では、けっして不可能ではない。だが事件は〝殺人〟であり、判決が〝無期懲役〟になる重大な裁判だった。しかも被告の笠原は無罪を主張しているにもかかわらず、東京高裁は控訴をあっさりと棄却している。

どこか不自然だった。だが、殺人罪に問われている被告が無罪を主張するのは、特に珍しいことではない。結審が早かったのは、犯行が疑う余地もなかったということなのかもしれない。

田臥は資料の（注2）の文字をクリックした。やはり、〈——※このファイルを開くには、特別なキーワードが必要です——〉という文字が出てきた。

ファイルの最後には、二〇一一年一月に東京拘置所に収監されていた当時の身体検査等の記録が添付されていた。

〈——性別・男。

身長・一七六センチ——体重・七三キログラム——血液型・A型——健康状態・良好——〉

だが、ファイルの最後の一行に、田臥の視線が止まった。

〈——ウェクスラー式全検査IQテストによる結果・IQ172——〉

田臥はその数値の意味を考え、溜息をついた。

6

石川県輪島市——。

夜になって、風が吹きはじめた。

能登半島は秋になると、天候が不安定な日が多くなる。特に輪島は高洲山に雲が掛かると〝あいの風〟（北東の風）が吹き、月に笠が掛かれば夜半から雨になるとするいい伝えがある。

今日がちょうど、そんな日だった。いまはもう月も隠れ、風が次第に強くなってきた。小谷地宗太郎は家の雨戸を閉め、ガラス戸を引いた。

八畳間の座卓の前に、腰を降ろす。徳利から漆塗の酒盃に酒を注ぎ、妻を呼んだ。

「おい、文子……。もう一本、つけてくんねえか……」

そういって、空になった徳利を振った。文子が手を拭いながら台所から出てきて、それを受け取った。

「まだ飲むんですか。もう、これで四合ですよ」

「いいじゃねえか。これで最後にするさ……」宗太郎は酒盃の酒を空け、台所に戻ろうとする文子にいった。「萌子(もえこ)はどうしたんだ。もう、寝たのか」

文子が足を止め、振り返る。

「さあ、どうでしょう……。二階で勉強でもしてるんじゃないんですか……」

「あの子は、見たのか。今日のニュースをよ」

「夕方、一人で見てたような気がしますけれど……」

文子がそういって、台所に戻っていった。

宗太郎は、時計を見た。午後九時になったところだった。テレビのリモコンを手にし、チャンネルをＮＨＫに替えた。

ちょうど、夜のニュースが始まったところだった。冒頭に、宗太郎が見たいニュースの続報が流れた。

〈――今日、一〇月一九日午後〇時五〇分頃、千葉県千葉市若葉区の千葉刑務所から殺人罪で服役中の男が一人、脱走しました。男は笠原武大、四一歳で、運動時間に監視の隙を見て逃げたとのことです。現在、警察が緊急配備を敷くなどして男の行方を追っていますが
――〉

男のアナウンサーが、淡々と原稿を読み上げる。

文子が酒の入った徳利を持ってきて、黙って宗太郎の前に置いていく。テレビの画面を、見ようともしない。宗太郎は酒盃に酒を注ぎ、それを呷る。

「あの、だらぶち（馬鹿者）が……」

独り言のように、呟く。

玄関で、電話が鳴った。文子が、電話に出たのがわかった。

「はい、小谷地でございます……。はい、おります。ちょっとお待ち下さいませ……」

文子の、足音。部屋に入ってきて、いった。

「あなた……。警察の人から……」

宗太郎が、酒を呷る。

「いねえといえ」

「でも……。もう、いるっていっちゃったから……」

宗太郎が、渋々腰を上げた。玄関に向かい、下駄箱の上の受話器を取る。

「はい、小谷地だが……」

宗太郎はしばらく、電話の先方の話を聞いていた。暗い白熱電球の明かりの下で、次第に顔色が赤くなりはじめる。空いている方の手で拳を握り、それがかすかに震えていた。

しばらくして、怒鳴るようにいった。

「われや、だらでないがや。あん男が、ここに面を出せよるか。だちかんぞ。もし来よったら、わしがこん手で殺しちゃる！」

方言で一方的にまくし立て、電話を切った。

部屋に戻ると、文子が不安そうに宗太郎の顔を覗き込んだ。

「警察は、何ですって……」

「あん男から連絡があったら、通報せいといっちょる……。だから、もし来よったら、殺しちゃるとがなってやった……」

宗太郎が腰を降ろし、また酒を呷った。

7

日付が、静かに変わった。

看護師の塚間有美子(つかまゆみこ)が〝準夜〟の仕事を終えたのは、一〇月二〇日の午前一時一五分だった。仕事仲間と少し話をし、ロッカールームで着換えて『千葉市立医療センター』裏の夜間通用口から出たのが二時ちょうど。同僚の看護師の北村早苗(きたむらさなえ)と二人で建物の裏の職員専用駐車場に向かった。

入院治療を行う総合病院では、看護師は三交代制で勤務することが多い。有美子の勤める千葉市立医療センターでも、朝八時四五分から一七時一五分までの日勤。夕方の一六時四五分から翌深夜一時一五分までの準夜勤。午前〇時四五分から九時一五分までの深夜勤でシフトが組まれる。三〇歳を過ぎて独身の有美子は、暗黙の内に、〝準夜〟や〝深夜〟にシフトされることが多い。

駐車場に行くと、夜勤の医師の車がまだ何台か残っていた。ほとんどがメルセデス・ベンツやＢＭＷ、ボルボなどの欧州車だった。その中で有美子はシルバーのフォルクスワーゲン・ゴルフに歩み寄り、リモコンキーでロックを解除した。

「いいな、この車……。私もこんな車、欲しいな……」

早苗がいつものようにそういいながら、助手席に乗り込む。

「どうせ、中古よ。もう古いから……」

有美子が運転席に座り、エンジンを掛けた。

この病院の看護師で、車を持っている者は少ない。しかも輸入車に乗っているのは、有美子だけだ。だが、この車は、自分で買ったものじゃない。

駐車場を出て、東金(とうがね)街道を東へと向かう。この日も深夜の国道は、すいていた。前の病院からいまの職場に移ってから、まだ一年。最近は〝準夜〟の日に早苗とシフトが重なると、車で家まで送ることが多い。

特に、理由があるわけではない。いまの病院の外科病棟では早苗と比較的歳が近かったことと、家の方向が同じこと。あとは誰かに親切にしておけば、何かあった時にシフトを代わってもらえる。もし理由があったとしても、その程度だった。

途中で、警察の検問があった。

「何かあったのかな……」

早苗が、不安げにいった。

「早苗ちゃん、知らなかったの。今日、千葉刑務所で脱獄騒ぎがあったらしいよ。ニュース、見なかった？」

「あ、家を出る前に見ました。殺人犯が脱獄したんですよね。まだ捕まってないのかな。怖いなぁ……」

〝怖い〟という言葉に、奇妙な違和感を覚えた。殺人犯が脱獄すれば〝怖い〟のが当然なのに、素直にそう感じられない自分がいることに気が付いた。それが、二十代後半の早苗と、三〇を過ぎた自分の差なのかもしれない。

いまならばただ単に恐れるよりも、自分がその犯人に襲われた時のことを想像することに興味がある。本当に、〝怖い〟のだろうか。殺人犯というのは、どんな人間なのだろうか。

いずれにしても、こんな人生の何かが変わることは確かなような気がした。

検問の列に並び、止まる。警察官が窓から車内を覗き込み、異状がないことがわかるとすぐに行かされた。そこから僅か一〇分。いつもの大草(おおくさ)の信号を左折し、千城台南(ちしろだいみなみ)の住宅地の早苗のアパートの前に停まった。

「ありがとうございました。有美子さん、刑務所から家が近いんだから、気を付けてくださいね。おやすみなさい」

早苗が車を降り、まだ真新しいアパートに入っていった。

また、車を走らせる。一人になって、ほっと息をつく。誰かが待っているわけでもないのに、早く家に帰ろうと思った。

だが、その時、ふと一人の男の顔が頭に浮かんだ。

斉藤貴史(さいとうたかし)……。

夜中に車の中で一人になると、いつも彼のことを思い出す。いま頃は、どこかでまた飲んでいるのだろうか。それとも、奥さんと同じベッドの中で眠っているのだろうか。

斉藤は、有美子が一年前まで勤めていた『千葉総合クリニックセンター』の心臓外科医だった。年齢は、有美子よりも七つ上だった。特に冠動脈バイパス手術や人工弁置換手術では県内でも屈指の実力者で、若手のエリート医師として病院内の看護師の間でも憧れの存在だった。

そして、有美子の恋人でもあった……。

有美子が斉藤と付き合いはじめたのはもう四年以上も前、まだ二六歳の時だった。最初は斉藤が主治を担当する患者に看護師として付いたり、緊急時の手術で助手を務める程度の関係だった。その斉藤から最初に食事に誘われた時は、目眩がするほど有頂天になったことを覚えている。

すでに有美子は、子供ではなかった。病院内で他の医師と付き合ったこともあるし、不倫も経験していた。そんな有美子が斉藤と男と女の関係になるのに、それほど時間はかからなかった。

有美子は斉藤との関係を、病院内で誰にもいわなかった。それは斉藤の負担になりたくないという意味もあったし、院内の医師と看護師の恋の暗黙のルールでもあった。そして何よりも、有美子が真剣に斉藤との結婚を考えていたからに他ならなかった。

今度だけは、失敗したくなかった。女性看護師ならば、誰もが密かに、三十代になる前に医師の妻になることを夢に見る。有美子も、例外ではなかった。そして斉藤との関係が、その夢を叶えるための最後のチャンスであることもわかっていた。

斉藤は、優しかった。高級なレストランで食事をし、お忍びで海外旅行にも連れて行ってくれた。この中古のフォルクスワーゲン・ゴルフも、彼からのプレゼントだった。二九歳の誕生日の……。

有美子は、斉藤と結婚するつもりだった。別に約束したわけではなかったけれど、結婚できると思っていた。自分にも女としての自信があったし、斉藤にも尽くしてきたつもりだった。

だが、ある日、突然に、病院内に斉藤が結婚するという噂が流れた。最初、有美子は、自分のことが知られたのだと思った。ところが斉藤の結婚相手は、有美子ではなかった。病院の理事長の、一人娘だった。

その瞬間、有美子は、何もかもが終わったと思った。斉藤からは何の連絡も来なくなったが、彼を責める気にもならなかった。そしてその二カ月後、有美子は黙って元の職場を辞めていまの病院に移ってきた。

残ったのは、この中古のフォルクスワーゲン・ゴルフが一台だけだった。自分の人生の、二十代の最後の三年間を捧げた代償として。でもこの車だって、有美子自身が望んだわけではなかった。ただ、斉藤が遅くまで飲んだ時に、安全な車で迎えに来させるために買い与えられただけだった。

有美子は、斉藤の顔を脳裏から打ち消した。深夜の住宅地を抜けながら、ラジオのスイッチを入れた。この時間にいつも聞いている深夜放送のパーソナリティーが、ちょうど今日の事件について話していた。

〈……しかし、日本の刑務所っていうのは脱獄が可能なんですね。そういえば今年の一月にも、確か広島刑務所から中国人の囚人が逃げた事件があったなあ。昔から映画でも〝脱獄モノ〟というのがいろいろあって、つい逃げている方を応援したくなったりしますけどね。でも、そんなことはいっていられない。今回は殺人犯だし、早く捕まえてもらわないと。では、次の曲いきます。映画〝パピヨン〟から、〝輝きの時〟をどうぞ――〉

スピーカーから、どこか物悲しい旋律が流れてくる。まるでその音楽に合わせるかのように、車は深夜の町を坦々と走る。一人でステアリングを握る時間が、心地好かった。

有美子は音楽が終わったところで、コンビニに寄った。〝準夜〟が明けて、今日のシフトはオフだ。明日の夜勤まで、ほぼ丸二日の休みになる。

何か、弁当でも買って帰ろう。そして、ビールも。女も三〇を過ぎると、たまには一人で飲みたくなることもある。

買物を終えて、また車に乗った。家まで、もうすぐだ。川沿いの細い道に入り、アパートの前の駐車場に車を駐めた。

コンビニの袋を持って、車を降りた。一〇五号室の、部屋のドアを開けた。その時、ふと思った。もしいま、暗がりの中から脱獄犯が出てきたらどうしよう……。

だが、自分の人生にそんなサプライズは有り得ない。

「ただいま……」

誰もいないはずなのに、小さな声でいった。スイッチを手探りし、明かりを灯ける。その時、不快な臭いが鼻を突いた。まるで、腐った下水のような臭いだった。

何の臭いだろう……。

そんなことを思いながら、靴を脱いで部屋に上がった。

また、洗濯機の排水口が詰まったのかもしれない。だが、有美子は疲れていた。今日は、もう何もやる気になれない。いずれにしても、明日にしよう。

買ってきた弁当とサラダを、袋からテーブルの上に出した。缶ビールを二本、冷蔵庫の中に入れた。確か、昨日の夜の肉ジャガが少し残っていたはずだ。そう思って冷蔵庫の中を探したが、ラップを掛けた器が見当らなかった。

諦めて、冷蔵庫のドアを閉めた。思い違いだったのかと思ってキッチンを見渡すと、その器がシンクの中に置いてあるのが見えた。洗ってはいないが、水で流してあった。

有美子は、首を傾げた。なぜ、ここに器だけあるのだろう。いくら思い出そうとしても、食べた記憶はなかった。

やはり、疲れているのかもしれない。とにかく食事をすませて、早く寝よう。有美子は着換えるために、寝室に入った。

ここでも下水のような、不快な臭いが鼻を突いた。何だろう……。

だが、部屋の中を見てもいつもと何も変わらない。出がけに換えてきた淡いオレンジ色のベッドカバーも、そのままだった。白い簞笥の上で、古いテディベアが有美子を見つめていた。

「ただいま……」

また、小さな声でいった。

ハンドバッグと上着をベッドの上に放り、鏡の前に立つ。Vネックのニットにジーンズ、靴下を脱ぎ捨てる。最後に胸を締めつけているブラを外した時、鏡の中を何かの影が掠めたような気がした。

一瞬だった。背後から有美子の頸に、何か太いものが絡みついた。口と鼻を、生温かいものが塞いだ。

逃れようと思ったが、体が強い力で締め付けられた。動けない。何が起きたのか、わからなかった。

「静かにしろ。声を出すな」

耳元で、悪魔のような声が囁いた。

8

東の空が、白みはじめていた。

湿地帯の葦の群生の中では目覚めた野鳥が鳴き、彼方からは京葉道路を走るトラックのエンジン音が聞こえてくる。

田臥健吾は、腕のGショックで時間を確認した。

一〇月二〇日、午前五時二〇分——。

あと三〇分ほどで、夜が明ける。だが、千葉刑務所を脱獄した笠原武大はまだ確保されていない。無線からは相変らず、県警の捜査網が混乱する様子だけが伝わってくる。

「これは、だめかな……」隣でパイプ椅子に座ってコーヒーを飲む室井が、あくびを嚙み殺すようにいった。「もう〝網〟を抜けちゃいましたかね……」

田臥もこの日、何杯目かのコーヒーをすすった。

「まだわからんさ。勝負は、夜が明けてからだ……」

だが田臥は、この場で笠原を確保できる可能性がそれほど高くないことがわかっていた。

笠原は脱獄した後に刑務所の裏の湿地帯を抜け、対岸の森の中を進んだ。そこからまた、警察犬による追跡で北東に向かったことまではわかっていた。だが、京葉道路の高架を越えた辺りで、犬が追わなくなった。痕跡が、ぷっつりと途絶えた。

いま、県警は、その京葉道路の高架に近い埋め立て地に仮設の捜査本部を設営していた。田臥と室井も、昨夜からここに移動していた。だが、笠原に関する情報は、まったく何も入ってきていない。

田臥が笠原の確保を難しいと考える理由は、もうひとつあった。ウェクスラー式全検査でIQ172というとんでもない知能指数だ。おそらく、田臥がこれまで知る中で、これほどIQが高い犯罪者は一人も存在しない。

考えてみれば、千葉刑務所を脱獄したやり方があまりにも鮮やかだった。バレーボールのネットを縄梯子(なわばしご)のかわりに使うなど、誰が思い付くだろうか。刑務所側は、完全に盲点を突かれていた。騒ぎを起こした二人の服役囚も、笠原にコントロールされていたことがわかっている。おそらく、何らかの方法で、一九日に〝防線〟の点検をやるために一時的に電源が切られることも知っていたのだろう。

脱獄方法としてはきわめてシンプルで、無駄がない。最短距離で、逃走に成功している。しかもすべてにおいて計画的であり、合理的ですらあった。

IQが高い人間ほど、シンプルな計画を好む。無駄がないほど、成功率が高いことを理解しているからだ。そして、二人の凶悪な服役囚を利用したことでもわかるように、人間を精神的にコントロールする能力にも優れている。

普通の人間ではないのだ。その笠原が、いま刑務所から放たれて逃走している。簡単に捕まるとは思えなかった。

だが……。

その笠原が、なぜ妻を刺殺するような単純な罪を犯したのか。しかも笠原は、その直後に何ら抵抗をすることなく最初に〝現着〟した所轄の警察官によって確保されている。もし妻を殺すならば、なぜ計画的な完全犯罪を狙わなかったのか。奴なら、いくらでもできたはずだ。

もしくは、ただ衝動的な犯罪だったのか。いずれにしても、IQ172の人間の行動とは思えなかった。

田臥はもうひとつ、なぜ警察庁警備局公安課の自分がこの一件の担当になったのか。そのことが、心に引っ掛かり続けていた。そして笠原の資料にある（注1）と（注2）の項目は、何なのか。その添付資料を開くための〝特別なキーワード〟とは、何を意味するのか。

「おい、室井。一度〝サクラ〟の本部に戻るぞ」

「どうしたんです、急に。もし奴が確保されたら、どうするんです。県警に持って行かれちまいますよ」

室井が、驚いたように田臥の顔を見た。

「いや、奴は捕まらない。それに、もし確保されるならそれでいいじゃないか。最初から、

〝うちの社〟の〝ヤマ〟じゃない。おれたちには、他にやることがある」

田臥がコーヒーの紙コップを握り潰し、白いTOYOTAの〝覆面〟に乗った。室井が、運転席に座る。屋根に赤色灯を出し、走り去った。

東の空に、朝陽が昇りはじめた。

9

外から、スズメの鳴き声が聞こえてきた。

ベージュの花柄のカーテンの隙間から、朝陽が射し込んでいる。

いまは、六時半ごろだろうか。もしかしたら、七時を過ぎているかもしれない。だが、有美子がいる場所からは、時計が見えなかった。

有美子は寝室の箪笥を背にして、テディベアの縫い包みを抱いて座っていた。いつも部屋着にしている、スウェットの上下を着ていた。部屋の反対側には、全身泥まみれの男が壁に寄り掛かるようにして座っていた。

男が、有美子を見つめている。

この人は、誰だろう……。

有美子は、男を観察した。頭は、坊主刈りだ。無精髭が、その髪と同じぐらいの長さに伸びている。彫りの深い顔つきに、大きく鋭い双眸（そうぼう）。体格は小柄な有美子から見ると、威圧感を覚えるほど大きい。ジーンズに汚れた白いTシャツ、グレーのスウェットパーカーを着ている。これまでの自分の人生で、一度も出会ったことのないタイプの男だった。

この人は、誰だろう……。

きっと、千葉刑務所を脱獄した犯人だ。そうに決まっている。

殺人犯……。

自分の奥さんを殺して刑務所に入っていた人……。

だが、有美子は不思議だった。

自分は、服を着ている。男に襲われた時は、裸同然だった。なぜ服を着ているのか。服を着ろといったのは、この男だった。

自分は、テディベアを抱いている。中学生の時に親に買ってもらい、片時も離さずに一緒に過ごしてきた大切な縫い包みだった。

なぜ、この縫い包みを抱いているのか。怯えて震えている有美子に、ただ黙ってこのテディベアを手渡したのもこの男だった。すると、不思議なことに、心が少し落ち着いて体の震えが止まった。

この人は、誰だろう……。

いまはもう、自分がすぐに殺されたりしないことは理解していた。だが、二人でお互いを見つめ合ったまま、膠着(こうちゃく)したように動けなくなっていた。何も話さないまま、数時間が経っていた。

最初ほど強い恐怖も、殺人犯と二人で同じ部屋にいるという嫌悪感もなかった。むしろ人間というよりも、得体の知れない野生動物を目の前にしているような感覚だった。どうにかしてこの場から逃げなければと思いながら、このままでいた方が安全かもしれないと冷静に考えるもう一人の自分がいた。

この人は、誰なんだろう……。

心が落ち着きを取り戻すにつれて、それまで気付かなかった様々なものが見えてくるようになった。まず、男の着ているものがどこかおかしかった。しばらくして、その理由がわかった。パーカーの袖とジーンズの丈が短くて、長身の男の手足の長さにまったく合っていなかった。

もうひとつ、有美子は男の様子が気になっていた。男は汚れたTシャツの左脇腹を、手で押えていた。時折、その手を見る。Tシャツと上に着ているパーカーに、血のようなものが染み出していた。

「それ……」

有美子が、いった。自分で声を出して、驚いた。もしかしたらこのひと言が、男と出会ってから有美子が初めて発した言葉だったかもしれない。

だが男は、怪訝そうに有美子を見つめたまま黙っていた。

「それ……。怪我してるの？……」

有美子が、訊いた。男が自分の左手と、脇腹の辺りを見た。それでも、何もいわなかった。

「見せて……」

有美子はテディベアをその場に置き、ゆっくりと、男の目を見ながら、這うようにして近付いた。男も、警戒するように有美子を見つめている。

ベッドの上のハンドバッグから病院の身分証を出し、それを男に見せた。

「だいじょうぶだから……。私は、看護婦なの……。傷を、見せて……」

脇腹を押えている手に、そっと触れた。それを、どける。男は、拒まなかった。

Tシャツを、めくった。脇腹が、血でべっとりと濡れていた。深く、大きな傷があり、周囲が赤黒く腫れていた。

傷口の周囲に、指先で触れた。すでに、熱を持っていた。軽く押すと、傷口から血が滲み出し、男が小さな呻き声を上げた。

「傷口が、大きいわ……。まだ出血が止まっていないし、傷口が汚れている……」

男が、小さく頷く。その額に、そっと手を触れた。一瞬、男が体を強張(こわば)らせた。だが、男は、有美子がやることを止めようとはしなかった。

「傷口だけじゃなくて、全身に熱があるわ……」

男が、有美子を見つめている。

「このまま放っておくと、危ないわ。悪い菌に感染している。もう、敗血症を起こしかけているのかもしれないわ……」

「どうしたらいい……」

男が初めて、いった。

「まず、汚れた体を洗いましょう。傷口を、洗浄しないと。そして、治療しましょう。傷口を消毒して、縫わないと。それに、抗生物質も必要だわ……」

男が、考えている。だが、何を考えているのかがわからない。

「私に、まかせて……」有美子がいった。「慣れてるから。全部、やってあげるから。服を脱いで……」

有美子は男を立たせた。服を脱ぐのを、手伝う。男は素直に、有美子に従っている。

下着だけになったところで、あらためて男の体を見た。傷は左脇腹から入り、背中へと抜けていた。思っていたよりも、重傷かもしれない。

そのまま、風呂場に連れていった。脱衣所で、下着も脱がせた。裸になると、本当に手負いの野生動物のように見えた。

脱衣所のガラス窓が、割れていた。風が、吹き込んでくる。

「ここから入ったのね」

だが男は、何も答えなかった。

有美子は自分もTシャツ一枚になった。風呂場に男を入れ、椅子に座らせてシャワーから湯を出した。

「染みると思うけど……。我慢できなかったら、いってね……」

「だいじょうぶだ」

背後から男の体に、湯を掛ける。泥を、洗い流す。傷口に湯が掛かった瞬間、男の全身の筋肉が硬直した。

男が、小さな呻き声を出した。かなりの激痛だろう。だが男は目を閉じ、歯を食い縛って耐えている。

有美子はその時、奇妙な気分になった。自分は風呂場で、裸の男と二人でいる。しかもその男は、妻を殺した犯罪者だ。いったい自分は、何をやっているのか……。

男を洗い終え、体をバスタオルで拭いた。以前、付き合っていたころに、斉藤が置いていったブリーフを穿かせた。派手な柄のビキニだったが、まったく違う下着のように見えた。

寝室に、連れて戻った。

「ここに、傷口を上にして横になって」

ベッドの蒲団を捲り、男にいった。

「いや……。床でいい……」

「どうして?」

「シーツが、血で汚れる……」

「そんなこと、どうでもいいから……」

有美子がベッドの上に、バスタオルを敷いた。男は、大人しく従った。その時、また奇妙なことが頭に浮かんだ。

自分が帰ってきた時、ベッドは綺麗なままだった。男が、寝た形跡はなかった。脱獄して疲れ、怪我をしていれば、まず最初にベッドに横になりたくなるはずなのに……。

有美子は備えの薬箱を開け、その中からガーゼや消毒液を出した。看護師ならば誰でも常備している程度のものだが、緊急の場合には役に立つ。ハサミでガーゼを切り、オキシドールで傷口を消毒する。

男が、痛みに呻いた。

有美子は、治療しながら考えた。こうしていれば、しばらくは安全だ。自分が、殺されることはない。だが、どこかで逃げなければならない。

唐突に、言葉が口を突いて出た。

「だめだわ……。抗生物質もステロイドも切れてる……。勤めてる病院に行って、取ってくるね……」

立ち上がろうとした時、急に手首を摑まれた。

「行くな」

男が手からハサミを取り、手首を摑む手に力を込めた。それまで経験したことのない、強い力だった。ゆっくりと、ベッドの男の体の方に引き寄せられていく。

「やめて……。何もしないから……。逃げたりしないから……」

だが、男は力を緩めない。恐怖でまた、体が震えだした。逆らうこともできず、男の腕に捕われていく。男の大きな手が、有美子を胸に抱き寄せた。

「どこにも、行かないでくれ……。おれを、助けてくれ……」

男が、小さな声でいった。

10

池泉式庭園で、水琴窟が鳴った。

庭園には枝振りのよい松や紅葉、三州御影の庭石が配され、凛とした静けさに包まれていた。

もし塀の外に聳える赤坂サカスの高層ビルに目を向けなければ、ここが都心の赤坂の一角にある空間だとは誰も思わないだろう。

古い武家屋敷の縁側から庭園に突き出たサンルームに、東の空から朝日が当りはじめていた。日が高くなるにつれて、室内の風景が浮かび上がってくる。サンルームの奥は、二〇畳ほどの広い洋間だった。板張りの床の上に色の沈んだペルシャ絨毯が敷かれ、そこにイギリス製の古い家具や椅子、イタリア製のソファーなどが整然と配置されていた。鴨居にはまだ富士山景の透かし彫が残っていることと、造りの古さから、おそらく戦前に改築された部屋であることがわかる。

部屋のサンルームに近い最も日当りの良い場所に、革の大きなリクライニング・チェアが置かれていた。他の家具に比べて、その椅子だけが真新しい。椅子には、長髪の男が一人、座っていた。

男の年齢は、まだ若かった。四十代の半ばだろうか。少なくともこの歴史の遺物のような部屋や調度品に似つかわしいほどには、老いていない。背もたれを倒した椅子にスウェットの上下を着た体を伸ばし、新聞を広げていた。

〈——千葉刑務所で脱獄
19日午後0時50分ごろ、千葉県千葉市の千葉刑務所から囚人の一人がいなくなっていることが判明。脱獄したと思われることから、警察庁は特別指名手配を取って男を追っている。逃げているのは殺人罪で服役中の笠原武大、41歳。千葉県警は緊急配備を敷いて追っているが、身柄は確保されていない——〉

笠原が、逃げたか……。

男は、心の中で呟いた。だが、表情はかわらない。サイドテーブルの上のヘレンドのティーカップからダージリンの紅茶をすすり、新聞を捲る。外は、静かだった。時折、庭の水琴窟が鳴る以外には何も音は聞こえない。

だが、しばらくすると部屋の外の廊下に、人の気配を感じた。男は新聞を手にしたまま、神経を研ぎ澄ます。間もなく気配は立ち止まり、厚いオーク材のドアを二度ノックする音が聞こえた。

「失礼します……」

女の声。ドアが開くと、そこにグレーのスーツを着た背の高い女が立っていた。美しい顔立ちだが、表情がない。

「何だ」

男が、新聞から目を逸らさずにいった。

「井上様がお見えになってます。先生に、お会いしたいとのことです」

「わかった。ここに通しなさい」

〝先生〟と呼ばれた男は新聞を閉じ、部屋の中央の広い応接セットの方に移動した。中国の清朝の木彫が施された衝立を背にし、一人掛けのソファーに座る。間もなく、先程の女が濃紺のスーツを着た井上という男を連れて戻ってきた。

「先生、申し訳ありませんでした……」

井上が入口の近くに立ったまま、深く頭を下げた。贅肉の付いた体に、銀縁の眼鏡。胸には国会議員のものではない、珍しい意匠の記章が金色に光っていた。

男を〝先生〟と呼んではいるが、井上の方が歳上であることがひと目でわかる。そして、怯えていることも明らかだった。

「いいから、座りなさい」

男が、穏やかな口調でいった。だが、井上を見据える目は感情が読めない。

「はい……失礼します……」

井上が、男の正面のソファーに座る。背筋を伸ばし、落ち着きなく視線を動かす。

「今日はまた、ずい分と早いじゃないか」

男が、柱の古い時計を見る。

「はい。昨夜の最終の新幹線で、東京の方に出てきました。その後、いろいろと情報を集めるために走り回っていたものですから……」

その時、またドアをノックする音が聞こえた。先程の女が銀のトレイを持って入ってきて、テーブルの上にティーカップを三つ置いた。それぞれに紅茶を注ぎ、空いたカップを下げ、自分も二人の間の椅子に膝を揃えて腰を下ろした。

「それで?」

男が自分の新しいカップにミルクを入れ、スプーンで掻き回しながら訊いた。カップを鼻に近付け、香りを楽しむ。

「例の、笠原の件です。もうお耳に入っているとは存じますが……」

男が、首をかすかに傾けた。

「昨日からテレビのニュースでもやっているし、新聞にも出ている。もちろん、事件の直後に〝本社〟の方からも連絡が入っている。知らないわけがないだろう」

「申し訳ありません……」

井上が、また頭を下げた。

「謝る必要はない。君の謝罪は、何の解決にもならない」

「はい……。申し訳ありません……」

井上が謝る度に、横で黙って聞いている女の唇をかすかな笑いが掠める。

「問題は、この件をどう処理するかだ。君の考えを聞こう」

男が、井上を見据える。井上は目を逸らし、ハンカチで額の汗を拭った。

「はい……。私の方も、昨日から情報を集めております。〝本社〟の方にも連絡を取りましたが、今回の件ではすでに〝サクラ〟が動きだしているという報告も受けています。このまま動静を見守るわけにもいきませんので、私の方でも手段を講じようかと……」

〝サクラ〟という言葉を聞き、男の表情が一瞬、強張った。

「君が〝サクラ〟よりも先手を打って、あの笠原を捕えるというのかね。笠原がどのような男なのか、君もわかっているはずだ。しかも相手は、〝サクラ〟だぞ」

「はい、わかっています。今度こそは、責任を持って処理いたします……」

男が、井上を見据える。

確かに、〝今度こそは〟だ。前回〝処理〟しそこなったことが、今回の問題を引き起こす要因になっている。だが男は、井上では笠原の問題を処理しきれないこともわかっていた。

「君には、無理だ」

「はい……」

「君の能力では、笠原の件を解決することはできない」

「はい……。申し訳ありません……。それならば、どのようにすれば……」

男がゆっくりと、ティーカップの紅茶をすする。

「あの男には、致命的な弱点がある。アキレス腱を矢で射れば、神の子も命を失う。そういうことだ」

「はい……」

「罠を仕掛ける。周到に。そして、確実にだ。そうしなければ〝サクラ〟の先手は取れない」

「はい……」

井上が、ティーカップに手を伸ばす。その手がかすかに、震えていた。

男は井上を帰した後で、もう一度、女を呼んだ。

「今日の私の予定は」

女が男の前に立ち、答える。

「はい。午後は前経産大臣の高澤様がお見えになります。それだけです」

「わかった。高澤さんには会おう。それ以外は、明日からの予定はしばらくすべてキャンセルしてくれ」

「はい……」

「明日から、出掛ける。旅の準備をしておきなさい」

「はい、かしこまりました」

女が一礼し、部屋を出ていった。

庭で、水琴窟が鳴った。

11

田臥健吾は、午前八時三〇分に警察庁に帰庁した。

〝サクラ〟の本部に戻ってまず最初に、公安課長の厚木範政に笠原武大に関する資料の閲覧を申請した。

「何をいってるんだ。昨日の特別手配の直後に、資料はすべて君の方からアクセスできるようにしておいたはずだろう」

厚木が、平然といった。〝資料〟が聞いて笑わせる。あれならば学生のアルバイトの履歴書と大差ない。

田臥も、冷静に対応した。

「〝あれ〟には二〇一〇年の〝事件〟の捜査記録と裁判記録が入ってませんね」

厚木はデスクの上で指を組み、首を傾げるような仕草を見せた。

「裁判記録？　手配犯を確保するためにそんなものが必要なのか。ここは〝察庁〟だ。検察庁じゃない」

上目遣いに、田臥の顔色を見る。これが何か裏がある時の、厚木の癖だ。つまり、検察を突いてもいい……という意味でもある。

「わかりました。それではこれは、どういう意味ですか」田臥がそういって、プリントアウトした資料を厚木のデスクの上に置いた。

「この注1と注2という部分だけ、特別なキーワードが必要になってます。そのキーワードを、教えてもらえませんか」

厚木が溜息をつき、薄くなりはじめた前髪を掻き上げた。

「それが、私も知らんのだよ。他の部署から出てきた資料なんでね……」

そういって、天井を指さす。つまり、〝上の許可が下りない〟といいたいらしい。

「それならば、どうしますか」

「どうしようもないな。まあ、君たちが別のルートで調べてしまうなら、私には止めようがないけどね……」

つまり、〝勝手にやれ〟という意味だろう。

「最後に、もうひとつだけ」

田臥がいった。

「何だ。まだあるのか」

厚木が、もう勘弁してくれというように顔を顰めた。

「そもそも、今回の件がなぜ〝サクラ〟なんですか。相手がカルト教団や極左、右翼組織ならわかりますが、笠原はそれらの組織とは無関係の人間です。理解できません」

「それは、私が決めたからだ」

「はあ……」

「そのうちに、わかる。とにかく一刻も早く、あの男を〝保護〟して千葉刑務所に戻せ。そのためには、手段を選ばなくていい。それが、君たちの〝仕事〟だ」

田臥が自分のデスクに戻ると、隣で室井智が電話を掛けていた。受話器をひとつ肩と顎に挟み、左手でもうひとつの受話器を摑みながら、一方の手で他の番号を押している。まるで、機械のような男だ。室井は〝サクラ〟に戻る車の中から、関係各所に電話をしまくっている。しばらく、待った。電話の区切りがつくと、室井が大きく息を吐いた。そして、田臥に向かって椅子を回した。

「課長は、何ていってましたか」

「別に。いつものとおりだ。ただ、検察も含めて好きにやっていいそうだ」

田臥がいうと、室井が力を抜いたように笑った。

「やはりね。まあ、その方がこちらはやりやすい。課長の期待どおり、好きなようにやらせてもらいましょう」

「それで、そっちはどうだ」今度は、田臥が訊いた。「何か、摑めたか」

「まだ、朝が早いですからね。検察の方は手を付けていません。経済産業省の方は、笠原のことをよく知る人間を探してもらってます。笠原が仕事をしていた雑誌社も当ってますが、まだ編集部には誰も出てきてないですね。この二つは、連絡待ちです」

「中野の〝支店〟の方は」

〝支店〟とは、二〇一〇年に笠原が殺人事件を起こした東京都中野区の所轄、〝中野警察署〟を意味する。

「一応、連絡は取れてます。担当者の何人かに話は聞きました」

「それで」

「笠原には、娘が一人いますね。現在、一四歳。例の、笠原が殺害した妻との間の子供です。事件後は、死んだ妻の石川県輪島市の実家に引き取られているようですが……」

笠原に娘がいるという話は、二〇一〇年一二月の事件当時にもテレビなどで報道されていた記憶がある。確か笠原は、娘がいる同じ家の中で母親である妻を刺殺したのではなかったか。だが、今回〝上〟から回ってきた笠原の資料では、その娘に関しては一行も触れられていない。

「他には」

「事件当時の捜査主任を押えてあります。むこうはあまり乗り気ではないようですが、会って話してもいいそうです。会いますか」

時計を見た。まだ九時を過ぎたばかりだ。千葉の現場の方からは、動きがあったという知らせは入っていない。

「よし、すぐに行こう」

田臥が上着とブリーフケースを手にし、椅子から立った。

「ちょっと待ってください。その前に、やることがあるでしょう」

「何だ」

「我々はもう、二四時間以上も寝ていないんですよ」

「それなら誰か他の者に運転させよう。車の中で寝ればいい」

田臥が上着に袖を通し、部屋を出ていく。室井が溜息をつき、その後を追った。

12

塚間有美子は、男の腕の中に囚(とら)われていた。

太く頑丈な鎖が、体に巻きついている。その鎖が手足の自由を奪い、強く締めつけられ、逃げることも動くこともできなかった。

もう長いこと、そうしていた。最初、自分はいまここで殺されるのだと思った。全身が硬直し、歯が鳴るほど震えていた。

だが、いまは、その震えも止まっていた。男が、有美子の胸に顔を埋(うず)めている。その息遣いと男の体温に、むしろ現実から逃避するような安堵を感じていた。

「おれを……助けてくれ……」

男が、いった。

「それなら、力を少し緩めて……。これじゃあ、何もできないから……」

奇妙なことに、有美子の体を締めつける男の力が、少し緩んだような気がした。

「こんなことになって、すまない……。君を、傷付けるつもりはない……」

有美子はぼんやりと、男の声を聞いていた。もう一度、心の中で反芻しないと言葉の意味が理解できなかった。

そして、思う。この男は、殺人犯だ。自分の妻を殺し、脱獄して逃亡している……。

「私を、放して。トイレに行きたいの。逃げたりしないから……」

考えたわけでもなく、そういった。何かを期待したわけでもなかった。だが、男の力が、鎖が解けるように緩んだ。

有美子は、男の腕をそっとどけた。体を離し、ゆっくりとベッドから出た。男は、追ってこない。ベッドに横になったまま、不安げに有美子を見つめている。

そうだ。〝彼〟も、不安なのだ。自分と同じように……。

「すぐに戻るから……」

有美子は寝室を出て、トイレに向かった。男の視線が、後ろから追ってくる。狭いリビングを、横切る。その時、右手に、玄関のドアが見えた。

いまならば、逃げられると思った。自分はTシャツと、下着しか身に着けていない。それでも玄関から飛び出して走れば、逃げられる。誰かに助けを求めればいい……。

だが、決断できないままに玄関の前を通りすぎた。トイレに入り、息を吐く。自分がどうしたいのか、わからなくなってきた。

トイレを出て、また寝室に向かう。玄関のドアが視界の片隅を掠めるが、やはり体は反応しなかった。冷蔵庫を開けてミネラルウォーターのペットボトルを取ると、そのまま寝室に向かった。

有美子、あなたは何をしてるの……。

心の中のもう一人の自分に、問い掛ける。

寝室に入り、ベッドの脇に立つ。男の不安そうな目が、有美子を見つめていた。

その時、有美子は、自分でも信じられないような行動に出た。ベッドに、自分から体を滑り込ませる。男の体に腕を回し、その短く刈り込んだ頭を自分の胸に抱き寄せた。

「ねえ……。本当に熱がある……。このままにしとくと、死んじゃうよ……」

ペットボトルの水を飲ませながら、いった。男の咽が、水を旨そうに飲み下した。

「どうしたら……いい……」

息をつき、男がいった。

「いったでしょう。一刻も早く、抗生物質かステロイドを投与しないと……」

有美子は指で男の目を開き、視診した。瞳孔の開き方は、まだ正常だった。次に、男の手首に触れて脈を取る。脈拍数は、約八〇。熱があるので少し速いが、敗血症を示すほどの異常値ではない。

さらに有美子は、枕元に置いた薬箱の中を探した。小型の指式血圧計を取り出し、それを男の指にはめる。スイッチを入れ、デジタルの数字が表示されるのを待った。

上が122、下が67……。

思ったより、低くなかった。

「もしかして、風邪をひいてる?」

有美子が訊いた。

「たぶん……」

「熱は、風邪のせいもあるかもしれないわね。まだ、敗血症のショック状態は見られない。でも少なくとも菌血症は起こしてるし、放置すれば確実に敗血症に進行するわ。やっぱり、抗生物質だけは一刻も早く投与しないと……」

敗血症では、投薬が一時間遅れると、七・六パーセントずつ生存率が減少すると学んだことがある。

「わかってる……」

「やっぱり私、病院に行って抗生物質を取ってくる。逃げたりしないから。ちゃんと戻ってくるから……」

だが、男は何もいわない。黙って有美子を見つめ、また手首を摑んだ。それは、無言の圧力だった。

「それならば、こうしましょう」有美子がいった。「同じ病院に勤めている仲のいい友達がいるの。彼女も看護婦で、今日は夜勤のはずだから、いまなら家にいると思う。彼女にメールして、私が怪我をしたといって薬をここに持ってきてもらうから。本当は輸血もしたいけど、ここじゃ無理だし……」

男が有美子を見つめたまま、黙って頷く。

「メールも、あなたに見せてから送るから。それならいいでしょう」

有美子は、男を見ながら携帯に手を伸ばした。開く。少し考え、同僚の北村早苗のアドレスを探した。

つい数時間前まで、早苗とは車の中で一緒だった。いま有美子が脱獄犯といることを知ったら、早苗はどんなに驚くだろう。そんなことを考えながら、メールの文章を打ち込んだ。


〈早苗さん、おはよう。もう起きた？

実は、ちょっとお願いがあるの。昨夜、家の前でころんじゃって、錆びた釘を手に刺して怪我をしちゃったの。傷口が少し熱を持ってきて不安なんだけど、家の薬がちょうど切れて。早苗さん、何か抗生剤を持ってないかしら――〉

そこまで文章を打ち込んだ時に、有美子は考えた。抗生剤は、何がいいだろう。本当はカルバペネム系のフィニバックスか何かが一番効くのだが、点滴用だ。いくら早苗が看護師でも、そんなものを自宅に持っているわけがない。

だが、その時、男が有美子が考えていることを察したようにいった。

「ペニシリン系でいい。経口薬の方が、使いやすい」

有美子が、男を見た。

「どうして……そんなことを知ってるの？」

「一般知識だ。自分の体のことは、自分が一番よく知っている」

「わかったわ……」

メールを続けた。

〈――できたら、ペニシリン系の経口薬がいいんだけど――〉

メールの文面を男に見せ、送信した。すぐに、返信があった。

〈――どうしたの？　だいじょうぶですか？　怪我をして熱があるなら、病院でちゃんと治療した方がいいですよ。でもいま、サワシリンなら手元にあるから持って行きますね。自転車で行くから、一五分くらいかな――〉

メールを、男にも見せた。男が、黙って頷く。

薬箱から包帯を出し、それを自分の左手に巻いた。

「ほら、こうすれば本当に怪我をしてるように見えるでしょう」

口元に笑みを浮かべ、それを男に見せた。

約束どおりの時間に、外に自転車が止まった。チャイムが鳴る。有美子がスウェットの上下を着て、立った。

寝ている男に目で合図を送り、頷く。男は黙って有美子を見ている。止めようとはしない。

玄関に出て、ドアを開けた。早苗が立っていた。

「有美子さん、だいじょうぶですか……」

早苗が有美子の包帯を巻いた手を見て、いった。

「ええ……だいじょうぶ。たいした怪我じゃないから……」

有美子は、顔に強張った笑いを浮かべた。ここは、寝室から死角になっている。男からは、見えない。

「どうしたんですか。何かあったんですか……」

落ち着きなく寝室の方を気にする有美子を変だと思ったのか、早苗が怪訝そうに訊いた。

——お願い、助けて……。脱獄犯が、家の中にいるの——。

心の中で、助けを求めた。視線を、寝室の方に送った。だが口からは、まったく別の言葉が出てきた。

「何でもないの。ただ、怪我をしたんであまり寝てなくて……」

「それならいいけど。何か食べて薬を飲んで、少し休んだ方がいいですよ。はい、これ。一応、炎症止めも入れておいたから」

早苗がそういって、薬の入った紙袋を渡した。

「ありがとう。助かったわ……」

「それじゃ私、友達と約束あるから行きますね。お大事に」

早苗が、自転車に乗った。

だが、声が出なかった。体も動かなかった。有美子はただ黙って強張る笑みを浮かべ、自転車で走り去る早苗を見送った。

——行かないで！——。

寝室に戻った。

男が、ベッドの中から見つめている。この目だ。一頭の野生動物のような、深い色の双眸。有美子が目を閉じても、離れていても、頭の中からこの双眸が消えない。

この目に見つめられると、心を見すかされているように思えてくる。金縛りにあったように、動けなくなる。

「薬が、手に入ったわ」

男に、薬の入った袋を見せた。

「すまない。感謝する……」

〝感謝〟という言葉を聞いて、有美子の心に予想外の動揺が広がった。自分は殺人犯に〝感謝〟されている——。

「なぜ、私を一人で行かしたの。もし私が、友達に助けを求めたら……」

男が、かすかに笑った。

「君を、信じようと思った……。いま……おれには……信じられる人間は君しかいない……」

信じられる人間が、私しかいない……。

その時、有美子の心の中で、何かが壊れたような気がした。意味もなく、目に涙が滲み出てきた。

「いま、何か作るね。薬を飲む前に、少し何か食べた方がいいから……」

袖で涙を拭い、有美子が笑った。

有美子が作った雑炊を食べ、薬を飲むと、男は安心したように眠ってしまった。だが、それでも有美子は逃げなかった。ベッドの脇に座り、ただ男の寝顔を見つめていた。

男は、寝息を立てていた。だが時折、うなされたように声を出して寝返りを打つ。何か、夢を見ているのだろうか。誰かに追われている夢なのか。それとも、自分が人を殺した時の夢なのか。

また、チャイムが鳴った。誰だろう。有美子は眠っている男を残し、寝室を出て玄関に向かった。

ドアスコープから、覗く。外に、制服の警察官が立っていた。一瞬、全身に緊張が疾った。

「はい、何でしょう……」

ごく自然に声が出て、ドアを開けた。中年の体の大きな警察官が、軽く敬礼すると同時にいった。

「すみません。警戒巡回中です。何か、異状はありませんか」

警察官が、事務的に話す。

「ええ、特に何もないですけど……」

「もうご存知かと思いますが、昨日、千葉刑務所で脱走事件がありまして……」

「はい、知ってますよ。ニュースで見ましたから。まだ捕まってないんですか」

もう一人の別な自分が話しているように、すらすらと言葉が出てきた。

「はい、非常線を張って警戒には当っとるんですが、まだ逃走中です。この辺りに潜伏している可能性もありますので、戸締まりをしっかりしてご注意ください」

「まだ捕まってないんですか。怖いですねえ……」

有美子は、他人事のようにいった。

「何かお気付きのことがありましたら、一一〇番かこちらの方に連絡いただけませんか。捜査本部の直通番号ですので」

警察官が電話番号を書いたカードを手渡し、敬礼して立ち去った。

ドアを閉め、鍵とチェーンを掛けた。

ふと、息を吐く。だが、この安堵感はいったい何なのだろう。自分自身の悪事をうまく隠し通したような、奇妙な達成感といってもよかった。

寝室に戻った。

「誰か……来たのか」

男が、寝言のように訊いた。

「うん、警察……。あなたを捜してたけど、うまく追い返したわ……」

「そうか……。すまない……」

有美子はその時、思った。自分はもう、普通の女ではなくなった。この男の、共犯者になったのだ。

男は、また眠ってしまった。有美子は、その寝顔を見つめる。その時、男の様子に異変を感じた。体が、かすかに震えている。

「寒いの？」

男は、何も答えない。手で額に触れた。熱が上がりはじめている。

抗生物質を投与すると、最初はかえって熱が上がることがある。薬が体内の菌と、戦っているからだ。このような時には、体を温めた方がいい。

有美子は着ているスウェットとTシャツを脱ぎ、裸になった。ベッドに入り込み、男の体を抱いた。熱と、汗に濡れた肌の感触が心地好かった。

この安心感は、何なのだろう……。

いつの間にか有美子も、眠りに落ちていた。

13

車に揺られながら、田臥健吾は眠っていた。

だが、頭の一部は常に覚醒し、無線機のスピーカーから流れる音声を聞いていた。

千葉刑務所から脱獄した笠原武大は、まだ確保されていない……。

「田臥さん、もうすぐ着きますよ」

室井に肩を揺すられ、目を覚ました。一瞬、自分がどこにいるのかを確認するための時間が必要だった。だが、体を伸ばしてこめかみの辺りを軽く叩くと、次の瞬間には完全に目が覚めた。

「お前は、寝たのか」

室井に、訊いた。

「ええ、二〇分ほど。おかげですっきりしました」

その気になればどこでも簡単に眠れるし、一瞬で完全に目が覚める。二〇分か三〇分も眠れば、体力と集中力を維持できる。警察庁の第一線に配属されれば、誰でもそのくらいのことは当り前になる。

若い野崎という部下に運転させている車は、もう青梅街道の中野坂上の交差点を過ぎていた。間もなく宝仙寺前の信号を過ぎると、右手に中野警察署の古い建物が見えてきた。

笠原が妻を殺害した二〇一〇年一二月の事件を担当した捜査主任は、いかにも所轄の刑事課の刑事然とした男だった。

「なぜ、いまさら〝本社〟の方々が二年も前のあの事件を？」

名前は、後藤成男。年齢は四十代後半。額には、何で付いたかわからないが深い古傷がある。猜疑心を含んだ目で田臥と室井を交互に見ながら、警察庁の人間を前にして所轄の刑事ならば誰でも訊くようにそういった。

「いや、もう知ってると思いますが、笠原が千葉の〝箱〟を〝抜け〟ましてね。うちの方で特別手配を掛けて追ってるんですよ。それで、協力してもらえないかと思いましてね……」

室井が説明する。田臥はその横で、後藤が用意した捜査報告書を黙って読みはじめた。

「ああ、あれね」後藤が、初めて気付いたようにいった。「私も昨日、千葉県警の方から連絡を受けて驚いてるんですよ。だけど奴が〝抜け〟たのは、うちとは関係ないでしょう」

田臥は書類を読みながら、思った。千葉県警が連絡したことは、聞いていない。だが、室井がすぐにそこを突いた。

「特に、関係はありません。ただ、奴の立ち回り先や連絡を取る可能性のある所を知りたいんですよ。千葉県警は、何といってましたか」

「いや……同じようなことですよ。あの男の交友関係とかね」

日本の警察機構は、面白い。機構の頂点に警察庁という組織がありながら、各都道府県の警察や各所轄は横の繋がりと連絡だけですべてを解決する。警察庁を、排除しようとする。アメリカの州警察とＦＢＩ（連邦警察）との関係に似ている。

「交友関係とか、何か情報はありませんかね」

「もう二年も前ですからね……」後藤は〝二年〟という月日をもう一度、強調した。「それにあの男は経産省を辞めてから、あまり人付き合いはよくなかったみたいですよ。あんな事件を起こせば、親戚だって疎遠になっちまうしね。まあ、一応、こんなものは用意しときましたけどね」

後藤がそういって、二人の前に一枚ずつＡ４のプリント用紙を置いた。

「これは？」

「奴の、交友関係ですよ。しかし仙台の実家はもう誰も残っていないし、奴が身を寄せる場所なんてないと思うけどね」

田臥は、書類を手に取った。笠原の仙台の実家や、亡くなった妻の尚美——旧姓、小谷地——の石川県輪島市の実家。他にも経産省時代の同僚や東大時代の同級生、事件当時まで仕事をしていた雑誌社や新聞社の担当者。さらに中野駅近くの行きつけの飲み屋や新宿ゴールデン街のバーに至るまで、その数二〇件近くの名前と連絡先が書いてあった。

田臥は、名簿の一番上にある笠原の実家の欄に目を留めた。父の名は、笠原慎太郎。母は、芳枝。二人共、二〇一〇年一二月二一日の時点で〝死亡〟となっていた。笠原が事件を起こした五日後だ……。

「これは」

田臥が、名簿を指さして聞いた。

「ああ、それね」後藤がそういって、ひとつ息を吐いた。「火事だったらしいですよ。自宅が全焼して、焼け跡から二人の仏さんが出たって聞いたけどね」

だが、〝火事〟と聞いて、どこかきな臭いものを感じた。

「〝アカイヌ（放火）〟じゃないのか」

田臥が、訊く。

「いや。そんなことは聞いてないですな。でも二人の遺体から睡眠薬が出たとかで、心中じゃないかと噂が立ったけどね。まあ、一人息子があんな〝ヤマ〟をやれば、わからないでもないけどね……」

一応、筋道は通っている。だが、事件から僅か五日後だ。裁判も始まらないこの時点で、両親が心中などするだろうか。普通ならば、自分の息子の無実を信じているものではないのか……。

まあ、いいだろう。田臥は、話を変えた。

「ところでこの〝ヤマ〟は、いやに結審まで早かったですね。そんなに〝テッパン〟だったんですか」

田臥がいうと、一瞬、後藤の視線が揺れたような気がした。

「そうでもないでしょう。〝現場(ゲンジョウ)〟を見れば一目瞭然だったし、ほとんど〝現逮(ゲンタイ)（現行犯逮捕）〟も同じだったですからね……」

「当日の〝現着〟は、この捜査資料によると早稲田通りの〝ＰＢ（交番）〟の栗山(くりやま)という〝巡査長(ハコチョウ)〟になってるね……」

「ああ、真面目な男ですよ。あの後、退職しましたがね。だいたい、通報したのも笠原自身だったしね……」

〝現着〟した警察官が退職？

笠原自身が通報？

いちいち引っ掛かる。

「ああ、そうだった」後藤が田臥の心を読んだようにいった。「笠原に、子供が一人いたことは知ってますよね。女の子でしたけどね……」

「ああ、先程、他の担当の方から電話で聞きましたよ。確か、石川県輪島市の亡くなった母親の実家に引き取られているとか……」

「そう、その子ですよ。当時、確か一二歳だったかな。事件があったのは夜の一一時頃だったけど、まだ起きてて〝現場〟を見ちゃいましてね。父親が、お母さんを殺したっていってね……」

父親が、お母さんを殺した……。

一二歳の少女とはいえ、もう分別のつく年頃だ。想像したくもない光景だが、実の娘がそう証言したのなら、確かに決定的だ。

だが……。

それならば、なぜ笠原は無罪を主張し、東京高裁に控訴までしたのか――。

その時、田臥の横で室井の携帯が鳴った。

「ちょっと失礼……はい、警察庁の室井ですが……」

室井が、携帯を持って席を外した。

「後藤さんは、直接その娘に会ってるんですか」

「もちろん。婦警に協力してもらって、調書も一緒に取りましたよ。名前は、萌子ちゃんといったかな。とても、頭のいい子だったですね……」

そうだろう。笠原は、IQが172もあった。その娘なら、頭が良くて当然だ。

電話を終えて、室井が戻ってきた。

「どこからだ」

田臥が訊いた。

「ちょっと……」

室井が立ったまま田臥と後藤を交互に見ながら、眴せを送る。どうやら、二人だけで話したいらしい。

「どうしたんだ。何かあったのか」

田臥も席を立ち、室井と一緒に部屋の外に出た。

「いま、笠原が最後に仕事をしていた雑誌社の編集部から電話があったんですけどね……」

室井が周囲を気にするように、小声でいった。

「それで。担当者とは連絡がついたのか」

「いえ。それが……。担当デスクは石井実という男だったらしいんですが、死んだそうです……」

「死んだ？」

「ええ。死んだのは、二〇一一年の一月ですね。詳しい日時は、まだ確認が取れていませんが」

二〇一一年の一月といえば、笠原が事件を起こした一カ月後だ。

「それで、死因は」

「交通事故だそうです。自宅の東雲(しののめ)のマンションの前で盗難車に轢(ひ)き逃げされて、犯人はまだ捕まっていません……」

〝殺られた〟ということか……。

理屈ではなく、田臥は直感的にそう思った。

14

ここは、どこだろう……。

笠原武大は、薄明かりの中で目を覚ました。

かなり長い時間、眠ったらしい。

ぼんやりとした頭で、小綺麗に片付いた部屋の中を見渡す。ベージュの花柄のカーテンの窓の外は、すでに暗くなりかけていた。

自分が、なぜこの部屋にいるのか。いまは、何月何日の何時頃なのか。しばらくは、思い出せなかった。

気が付くと、自分の腕の中に裸の女がいた。笠原は、しばらくその寝顔を見ていた。それで、すべての記憶が蘇ってきた。

自分は、千葉刑務所を脱獄した。逃げる途中で、脇腹に怪我をした。このアパートの部屋に侵入して隠れたが、傷口から菌が入って熱が上がり、動けなくなった……。

この女に治療され、抗生物質を飲まされたところまでは覚えている。だが、そこで記憶が終わっている。そのまま眠ってしまったらしい。長い悪夢を見続けていたような気がする。

だが、いまは体が軽くなっていた。頭に掛かっていた靄（もや）のようなものも、消えていた。薬が効いてきたのかもしれない。

枕元に置いてあるデジタルの目覚まし時計を見た。一〇月二〇日の午後五時五〇分——。脱獄してから、すでに三〇時間近くが経ったことになる。

「起きたの……」

笠原の腕の中で、女がいった。

「ああ、目が覚めた」

女が体を起こし、胸にシーツを巻いた。

「ごめんなさい、こんな格好で。あなたが、寒そうだったから……」

女が、はにかむようにいった。

「すまない。助かったよ……」

本音だった。もしこの女がいなければ、死んでいたかもしれない。

「熱は？」

「かなり、下がったようだ。体が軽くなった……」

「まだ、完全じゃないと思うよ。また薬を飲まなくちゃ。傷が塞がるまではまだ時間が掛かるし、最低でも三日は薬を飲み続けないと。いま何か食べるものを作るね……」

女がベッドの下からTシャツを拾い、胸を隠しながら袖を通す。

「実は、もうひとつ頼みがある……」

笠原が、いった。

「どんなこと？　私にできることなら、やってあげるよ……」

女が、恥じらうようにいった。

「君は、車を持ってるね」

「持ってるけど……。どうして知ってるの……」

「夜中に君が帰ってくる時に、車の音が聞こえた。そのカーテンの窓の外に、車が駐まったのがわかった。その車を、貸してほしい。いや、もしかしたら返せないかもしれないけれど、使わせてくれないか……」

女は、しばらく返事をしなかった。暗がりの中に、笠原を見つめる目だけが白く浮いていた。だが、やがて、意を決したようにいった。

「だめ……。車は、貸せない……」

笠原が、頷く。

「そうか……。仕方ないな……」

「でも、車が必要なんでしょう。遠くに逃げるために」

「違う。どうしても、行かなければならない所があるんだ。これ以上、君には迷惑は掛けられないし、他の方法を考える……」

女が、笠原を見つめる。少しずつ、近付いてくる。そしていった。

「車を貸してもいい。あなたに、あげる。そのかわり、私のお願いも聞いて……」

「何だ？」

「私も、連れていって……」

女が両手を笠原の首に回し、唇を重ねた。

第二章　魔手

1

北からの季節風が、冷たい空気を運んでくる。

どんよりとした雲が映る灰色の海は、海面に白い兎(うさぎ)が跳ぶように波立っていた。

波間に魚でもいるのか、先程から数羽の海鳥が、上昇気流に乗りながら何か獲物を探している。

少女――笠原萌子――は袖(そで)ヶ浜(はま)海岸のコンクリートの護岸に座り、摩(す)り切れたジーンズに包んだ両膝を抱えながら、暗い海を見つめていた。

白いダウンパーカーのジッパーを首まで上げ、頭にはフードを被っている。それでも海からの冷たい風は、服の隙間から体の芯まで容赦なく吹き抜けていく。

右の岬から左の岩場まで、長い三日月形の浜が続いていた。今日は、日曜日だった。だが、砂浜に人影はない。

少し前までは、浜に釣り人が一人いたのだが。その老人も、いつの間にかいなくなってしまった。それでも萌子は自分の膝の上から目だけを覗かせ、もう長いこと海を見つめ続けていた。

萌子は、この場所が好きだった。いや、正確には、ここ以外にはいる場所がないといった方がよかった。この砂浜に来ればいつでも、一人になることができた。

東京から能登半島の輪島に越してきてから、もう二年近くになる。新しい中学に転校しても、本当の意味での友達はできなかった。同級生たちはみな、萌子が〝誰の子供〟なのかを知っている。

だが、その両親も、いまはいない。〝お母さん〟は死んでしまったし、〝お父さん〟はいなくなってしまった。萌子は二人の存在を、自分の意識の中に閉じ込めている。

家に帰っても、萌子を待っているのは祖父と祖母だけだ。二人は、優しかった。萌子のことを、ガラス細工を扱うように大切にしてくれている。だが、それでも最近は、祖父と祖母が本当に自分を愛してくれているのかわからなくなることがある。

だから萌子は、いつも一人でいたかった。この浜に来れば、いつでも一人になることができた。こうして海を眺めていると、不思議と心が落ち着いた。

でも、もうすぐ冬になる。去年と同じように、あと一カ月もすれば、この能登の海にも雪が降りはじめる。そうしたら自分は、どこに行けばいいんだろう……。

風が冷たくなってきた。雲が厚くなり、間もなく雨が降りだした。萌子は諦めて護岸の上に立ち、自転車を置いてある駐車場に向かって歩きだした。

駐車場には、五台の車が駐まっていた。萌子は、その日に見掛けた車を無意識のうちに記憶しようとする奇妙な癖がある。軽トラックが二台に、ライトバンの営業車が一台。乗用車が一台と、大型の四輪駆動車が一台あった。

五台のうちの四台は、地元の車だった。ナンバーも知っている。だが大型の黒い四輪駆動車は、このあたりではあまり見かけない東京のナンバーの車だった。

〈――品川330 と ××―77――〉

萌子はそのナンバーを、瞬間的に記憶した。そして無意識のうちに、自分の頭の中にある過去の記憶と照合をはじめた。そして間もなく、二つの記憶が重なった。

どうして……。

萌子はもう一度、黒い四輪駆動車を振り返った。フロントグリルに光る、メルセデス・ベンツのマーク。車にはあまり興味のない萌子でも、そのくらいは知っていた。

ウィンドウガラスにはすべて黒いフィルムが貼ってあり、中は見えない。だが、人が乗っているのか、エンジンが掛かっていた。萌子は本能的に危機を察知し、駆けだした。

自転車に飛び乗り、市街地に向かって走り去った。

運転席には、男が乗っていた。

車と色を合わせたようなアルマーニの黒の革のジャケットを着て、濃い色のサングラスを掛けていた。長い髪はオールバックにまとめ、後ろを縛っている。

男の名は、板倉勘司。名字はともかくとして、名前が本名かどうかはわからない。少なくとも日本の政界、財界からはそう認識されていた。夜明け前に東京の赤坂を発ち、この能登半島の輪島までほとんど休まずに運転してきたが、その表情に疲れは見えない。

「あれが、笠原の娘か……」

唇をほとんど動かさずに、呟くようにいった。

「間違いありません。あれが笠原萌子です。市内の松野台中学の二年になります」

助手席に座る、グレーのスーツを着た女がいった。手元のiPadの資料に目を落として、写真を確認する。だが、表情にはまったく変化がない。

「それで、いつ〝実行〟しますか」

女が、冷たい声で訊いた。

「今日はまだ、二一日だ。笠原が脱獄してから、丸二日しか経っていない。あと一日、待とう。それでも笠原が網に掛からなければ、〝実行〟に移す」

「はい」

「それまでに、準備だけは整えておきなさい」

「はい。了解しました」

男が、メルセデスG550AMGのギアをDレンジに入れた。パーキングブレーキを解除し、ゆっくりと駐車場を出た。

萌子は輪島市内の朝市通りを自転車で走っていた。突き当りの重蔵神社の手前を左に折れて、観光客の間を縫うように走り抜け、輪島塗の漆器店が軒を連ねる工房長屋へと入っていった。さらに細い路地を曲がり、風雨に晒されて黒ずんだ杉板張りの小さな家の前に自転車を止めた。

「ただいま」

工房の前を通り、中にいる祖父の宗太郎に声を掛ける。そして〝小谷地〟と表札のある家の玄関に入った。

「ただいま」

靴を脱いで上がると、茶の間から祖母の文子が顔を出した。

「お帰り。おやつは？」

萌子は廊下を走り、階段を駆け上がった。二階の、四畳半の自分の部屋に飛び込む。ダウンパーカーを脱ぎ捨てて勉強机の椅子に座ると、死んだ母からもらったＭａｃのコンピューターの電源を入れた。

「いらない。後でいい」

画面が立ち上がるのを待って、長いパスワードを打ち込む。一〇本の指先が、まるで別の生き物のように動く。古いフォルダを探し出し、開く。アルファベットだけの、奇妙な羅列がディスプレイを埋め尽す。その画面を上にスクロールし、目的の部分を探す。

あった、これだ……。

〈――TJLAF・TKSTO・XXGG・MB――〉

萌子はそのアルファベットの羅列を、しばらく見つめていた。それはごく簡単な、萌子だけがわかる変則の暗号だった。いや、本当ならば、もう一人この暗号を理解できる人間が存在するのだが……。

やはり、思ったとおりだった。あの車は前にも一度、見たことがある。萌子にとって絶対に忘れることのできない、あの事件があった日の四日前に。

萌子はコンピューターに、新しいアルファベットの羅列を打ち込んだ。

〈――TLLBA・TKSTO・XXGG・MB――〉

アルファベットの羅列の二カ所にだけアンダーラインを引き、その部分の文字だけ色を赤に変える。こうしておけば、絶対に忘れない。

萌子に車のナンバーを覚える遊びを教えたのは、〝お父さん〟だった。散歩をしている時も、家族でドライブに行った時にも、よく一緒に車のナンバーを覚えて遊んだ。記憶したナンバーをアルファベットの暗号に置き換えることを教えてくれたのも、〝お父さん〟だった。

萌子は昔から、数字を使った遊びが好きだった。そして、記憶することが得意だった。〝お父さん〟と競いながら、一日に五〇台以上の車のナンバーを記憶することができた。〝お母さん〟はそんな二人を、いつも笑いながら見ていた。

なぜ〝お父さん〟は、自分にそんな遊びを教えたのだろう。あの頃は、それが普通なのだと思っていた。疑問に感じたこともなかった。

だが、いまは違う。この奇妙な遊びに、どんな意味があったのか。萌子は自分なりに、理由を理解していた。

萌子は、フォルダを閉じた。そしてコンピューターをインターネットに接続し、二つのキーワードを打ち込んで検索した。

〈――笠原武大 ニュース――〉

すぐに、いくつかの情報がヒットした。

〈――千葉刑務所から脱獄した殺人犯・いまだ行方摑めず　　　　FFN　3時間前
19日午後、千葉市若葉区の千葉刑務所を脱獄した殺人犯・笠原武大は、丸2日が経過した現在も行方がわかっていない。千葉県警察本部ではすでに非常線が突破された可能性もあるとして、捜査範囲を広げている――〉

萌子はしばらく、その記事を見つめていた。

「お父さん……」

小さな声で、いった。

澄んだ両目から、大粒の涙が頬を伝ってこぼれ落ちた。

2

脱獄が発覚してから、丸二日が過ぎた。

警察庁警備局公安課特別捜査室の田臥健吾は、千葉刑務所のある千葉県千葉市若葉区貝塚町の現場に戻ってきていた。

未明から四時間ほど眠れたので、疲れはそれほど溜まっていなかった。だが、捜査は進展していない。笠原武大の行方は、杳として知れない。

「これは、完全に〝網〟を抜けちゃったな……」

京葉道路の高架に近い埋め立て地に仮設された捜査本部のテントの中で、部下の室井智が呟くようにいった。手にはこの日、何杯目かのコーヒーと、火のついたタバコを持っている。

「まだ、抜けたと決まったわけじゃない。まあ、五分五分だな」

田臥は、まだ笠原が〝網〟の中にいる可能性が高いと思っていた。理屈ではない。〝勘〟

だ。

「抜けていないとすれば、どこにいるんですか。もう、四八時間も経ってるんですよ。奴は金も持っていないし、腹だって減るでしょう」

少なくとも非常線の中で、笠原らしき男が食べ物を万引したというような通報はいまのところ入っていない。

「この辺りには住宅地が多い。民家に押し入って何か食ったのかもしれないだろう。でもなければ……」

「でもなければ?」

田臥はその時、〝女〟といいかけて言葉を呑み込んだ。まさか。それこそ、何の根拠もない。

「それより、タバコを一本くれないか」

「いいですけど……。田臥さん、止めたんじゃないですか」

「いいから一本くれよ」

室井が差し出した箱からマイルドセブンを一本抜き、ライターを借りて火をつけた。何カ月振りかのタバコだった。煙を吸い込むと、体が一瞬重力を失い、風景が揺れるように歪んだ気がした。

それにしても……。

いったい笠原の周辺で、何が起きているんだ……。

奇妙なのは二〇一〇年一二月に笠原が殺人罪で逮捕されて以降、短期間の内に周辺の人間が何人か不審死を遂げていることだ。偶然なのか。それとも、何か関連があるのか――。

笠原が妻を殺害した事件から五日後の深夜、まず宮城県仙台市青葉区の実家が火事になった。この火事で、笠原の両親が死んだ。二人の体内からフルニトラゼパム系の睡眠導入剤の成分が検出されたことから、自殺した可能性が高いと報道されていた。

だが所轄の仙台市消防局に照会すると、いろいろと不自然な事実関係が浮かび上がってきた。まずこの火事の調査に関しては通常の消防局警防部門の担当消防官だけでなく、所轄の警察の刑事課が介入していることがわかった。

田臥はすぐに、宮城県警の仙台中央署に連絡を取った。刑事課の担当者から、さらに不可解な情報を得た。まず笠原の両親の体内から検出されたフルニトラゼパム系の睡眠導入剤の濃度が、きわめて高かったこと。この種の薬について両親がここ数年のうちに処方された記録が存在せず、入手経路が特定できないこと。またフルニトラゼパム系の睡眠導入剤は経口薬だけでなく注射薬も存在し、第三者による大量投薬が可能であること――。

さらにこれは消防局の方からも聞いていたが、現場の情況がきわめて不自然だった。両親は二階の寝室に寝ていたと思われるが、火元は一階の食卓の近くに置いてあった灯油ストーブの周辺と特定された。しかも室内には、灯油が撒かれた形跡があった。

もし二人の死が自殺だとするならば、部屋に灯油を撒いてストーブを消さずに眠り、自然発火を待ったということになる。だが、睡眠導入剤まで大量に飲んで確実に死のうとする者が、そのような不確実な自殺の方法を選ぶとは思えない。

また笠原の父の慎太郎は元公立高校の教師で、長年陸上競技の振興に携わり、校長まで務めた人物だった。母の芳枝も、中学の教師だった。二人共、地元では人格者として知られていた。周囲では、そんな二人が「他人に迷惑をかけるような、家に火を放っての心中などするわけがない」という噂が立っていた。現在、仙台中央署では、事件性も含めて捜査を継続している。

さらに一カ月後、自宅の東雲の近くで轢き逃げされた笠原の元担当編集者、石井実の事故も奇妙だった。

事故が起きたのは二〇一一年一月一六日の深夜。江東区東雲のマンションに帰宅した石井がタクシーを下りて道路を渡ったところを、後方から走ってきたミニバンに轢き逃げされた。これを乗ってきたタクシーの運転手が目撃。すぐに携帯で緊急通報したが、その二時間後に心肺停止が確認された。

所轄の東京湾岸警察署の記録によると、轢き逃げしたのは黒の日産エルグランドで、目撃したタクシーの運転手は「無灯火だった」と証言している。また事故の情況から、マンション街の細い道を時速七〇キロ以上で走行していたと推定。路面にはブレーキ痕が残っていなかった。

事故の当該車輛は通報からおよそ五時間後に、同じ管内の有明スポーツセンターの近くの路上に乗り捨てられているのを発見。ナンバーから、前日に神奈川県内で届出がなされている盗難車であることが判明。車輛の前部が大きく壊れ、フロントガラスが割れていたこと。事故現場に落ちていたウインカーなどの破片が、これに一致したこと。車輛に付着していた血液が被害者のものと一致したことなどから、事故車輛であることが特定された。

だが、轢き逃げの犯人はまだ確保されていない。当日の江東区内の様々な場所の防犯カメラに、マスクをしてサングラスを掛けた性別不明のドライバーの顔が映っていただけだった。東京湾岸署では、この事故を規定どおり交通課が担当。一般の轢き逃げ事件として捜査を進めている。刑事課による〝殺し〟の線での捜査は行われていない。

だが……。

どう考えても、奇妙だ。〝犯人(ほし)〟は石井を殺るために、用意周到に盗難車を用意したとしか思えない。深夜に無灯火で、マンション街の道を時速七〇キロ以上で走っていただけでも意図的な殺意を感じる。

　田臥は石井が勤めていた出版社——週刊『セブンデイズ』の編集部にも当ってみた。昨日は土曜日だったが、週刊誌の編集部ということもあり、多くの記者が出社していた。

　副編集長の加藤閏(かとうじゅん)という男の話によると、石井実は当時入社して一二年目の中堅的な編集記者で、主に『セブンデイズ』の経済記事を担当するデスクだった。笠原とは、奴が二〇〇五年に経済産業省を辞めた直後からの付き合いだった。その後、笠原がライターとして、隔週で株や円相場などの経済関連記事を執筆。石井がその担当を務めていた。

　加藤は笠原が書いた記事を、「相場の読みが正確なレベルの高い記事だった」と評価していていた。田臥の意図を察したのか、石井が事件に巻き込まれることは有り得ないともいっていた。だが、元来、経済記事は事件記事と違ってそれほど危険要素は含まない。

「なあ、室井」

田臥がタバコを灰皿で揉み消し、いった。

「何です」

「あの笠原が週刊誌に書いていた記事、読んだか」

編集部で笠原が過去に書いた記事をすべてリストアップさせ、コピーして持ち帰ってきていた。

「全部じゃないですけど、少しは。なぜですか」

「読んで、どう思った」

「どう思ったかっていわれてもなあ……」室井がそういって、またタバコに火をつけた。

「私は経済のことはよくわかりませんが、つまり株が上がったり下がったりという記事でしょう。円高ドル安になるから、この株を買えとか。特に事件に結び付くような記事じゃないと思いますけどね……」

確かに、室井のいうとおりだ。笠原の文章は読みやすく、理路整然として、さすがにIQが172の人間が書いただけあって妙な説得力を感じた。だが、どれを読んでも、投資好きの中年の会社員が読むような何の変哲もない株式予想の記事だった。特に、事件性に結び付くような内容ではない。

笠原武大の妻殺害事件――。

仙台の笠原の両親の心中事件――。

編集者石井実の轢き逃げ事件――。

三つの事件は、すべて地続きなのか。それとも、単なる偶然なのか。

三つの事件は、それぞれ所轄も違う。離れ小島がたとえ水面下でつながっていても、誰も気付かない。それが日本の警察制度の、恒久的な欠陥でもある。

「それにしても笠原は、どこに消えちまったんだ……」

田臥が、呟く。

「さっき田臥さん、民家にでも押し入ってるんじゃないかっていってたじゃないですか。半径五キロ以内の民家を、一軒一軒しらみつぶしに〝ガサ〟入れてみますか」

室井がなかば投げ遣りにいった。

それにしても……。

秋空は忌々しいほどに晴れていた。

3

一〇月二二日、脱獄から四日目――。

月曜日の朝になるのを待って、笠原は千葉市内の塚間有美子の部屋を出ることにした。

車は、二〇〇四年式のフォルクスワーゲン・ゴルフ。色は、シルバー。逃走に使うには理想的な、目立たない車だった。

体調は、まだ完全とはいえなかった。熱は下がっていたが、足元がふらつく。左脇腹の深い傷も、まだ痛みと腫れが引いていない。

服は、前日に有美子が近くの紳士服量販店で買い揃えてきた、グレーのスーツに着換えていた。他に度の入っていない黒縁の眼鏡を掛け、頭には男性用のヘア・ウィッグを被っている。どれも近くの『ドン・キホーテ』で手に入れた安物だった。

刑務所に入っていた囚人は、ほとんど日に焼けていない。ごく初歩的な変装だが、たったこれだけのことで普通の会社員にしか見えなくなる。出発を月曜日の朝まで延ばしたのも、朝の通勤時間に紛れて非常線を突破するためだった。

前日に、グーグルの地図で現在地を確認しておいた。住所は、千葉県四街道市四街道。近くにはJR総武本線の四街道駅があり、四街道警察署があり、小学校や中学校があった。千葉刑務所からは、直線距離で三キロほどしか離れていない。

だが、この周辺の非常線さえ突破してしまえば、他に関門はない。その後はしばらく、安全だ。少なくとも、目的地に到達するまでは——。

笠原は出発の前にもう一度、鏡の前に立った。スーツを着るのは、何年振りだろう。黒縁の眼鏡を掛けてウィッグを被った鏡の中の姿は、笠原自身にも一瞬、自分には見えなかった。

笠原は、知っている。人間はいかに固着観念に縛られ、判断を誤る動物であるかを。同じ千葉県内の市川で二〇〇七年三月に起きた英国人女性殺害事件では、犯人の男が易々と一〇〇人体制の警察の非常線を突破。その後、二年半以上も逃走し続けた。犯人の男は身長一八五センチの長身で、きわめて特徴的な人相をしており、その顔が数万枚ものポスターやチラシ、テレビのニュースなどで頻繁に公開されていたにもかかわらず、だ。中には本人を何時間も目の前にして、整形手術を執刀しながら、それでも気が付かない医師がいた。人間の視覚とは、所詮はその程度のものにすぎない。

「私は……この服でいいかしら……」

笠原の横に、有美子が立っていた。タイトスカートに、白のニット。ブルーのブレザー。いつもはアップにしている髪を下ろし、看護師らしくない化粧もしていた。

「それでいい。ごく普通のOLに見える」

改めて見ると、華やかな雰囲気もあった。

「何か付いてるわ……」

有美子が笠原のグレーの上着の襟から、白い糸くずを取った。

「ところで、君のタイムリミットは」

彼女の仕事は、病院の看護師だ。絶対に無断欠勤の許されない仕事でもある。もし職場にシフトどおりに入らなければ、すぐに〝異変〟として疑いの目が向けられる。

「昨夜から今朝までの〝深夜勤〟は、薬を持ってきてくれた早苗に換わってもらったわ。次のシフトは今日の〝日勤〟からだから……」有美子が、腕の時計を見た。「八時四五分までにはナースステーションに入らなくちゃならないから、あと一時間くらいかな……」

一時間後にもし有美子が病院にいなければ、二時間後には誰かが騒ぎだすだろう。三時間後に異変が発覚し、同時に警察が動きだす。だが、三時間の時間的猶予があれば、すでに笠原は非常線の遥か彼方にいるだろう。

「そろそろいいだろう。携帯の電源は、切っておいてくれ。行こうか」

「はい……」

八時少し前に、大きなボストンバッグをひとつ持って部屋を出た。有美子が運転し、笠原が助手席に座った。出がけに同じアパートの住人に顔を見られたが、有美子がごく自然に挨拶をすると、特に不審に思われた様子はなかった。

「前の〝彼〟も、よくこの部屋に泊まってたから……」

有美子が少し恥じらうように、なぜか悲しそうに笑いながらいった。

住宅街を抜けて、広い県道に出た。だが、近くの東関東自動車道の四街道インターチェンジにも、京葉自動車道の貝塚インターチェンジにも向かわない。総武線の線路を越えて別の県道に分岐してさらに一般道を左折。国道一六号線に向かう。道は車に付いているナビを当てにせずに、すべて助手席から笠原が指示を出した。

「あなた……この辺りの道に詳しいのね。前に住んでいたことがあるの?」

運転しながら、有美子が訊いた。

「いや、住んでいたことはない。この辺りの道を車で走るのも、初めてだ」

「それならば、なぜ、こんなに道をよく知ってるの？」

「昨日の夜、コンピューターを借りただろう。グーグルの地図で調べて、道を記憶したんだよ……」

有美子が驚いたように、笠原の顔を見た。

沿道には所々に、警察官が立っていた。だが、これも笠原の想定の範囲内だった。予想していたとおり、警察官は走ってくる車のドライバーの顔を見ているだけだ。車を止めてまで、検問は行わない。

千葉市周辺は、東京近郊の代表的なベッドタウンのひとつだ。早朝の通勤時間帯には厖大(ぼうだい)な数の車が東京方面に向かい、幹線道路はただでさえも渋滞する。そこを通行する車をすべて止めて検問を行い、車内や運転手の身元まで調べることなど物理的に不可能だ。

しかも、警察官が見ているのは、千葉刑務所を脱獄した笠原武大だ。頭が坊主刈りで、殺人犯らしく凶悪な顔つきをした、盗難品のスウェットパーカーを着ている男だ。スーツ姿の眼鏡を掛けた男を見ても、瞬間的に笠原だと認識することはできない。それが人間の、固定観念の〝穴〟だ。

車が国道一六号に出ると、それを逆に千葉市街に戻るように左折した。間もなく、京葉自動車道の穴川(あながわ)インターチェンジが見えてきた。ここから、高速に乗った。

「料金はＥＴＣのカードで支払っていいのね」

有美子が訊いた。

「かまわない。そうしてくれ」

料金所にも、白いヘルメットに青い制服の自動車警邏隊の警察官が何人か立っていた。だが、他の車に並びながらETCのゲートを通過する笠原たちの車を止めようとはしない。笠原は助手席で寛ぎながらラジオを聴き、有美子は多少緊張しながらも自然な表情を保った。

笠原はここで、ゲートの入口に設置された監視カメラを確認した。

ともかくこれで、警察の非常線は越えた。だが、これから先も高速道路を走っている限りは、監視カメラやETCの通過記録などで点々と足跡を残していくことになる。もちろんそれも、笠原の計算のうちだった。

「これからどうするの……」

有美子が訊いた。

彼女にはまだ、笠原の行き先を教えていない。この先、もし検問に引っ掛かれば、笠原は彼女を見捨ててでも単独で逃げなくてはならない。その時にもし彼女が笠原の行き先を知っていれば、リスクが増す。もちろん彼女も、それを承知している。

「とりあえず、東京に向かう。この先の宮野木ジャンクションを左車線に入って、湾岸線へ。そこから五つ目の大井ジャンクションを羽田線へ。浜崎橋ジャンクションから都心環状線に入って、一ノ橋ジャンクションに向かって……」

「待って。そんなに急にいわないで。わからなくなっちゃう……」

「すまない。それじゃあ、分岐点に近付いたら教えるよ。とりあえず、左の車線を走っていてくれ」

有美子が運転しながら、一瞬、不思議そうに笠原の顔を見た。

「いまの高速の道順も、昨日のパソコンで覚えたの？」

「いや、そうじゃない。かなり前だけど、この道は何度か通ったことがあるんだ。それで、覚えていた」

「そうなの……」

彼女が半ば呆れたように、頷いた。

とにかくいまは、足跡を残すことだ。

笠原の移動経路の痕跡が複雑になるほど、追手を攪乱(かくらん)することができる。そして、姿を消しやすくなる。

4

北村早苗は午前九時一五分までの深夜勤のシフトを終え、職場の『千葉市立医療センター』を出た。

夜勤の時はいつもそうだが、疲れ、そして眠かった。だが総武線から千葉都市モノレールに乗り換え、最寄りの千城台駅で下りると、自転車でそのまま同僚の塚間有美子のアパートに向かった。

日勤のシフトの定刻になっても、有美子が病院に出てこなかった。連絡は、入っていない。病院側からも、連絡が取れない。事情を知って早苗も連絡してみたが、電話がつながらなかった。

有美子が看護師としてこの病院に移ってきてから一年、無断欠勤は初めてだった。自分がシフトを換わった手前、早苗も責任を感じていた。だが、それ以上に、有美子のことが心配だった。家が同じ方向ということもあり、早苗が有美子のアパートの様子を見に行く役を買って出た。

嫌な予感がしていた。有美子は二日前に、早苗に薬を持ってきてほしいと頼むほどの怪我をしていた。夜勤のシフトを換わってほしいと頼まれたのも、その怪我の具合が良くないからだと聞いていた。

いや、それ以外にも、いまになって思えばもうひとつ奇妙なことがあった……。

有美子の部屋に、薬を届けた時のことだ。ドアを開けた時に、下水の腐った水のような臭いを感じた。

それに、あの時の有美子の態度もおかしかった。いつもと違ってどことなく余所よそしく、早苗と話しながらも常に奥の部屋の方を気にしていた。早苗は直感的に、誰か男の人がいるように感じた。それで気を遣い、友達と約束があるからといい訳をして早く引き上げた。

あの時、部屋の奥にいたのは、いったい誰だったんだろう……。

アパートに着いて、まず異変を感じた。いつも部屋の前の駐車場に駐めてある車が、見当らなかった。有美子は、出掛けているのだろうか。

自転車を下り、入口のドアに向かう。チャイムのボタンを、何回か押した。室内で音が鳴っているのが聞こえるが、誰も出てこない。

早苗はもう一度、有美子の携帯に電話を掛けてみた。やはり、つながらない。携帯の電源が切られているようだ。

試しに、家の固定電話の方にも掛けてみた。呼び出し音が、部屋の中から聞こえる。三回鳴ったところで、留守番電話とつながった。

ドアを、ノックした。何度ノックしても、反応はない。

やっぱり、変だ……。

早苗はドアを離れ、アパートの裏に回った。建物の脇の自転車置き場から、通路がつながっている。裏にはコンクリートブロックと金網のフェンスがあり、その向こうに水路が流れていた。

有美子の部屋は、手前から三番目だ。ちょうど壁の陰になり、見えにくい。だが、その前まで来た時に、早苗は呆然と目の前の光景を見つめた。

バスルームのガラス窓が、割れている……。

早苗はすぐに、その情況とひとつの事件を結び付けた。三日前に起きた、千葉刑務所の脱獄事件だ。そう思った瞬間に、早苗の背筋に悪寒が這い登ってきた。

早苗は慌てて、アパートの表に戻った。携帯を広げても、手が震えていた。大きく息を吸い、そして吐いた。

病院より先に、一一〇番に電話を掛けた。

5

千葉県『四街道警察署』に一一〇番通報があったのは、午前一〇時六分だった。

田臥健吾はその時、千葉市中央区の千葉県警本部にいた。朝九時に召集された捜査会議に室井と共に出席している所に、一報が飛び込んできた。

四街道市に在住の女性看護師が一人、今朝から連絡が取れなくなっている——。

会議を中断して緊急車輛に飛び乗り、現場に急行した。途中の車内の無線で、さらに情報が入ってきた。

〈——当該女性看護師は姓名……ツカマ……ユミコ……。三〇歳……。四街道市四街道××××……ハイツ……フェリジータ……一〇五号室……。千葉市立医療センターに勤務……。一〇一七時……駅前PBより現着……。建物裏手……風呂場のガラス窓が損壊……。第三者侵入の形跡あり……。現在……当該女性不明……。連絡不可……〉

「〝フェリジータ〟って、どういう意味ですかね」

隣に座る室井が、頓狂なことを訊いた。

「イタリア語で、〝好運〟という意味だ」

「さすが……。東大出は学があるな……」

「関係ないだろう」

〝好運〟か……。

何とも皮肉な名前だ。

一〇時四二分に、現場に入った。ハイツ〝好運〟はごく普通の、新しくて小綺麗な、女性の一人暮らしにはもってこいのアパートだった。あえて無理な見方をすれば、外見はイタリア風といえなくもなかった。

現場にはすでに駅前の交番の巡査二人と、四街道署の刑事課の刑事数人が入っていた。何事が起きたのかと、周囲の住民も集まりはじめている。その中に、一一〇番通報した北村早苗という同僚の看護師がいた。

「……今日の朝……日勤なのに有美子さんが病院に来なくて……。無断欠勤とか、絶対にする人じゃなくて……。それで私が見にきたら、私はシフト換わって夜勤だったんですけど、車もなくなってるし……。何度も電話したのに、携帯の電源が切れちゃってて……。もし死んじゃってたら……」

かなり混乱しているようで、要領を得ない。

田臥は調取を同行した県警の担当者にまかせ、建物の裏に回った。通報どおり、風呂場の窓ガラスが割れていた。フェンスの死角にあることから、外部からの偶発的な要因――野球のボールがぶつかるなど――による損壊ではないことがわかる。

ガラスは部屋の内部と外部の両方に落ち、手を入れて鍵を外せるほどの大きな穴が開いていた。窓の下には男性用サイズのスニーカーの足跡が残り、すでに四街道署の鑑識により現場保存されていた。少なくとも、何者かがこのガラスを故意に破壊し、部屋に侵入したことは一目瞭然だった。

「民家に押し入って潜伏してるっていう田臥さんの勘は、当っちゃったみたいですね……」

室井が、頷きながらいった。

この時、田臥は、最悪の情況を想定していた。侵入したのは千葉刑務所を脱獄した、殺人犯だ。部屋に住んでいたツカマユミコ――塚間有美子――という女性を殺害し、車を奪って逃走した。警察庁の面目は、丸潰れだ――。

そこにアパートの管理会社の社員が、部屋の合鍵を持ってきた。近所の住民や、どこから事態を嗅ぎつけてきた報道関係者を下げ、アパートを取り囲む。まだ笠原が、部屋の中に潜伏している可能性は捨てきれない。

田臥と室井もホルスターから銃――SIG SAUER P230――を抜き、県警の警察官と共に部屋に突入した。すべてのドアを開け、部屋を捜索する。だが、部屋は蛻の殻だった。

部屋には、笠原が着ていたと思われる男物のスウェットパーカーやTシャツ、ジーンズが脱ぎ捨ててあった。パーカーやTシャツには、かなりの量の血液が付着していた。寝室のベッドのシーツにも、血液の染みがある。ゴミ箱の中には、汚れた脱脂綿や包帯が大量に入っていた。

「奴は、怪我をしているらしいな」

田臥がいった。

「しかも、傷は小さくないようですね」

看護師だった女が、傷の治療をしたらしい。運のいい奴だ。しかも、その女もいない。一緒に連れて逃げているということか。

「とにかく、奴が逃走に使っている車のナンバーを調べて手配を掛けよう。範囲を関東全域にまで広げるんだ」

田臥は部屋の外に出て、待たせてあった北村早苗に改めて話を訊いた。彼女も同僚の遺体が部屋になかったことを知らされ、少し落ち着きを取り戻していた。

北村早苗によると、彼女が最初に異変を感じたのは二日前の土曜日の朝だった。夜勤明けの朝で、目が覚めたところに塚間有美子から連絡があり、「怪我をしたので抗生物質を持ってきてほしい」と頼まれた。自転車で届けると、彼女は左手に包帯を巻いていた。おそらくそれは、欺くためのカモフラージュだろう。

興味深いのは、その後だ。

「私、その時におかしいと思ったんです。有美子さんは部屋の奥をしきりに気にしていて……。私は、誰か男の人がいるような気がして……」

「なぜ、〝男〟だと」

田臥が訊いた。

「直感で……。でも、なぜだろう……。もし女の人なら、私を部屋に入れてくれたはずだし……」

「他に、変だと思ったことは」

「有美子さんは、ドアの所まで出てきたんです。その時、逃げようと思えば逃げられたはずなのに……。でも、逃げなかったんです……」

田臥は室井と、顔を見合わせた。どうやら同じことを考えているようだ。

「〝ストックホルム〟かもしれないな」

「そのようですね。これは、厄介なことになりましたね……」

ストックホルム症候群――。

精神医学的にある心理的現象を表す用語のひとつだ。一般には犯罪被害者が犯人と閉鎖空間や時間を共有することにより、過度の同情や好意を持つことをいう。これに男女関係が絡むと、お互いの依存関係を経て信頼関係に発展し、特殊な愛情関係に至る場合もある。

一九七三年八月にスウェーデンのストックホルムで発生した銀行強盗立て籠り事件の際、人質が犯人に協力して警察に銃を向けるなどしたことから〝ストックホルム・シンドローム〟という言葉が生まれた。精神医学的には恐怖からくる生存本能による自己欺瞞的セルフ・マインドコントロールと分析されるが、原因は解明されていない。これ以外にも誘拐された女性が銀行強盗団に加わったパトリシア・ハースト事件（一九七四年）や、アメリカのユタ州で発生したエリザベス・スマート誘拐事件（二〇〇二年）などが知られている。統計としては、女性の被害者が男の犯人に同情、共感し起こることが多いともいわれている。

「看護婦さんというのは、怪我をしている人間を放っておけないんでしょうね。〝ストックホルム〟に陥りやすいのかもしれませんね……」

室井がいった。

「それだけじゃない。これは、必然だよ」

田臥は、思う。笠原は、IQ172という知能指数を持っている。それだけの頭脳があれば、あえて相手をマインドコントロールしてストックホルム症候群に陥れることも、難しくはないはずだ。

とにかく奴は、非常線を抜けた。もう、この場所には用はない。

田臥は室井と共に、東京の〝サクラ〟の本部に向かった。

6

〝男〟は、暗い部屋の中にいた。

窓には厚いカーテンが引かれ、明かりは消されている。

この部屋で光といえるものは、闇の中に青白く浮き上がるタブレットのディスプレイだけだった。

〝男〟はタッチパネルを操作し、ついいましがた着信したメールを確認した。

〈——差し出し人・Spartacus——〉

〝男〟は少し考え、メールを開いた。

〈——用件・入札要項——〉。

本文・関係者各位。

以下の発注について、一〇月二四日午前〇時を期限として入札者を求めます。

事業の内容——不具合の修正を目的とする問題箇所の消去。

場所——日本国内、主に石川県の能登半島地区。何らかの事情により事業が延長される場合には、周辺地域に拡大する可能性あり。

対象——Adam・41・数1。

期間——早急。

支払いの条件——指定された海外口座に落札から三時間以内、準備金として四〇パーセント。残金は事業の終了を確認後、一二時間以内に六〇パーセント。

以上、ご検討と入札のほど、よろしくお願い申し上げます。

〈Spartacus——〉

メールには、さらにファイルが添付されていた。それを開き、パスワードを入力して内容を確認する。

〈——Adam——

笠原武大、一九七一年八月八日生まれ。二〇一二年一〇月現在、四一歳。東京大学経済学部卒。経済産業省を二〇〇五年に退省。二〇一〇年一二月一六日、妻を殺害した罪で逮捕、勾留。二〇一二年一〇月一九日、服役先の千葉刑務所を脱獄。一〇月二二日現在、所在不明

——〉

ファイルにはそれ以外にも〝標的〟の身体的特徴やフリークライミングなどの特技、計四枚の顔と全身の写真などの資料が含まれていた。

〝男〟はしばらく、タブレットのディスプレイに浮かび上がる笠原の写真を見つめていた。笠原のことはすでに標的として認知していたし、三日前に千葉刑務所を脱獄したことも知っていた。二年前に接触した標的の妻の柔らかい体の感触は、いまも手の中に残っている。

これは、自分の〝獲物〟だ……。

男はファイルを閉じ、入札のフォームを開いた。現在まで、入札者は二名。入札の単位はアメリカドルになっていた。

しばらく考え、タッチパネルを操作して入札金額と自分のコードネームを入れた。

〈――$129,998　――Cowboy――〉

金額を確認して、メールを送信した。

タブレットを閉じる。ディスプレイの光が落ちると、部屋のすべての風景が闇に沈んだ。

7

午前中は都内の首都高を走り回り、昼前に平和島(へいわじま)インターで下りた。

運転は、途中で笠原に換わっていた。インターから環状七号線に入り、京浜運河を渡って国道三五七号線を左折。中央海浜公園の駐車場に車を入れた。

月曜日の午前中ということもあり、車は少なかった。駐車場の奥まで行き、車を駐めた。

「ここならば、誰にも見られない。着換えよう」

「はい……」

二人で、リアシートに移動する。お互いに着ているものを脱ぎ、下着だけになった。有美子はジャケットにタイトスカートという姿から、私服のジーンズにニット、スニーカーに。笠原はスーツから、やはり前日に有美子がユニクロなどで買い揃えてきたカーゴパンツやネルシャツ、フライトジャケットなどに着換えた。

靴も、トレッキングシューズに履き換えた。安物だが、使えそうだ。脱いだ靴やスーツは、もう必要ない。眼鏡やカツラと共に用意してきたゴミ袋に放り込む。バックミラーを覗くと、それまでとはまったく違ういつもの自分がいた。

「ずいぶん金を使わせたな。すまない……」

笠原がいった。

「いいの。三〇を過ぎた独身の看護婦なんて、けっこう貯め込んでるのよ。それにあなたは……その方が似合うわ……」

有美子が手を伸ばし、笠原のシャツの襟を直した。

運転席に戻る。周囲では、誰も見ていない。笠原は黒いニットのウォッチキャップを被り、濃い色のサングラスを掛けて、車のギアを入れた。

「これから、どうするの？」

有美子が訊いた。

「この辺りでもうひとつ、すませておくことがある」

笠原はゆっくりと車を走らせ、駐車場を出た。国道三五七号線から一号線、さらに環状八号線を左折し、羽田空港のエリアに入っていく。

この辺りの埋立て地には、大井埠頭から海外に輸出される車を船積みまで保管する保税蔵置場が多い。主に日産やホンダ、いすゞなどの大手メーカーが管理する新車の蔵置場だが、中には膨大な数の中古車が並んでいる区画もある。こうした中古車を買い集めてくるのはほとんどがパキスタン人のディーラーやブローカーで、やがて大井税関で通関されて東南アジア諸国に売られていく。

笠原はしばらく空港の周辺を車で回り、条件に合った場所を探した。新車や高年式の車が並ぶ蔵置場には高いフェンスが張られているが、空地に安物の中古車が野晒しになっているような区画もある。時にはもう商品にならないような車が、ただ放置されているような光景も見かけた。

笠原は周囲に人がいないことを確認し、車を停めた。

「ちょっと、ここで待っていてくれ。すぐに戻る」

「何をするの？」

「心配しなくていい。この車を取り換えるわけじゃない」

笠原は車載工具の中からドライバーを出し、それを持って車を下りた。もう一度、周囲に人がいないことを確認し、中古車が並ぶ空地の中に入っていく。手頃な中古車を見つけ、体を低くして身を隠しながら、前後のナンバープレートを外した。

車に戻り、ナンバープレートをドアのサイドボックスに入れた。

「この車のナンバーを、後で取り換える。行こうか」

車を走らせ、環七の方面に向かった。

「車のナンバーを手に入れるために羽田空港まで来たの？」

しばらくして、有美子が訊いた。

「そうだ。ここならば、中古車がたくさんある。登録されている車のナンバープレートを盗めばすぐに通報されるし、手配される。しかしすでに車検が切れて輸出されていく車のナンバープレートならば、通報されたりはしない。その分、時間を稼げる」

日本の中古車は、盗難車であっても輸出されていく。運が良ければ、永久に通報されない可能性もある。

「あなたは何でもよく知ってるのね……。服の着換え方にしてもそうだけど、映画に出てくる犯罪者のように手際がいいわ……。こういうことには慣れてるの？」

「別に、慣れてはいない。こんなことは、初めてだよ。ただ、考えればわかることだと思うけど」

「不思議な人ね。あなたが本気で警察から逃げようと思ったら、絶対に捕まらない。そんな気がするわ……」

有美子が、なぜか不安そうにいった。

「どうかな。警察は、そう甘くはない」

時間は、昼を過ぎていた。笠原は、ラジオの周波数をＮＨＫに合わせた。昼のニュース番組の淡々としたアナウンサーの声が流れてきた。

〈――一九日に千葉刑務所から脱獄した受刑者、笠原武大は、いまだに身柄が確保されておらず、警察庁はすでに県外に逃げた可能性もあるとして特別指名手配して行方を追っています。一方で今日の朝になって千葉県四街道市に住む三十代の女性看護師と連絡が取れなくなっており、この女性の自宅アパートに笠原受刑者が立ち寄った形跡があることなどから――〉

やはり、警察は塚間有美子のことを嗅ぎつけた。もちろん、想定していたことではあるが。

「何だか、おかしいわ……」

有美子がいった。見ると、彼女は本当におかしそうに笑っていた。

「なぜだ」

笠原が訊いた。

「だって〝三十代の女性看護師〟って、私のことでしょう。ひどいわ。確かに三十代だけど、まだ三〇歳になったばかりなのに。なんだか、他の人のことをいっているみたい……」

そういって、また笑った。

「いまならばまだ、戻れるぞ。この車を下りて、警察に駆け込み、助けを求めればいい。そうすれば、君は罪には問われない」

有美子は、しばらく何かを考えるように黙っていた。しばらくして、いった。

「いいの……。私はいままで、ずっと誰かの身代りとして生きてきたの。仕事でもシフトを代わったり、代わってもらったり。女としても……」

彼女はそこで一度、言葉を止めた。少し考え、何かを思い出したかのように小さく頷き、また話しはじめた。

「最近、自分が誰なのかがわからなくなっていたの。でも、さっきラジオの中に自分が出てきたら、うれしくて……。やっと、自分が誰なのかわかってきたような気がしてきて……」

いつの間にか、有美子は泣いていた。

笠原は、何もいわなかった。

ただ、運転席から左腕を伸ばし、有美子の頭を抱き寄せるように撫でた。

8

田臥健吾と室井智は、警察庁の〝サクラ〟の本部に戻っていた。

コンビニの握り飯を缶コーヒーで荒れた胃の中に流し込みながら、手元のコンピューターの画面を睨む。千葉の現場から本部に戻る車中でも、次々と新しい情報が入ってきていた。

まず、笠原が逃走に使っていると思われる車の車種と年式、登録ナンバーなどが判明した。

二〇〇四年式のフォルクスワーゲン・ゴルフ、色はシルバー。ナンバーは〈――千葉330な　95―××――〉、所有者は塚間有美子――。

次に、重要な目撃証言が一件。当該女性看護師が居住するハイツ・フェリジータの二〇一号室の住人、吉村喜美子――四七歳――が、今朝八時少し前頃に塚間有美子が男性と二人で車で出掛けていくのを目撃。挨拶を交わした。当該女性の証言によると同行の男性は年齢三十代から四十代。身長一七〇センチから一八〇センチ。グレーもしくは類似する濃い色のスーツを着て、眼鏡を掛けていた。髪型は記憶していない。だが、身体的特徴はほぼ笠原武大に一致している。

塚間有美子の部屋には、笠原が逃走時に着用していたと思われる衣服が脱ぎ捨てられていた。これも千葉刑務所の官舎の住人に確認し、事件当日の午後に盗まれたものであることが判明。これで笠原が、女性看護師と共に車で逃走したことが決定的となった。

さらに田臥は、女性看護師の金融機関の口座を照会。その結果、千葉銀行の長洲支店に〝塚間有美子〟名義の口座を持ち、VISAカードと同ETCカードが発行されていることが判明。塚間有美子は前日の日曜日に、キャッシュカードによる一日の取引限度額の五〇万円を自宅近くのATMから引き出していることもわかった。

即刻、車のナンバーと塚間有美子のカード番号で手配を掛けた。笠原は、刑務所を脱獄したばかりで、金をまったく持っていない。当分は、塚間有美子の金とカードを当てにしなければ行動できないはずだ。

早速、有力な情報が引っ掛かってきた。今日の午前八時三四分、塚間有美子のETCカードが穴川インターの料金所を通過。京葉道路に乗ったことがわかった。さらにその二二分後、宮野木ジャンクションから東関東自動車道の料金所を通過――。

「穴川インターの料金所の監視カメラの画像は、まだ入ってこないのか。〝公団〟の連中は、何をやってるんだ……」

田臥が時計を見ながら、苛立たしげにいった。道路公団が民営化されて七年にもなるのに、警察関係者はいまだに〝公団〟という言葉を使う。

「まあ、県警の方を通すつもりなんでしょう。彼らだって自動車警邏隊がみすみす見逃しちゃったわけで、責任問題ですからね」

「それにしても、画像を確認するようにいってから一時間半だぞ。料金所を通過した時間も車のナンバーもわかってるのに、何をやってるんだ……」

「あ、何かメールが入ってきたみたいですね……」室井が、コンピューターの画面を見ながらいった。「千葉県警からです。何か資料が添付されてますね。ああ、やっぱりそうだ。穴川の料金所の映像ですよ……」

「見せてくれ」

田臥が、室井の背後からコンピューターのディスプレイを覗き込む。どこにでもあるような、モノクロの料金所の監視カメラの映像だった。国産の乗用車の後ろから、フォルクスワーゲンのゴルフらしき車が通過していく。ナンバーと乗員が映っているのは、一瞬だった。

「もう一度、巻き戻して……。それで、止めてくれ。そこだ」

「はい」

室井が、画像を止めた。不鮮明だが、ナンバーが確認できる。千葉330　な　95—××……間違いない。当該車輌だ。

乗員は、二名。運転席に女、これは塚間有美子だろう。助手席に、スーツを着た男が一人。眼鏡を掛けていることはわかるが、サンバイザーの陰になっているために顔がよくわからない。髪もカツラを被っているのか、少し長く見える。

「どう思う。これが、笠原だと思うか」

田臥が訊いた。

「どうですかね……」室井がディスプレイの横に、笠原の顔写真を並べる。「輪郭とかは似ているみたいですね。まあ、おそらく、これが笠原なんでしょうけど……」

田臥が、溜息をつく。

「とりあえず、この画像を〝鑑識〟に回してくれ。笠原本人かどうか確認するんだ」

「わかりました……」

室井がコンピューターを操作し、いま送られてきたばかりの画像を刑事局に転送する。この秋に警察・検察の公的捜査機関向けに防犯カメラなどの新しい画像解析ソフト——『AccuSmart Vision Standard』が実用化され、画質の悪い画像の解析がより確実かつ迅速になり、証拠能力が向上した。便利な世の中になったものだ。だからといって、コンピューターが犯人を逮捕してくれるわけではないのだが。

「他には……」メールに画像の資料を添付して送信し、室井が訊いた。「解析が終わって笠原本人であることが確認できたら、車のナンバーと共にマスコミに流しますか。それとも、スーツを着て眼鏡を掛けた笠原の合成写真でも作らせましょうか」

どこか、皮肉を込めたようないい方だった。

「そうだな。ついでにそいつの頭に、いま風のカツラでも乗っけておいてくれ」

だが、田臥は思う。

笠原は本当に、いま、スーツを着て眼鏡を掛けて行動しているのだろうか。奴は血だらけの盗んだ衣服を、処分せずに女性看護師の部屋に残していった。しかも部屋を出てから少し離れた穴川インターまで走り、あえて女のＥＴＣカードを使って高速に乗った。奴は故意に防犯カメラに画像を残し、スーツ姿の自分を印象付け、捜査を攪乱しようとしているのではないのか……。

だとすれば笠原は、いますでにまったく違う服装で行動しているということになる。

「いままた、新しい情報が入ってきましたね。変だな……」

室井が、コンピューターを操作しながらいった。

「どうしたんだ」

「もう一件、塚間有美子名義のＥＴＣカードの使用歴が出てきましたね。いまから、約二時間前です。呉服橋(ごふくばし)の料金所から入ってます。いや、もう一件……。その五〇分後に、今度は霞(かすみ)が関(せき)の料金所にもカードの記録が残っている……」

どういうことだ……。

奴は、首都高を出たり入ったりを繰り返しながら走り回っているらしい。いったい、何を考えているのか。これでは奴がどこに向かうのか、読みようがない。

「とりあえず、〝公団〟に呉服橋と三宅坂（みやけざか）の監視カメラの画像も請求しておいてくれ……」

田臥は、自分のデスクの上の缶コーヒーの残りを飲み干した。薬のような苦さと毒のような甘さで、口の中がべとついた。

「請求しておきましたよ。さて、これからどうしますか。〝公団〟の画質の悪い画像ばかり集めたってしょうがないでしょう。何か、手を打たないと」

室井が、コンピューターを閉じた。

「待つんだ」

「待つんですか?」

「そうだ、待つんだよ。それしか方法はないだろう」

田臥は、笠原がただ衝動的に脱獄したとは思えなかった。事実、奴は周到に脱獄を計画していた節がある。これだけのリスクを冒すには、何か確固たる目的があったはずだ。

だとすれば、このまま奴がただ潜伏するとは思えない。目的に向かって、何らかの動きがあるはずだ。動けば必ず、そこに隙が生じる。

いまは、それを待つしか方法はない。

9

シルバーのフォルクスワーゲン・ゴルフは、環状七号線で都内を縦断した。板橋区の熊野町の交差点で川越街道を左折。その後、下赤塚の手前で国道一七号線に分岐して新大宮バイパスへ合流した。間もなく車は片側三車線、全長六二一・七メートルの笹目橋で荒川を越え、埼玉県に入った。

すでに車は、ナンバープレートも換わっていた。いま付いているのは千葉ナンバーではなく、羽田空港で手に入れた宇都宮ナンバーだった。途中で何回か警察官を見掛けたし、パトカーが真横にいたこともあるが、誰も〝逃走中の二人〟であることには気付かない。

塚間有美子は助手席に座り、運転する笠原武大の横顔を見つめていた。膝には中学生の時に両親がクリスマスのプレゼントに買ってくれた、古いテディベアの縫い包みを抱いていた。なぜこの縫い包みが荷物の中に入っていたのか、有美子は覚えていなかった。家からは必要最小限度のものしか持ってこなかったし、このテディベアも忘れてきたと思っていた。自分で無意識のうちに荷物に入れたのか。それとも、この人が入れてくれたのだろうか。

この人は、誰なんだろう……。

有美子は笠原と初めて会った時と、同じことを思った。

最初に暗い部屋の中で、テディベアを抱き締めながらこの人を見つめていた時、有美子は得体の知れない手負いの野生動物を目の前にしているような錯覚を覚えた。その思いは、いまも変わらない。

あの時は、心の中は不安でいっぱいだった。だが、いまは、こうしてこの人を見つめていても、不安よりもむしろ安心感の方が大きくなってきている。もちろん、不安の部分がまったくなくなったわけではないのだけれども……。

有美子は、ひとつ面白いことに気が付いた。笠原武大と出会った時から、自分でも不思議なほどに冷静だったということだ。相手が殺人犯であることも理解していたし、千葉刑務所を脱獄した人間であることもわかっていた。不安にもなったし、一時的にパニックにもなった。しかし、どこかにもう一人の自分がいて、笠原と自分自身を冷静に見つめていたような気がする。

「だいじょうぶか」

突然、笠原に訊かれ、我に返った。

「何がですか……」

「君は何か、考え事をしていた。だから、だいじょうぶかと訊いた」

笠原が、まるで有美子の心を見透かしたようにいった。

そういえば、この三日間にもそんなことが何度かあったような気がする。最初に有美子がパニックになっている時にこのテディベアを手渡してくれたのも彼だったし、頭の中に〝逃げよう〟という思いが掠めた瞬間に腕を摑まれたこともあった。

「たいしたことじゃないの。なぜ自分がこんなに冷静でいられるのか、その理由を考えていただけ……」

「それで。答は見つかったか」

笠原が訊いた。

「まだ見つからないわ……」

この旅が終わる頃には見つかるような気がする……。

有美子はそういいかけて、言葉を呑み込んだ。もし口に出していってしまったら、いまのこの時間が本当にすぐに終わってしまうような気がした。

車は新大宮バイパスから国道二九八号線に入り、しばらくして国道四号線を左折した。途中、ずっと道の上を外環自動車道が走っていたし、東北自動車道の標識も出ていた。だが、笠原が高速に乗る気配はなかった。ただ一般道の走行車線を、他の車の流れに乗って坦々と走り続けている。

理由を訊かなくても、有美子は理解していた。最初に高速に乗り、首都高の料金所で何度もETCカードを使ったのは、千葉から東京都内までの足跡を残すためだ。そして羽田空港でナンバーを換えた時点で、自分たちは消えた。今度は足跡も臭いも残さずに、本当の目的地に向かっている。

有美子は子供の頃から、本が好きだった。学校の図書館で借りた『シートン動物記』の全集の中に、そんな狼の話があったような気がした。利口な狼はわざと足跡を残して逃げ、人間の注意を自分に引きつけて妻と子供を守る。しばらく進むと後ろ向きに逆戻りし、川の中に跳んで臭いを消して対岸に逃げる。あれと同じだ。

車はひたすらに、国道四号線――新四号バイパス――を北上した。まだ明るいうちに新大利根橋で利根川を渡り、宇都宮の手前で日没を迎えた。道にはあまり詳しくない有美子にも、出てくる標識から東北の方面に向かっていることだけはわかった。

朝からすでに九時間近く車に乗っているが、笠原とはあまり話さなかった。彼は常に寡黙で、何かに集中し、近寄り難い雰囲気を持っていた。話すのはいつも必要最小限度のことだけで、それ以上は頑に自分の世界に閉じ籠っているかのようだった。

有美子は笠原に、訊いてみたいことがあった。いや、正確には〝訊かなければならないこと〟というべきかもしれない。だが、それが喉元まで出かかっても、話す勇気が湧かなかった。

いまは、それでよかった。いずれ、彼に話す時が来るだろう。たとえそれが、この旅の終焉になったとしても。

車はやがて国道を外れ、田園風景の中に入っていた。農村があり、広大な牧草地が広がり、暗く深い森の中を走った。

「那須ね。それで宇都宮ナンバーを探して付けたのね」

「そうだ。もうすぐ、着く。どこかで食料と必要なものを買おう」

間もなく、那須塩原の市街地に出た。広大なショッピングモールの駐車場に車を駐める。

宇都宮ナンバーのシルバーのゴルフは、周囲の車に溶け込むように目立たない。

最初にホームセンターに入り、LEDのランタンやキャンピングガス、アイスボックス、安物のシュラフを二つ、紙の皿やコップなどを買った。笠原は、なぜそれが必要なのかをいちいち説明しない。だが有美子は、少なくとも今夜は旅館やホテルに泊まるのではないことだけは理解した。

次に、スーパーに入った。レトルト食品や缶詰、ハム、総菜、インスタントの味噌汁など簡単に食べられる物を多めに買い込む。さらにミネラルウォーターや氷、ビールなど冷やしておく必要のある物は、アイスボックスに入れて車に積んだ。そしてまた、ショッピングモールを出て走り出した。

車は、市街地を外れた。山に向かっているようだった。しばらく行くと細い農道を曲がり、牧場の間を抜け、さらに登っていく。

「ねえ、お願いがあるの……」

有美子がいった。

「何だ」

「体を洗いたいの。どこかで、お風呂に入れないかしら……」

「近くに温泉がある。それでいいか」

「ええ、温泉でいい。あなたはまだお風呂は無理だけど、シャワーで傷口を流した方がいいわ。後で消毒してあげるから……」

「すまない」

板室（いたむろ）温泉に近い山の中の小さな宿で風呂をすませ、また走った。時間は夜の八時を過ぎていた。山に向かい、今度は下っていく。周囲には観光地らしい洒落た店舗や別荘のような建物が多いが、平日の夜ということもあってあまり人気（ひとけ）はない。

那須街道を過ぎ、池田（いけだ）という交差点を越えると、急に建物が少なくなった。やがて、細い無舗装の道を曲がった。周囲は、深い森だ。森の中に迷路のように道が続き、時折、ヘッドライトの光に古い別荘らしき建物が浮かび上がる。

「ここだ……」

笠原が、車を止めた。ライトを消すと、辺りは深い闇に包まれた。

有美子が訊いた。

「ここは、どこ……」

「古い別荘地だ。ちょっと車の中で待っててくれ。すぐに戻る」

笠原がホームセンターで買った袋の中からLEDライトを出し、バッテリーを入れ、車を下りた。ライトの光が、深い森の下生えの中に入っていく。やがてその光も、見えなくなった。

有美子は一人で、車の中で待った。辺りは、漆黒（しっこく）の闇だ。急に不安になり、膝の上のテディベアを抱き締めた。

どこからか、音が聞こえてきた。何か大きな動物が、草木を薙（な）ぎ倒すような音だった。その音に合わせるように時折、下生えの中で小さな光が揺れるのが見えた。

助けて……。

有美子は、心の中で叫んだ。震える手を運転席に伸ばし、ヘッドライトのスイッチを入れた。その光の中に、草木の白い影が亡霊のように浮かび上がる。

突然、目の前の下生えが動いた。有美子は、体を硬直させた。

何かが、出てくる……。

間もなく、下生えが割れた。ヘッドライトの光の中に、右手に長いブッシュナイフを持った笠原が姿を現した。車に、歩いてくる。そして、助手席側のドアを開けた。

「どうしたんだ」

笠原が、訊いた。

有美子はテディベアを抱き、シートの上で体を丸めて震えていた。笠原を見つめる自分の目に、涙が溜まっていることにも気付いていなかった。

「やめて……」

無意識のうちに、いった。

「本当に、どうしたんだ。荷物を運ぶのを手伝ってくれ……」

笠原がブッシュナイフを車に立て掛け、そっと有美子の手を取った。肌が触れ、体温が伝わった瞬間に何かの呪縛が解けた。大きく息を吸うと、我に返ったように落ち着きを取り戻した。

「ごめんなさい……。もう、だいじょうぶだから……」

有美子はよろけながら、車の外に出た。

笠原が重いアイスボックスを運び、有美子がその後ろからレジ袋とLEDライトを持って続いた。小柄な有美子の背丈ほどもある下生えが、人が歩く小道のように刈られていた。

「この〝道〟を作ってたのね……」

前を歩く笠原に訊いた。

「そうだ。もう二年以上も誰もここに来ていなかったんだ。〝ガヤ〟が深くなっていたから……」

「〝ガヤ〟って?」

「土地の言葉で、クマザサのことだよ。切り口が鋭いから、気を付けろ」

間もなく下生えの中の道の向こうに、屋根の低い小屋のようなものが見えてきた。近付くと、それが小さなログハウスであることがわかった。ログハウスは深い森の樹木に埋もれながら、眠るようにぽつんと建っていた。

笠原が低いデッキに上がり、ドアを開ける。有美子も後ろから、小屋に入る。笠原が買ってきたばかりのランタンを低い天井に下げ、スイッチを入れると、温かい光の中に六畳ひと間ほどの狭い空間が浮かび上がった。

「この〝家〟は……」

有美子が室内を見回し、訊いた。

「昔、大学時代の友達と建てたんだ。遊びの基地にしようといってね」

「でも〝安全〟なの？」

「だいじょうぶだ。この土地の名義は、友達の親父さんのものだ。その友達も何年か前から家族と上海に赴任してるし、この〝家〟のことを知る者は誰もいないよ」

部屋の中は、まだ白木のパイン材の木肌が残っていた。松ヤニの臭いが、かすかに鼻を突く。床にはゴブラン織りのラグが敷かれ、奥の一角に煉瓦が積まれ、そこに小さな薪ストーブがひとつ置かれていた。他には壁に小さな棚がひとつ、部屋の中央にテーブルがひとつ。背の低いチェストがひとつ。他には何もない。

「いま、ストーブを点けるから楽にしていてくれ」

笠原が、デッキから乾いた薪を運ぶ。

「私も、何か手伝います。他の荷物を運んできます……」

有美子は下草を刈った小道を、一人戻った。車の中から着替えの入ったボストンバッグとシュラフを取り、ドアを閉める。

その時、ふと気が付いた。自分はいま、車の鍵を持っている。一人で、車の近くに立っている。

いまならば、このまま車に乗って走り去れば元の世界に戻ることができる……。

だが、自分の心を閉じた。重いボストンバッグを肩に掛け、元の小道を歩いて山小屋に戻った。自分が何を考えているのか、わからなかった。

山小屋に戻ると、笠原が薪ストーブに火を入れたところだった。古新聞にマッチで点けた火がその上に積んだ小枝に移り、さらにその上に組まれた太い薪へと燃え広がっていく。鋳鉄(ちゅうてつ)のストーブの小さなガラス窓に、赤い炎が映っていた。

「なぜ、逃げなかった……」

笠原がストーブを見つめ、有美子に背を向けたままいった。

「私が、逃げると思ったの？　逃げてもいいと思ったの？　この隠れ家まで来たから、もう私には用がないの？」

有美子が、訊いた。

笠原は、すぐに答えなかった。ただ黙って立ち上がると、壁に掛けてある小さなインディアンアートの額を外した。その額を裏返し、裏蓋を開ける。中からプラスチックのケースに入ったＣＤロムを取り出した。

「これを、ここに取りにきた。隠れるためじゃない」

笠原が、いった。

「それが手に入ったから、もう私は必要ないの？」

有美子が訊いた。

「いや、必要だ……」

「私が必要なら、証明して」

「わかった」

笠原が着ていたフライトジャケットを脱ぎ、有美子に近付いてきた。抵抗しようとしたが手首を摑まれ、木の壁に押えつけられた。声を出す間もなく、唇を唇で塞がれた。着ているものを、剝ぎ取られた。だがいつの間にか、有美子は自分から服を脱ぐのを手伝っていた。気が付くと笠原も服を脱ぎ、二人は裸になっていた。

壁に体を押し付けられたまま、笠原が入ってきた。有美子は、自分でも気付かずに声を上げた。

これまでの人生で、何人かの男に抱かれた。

だが、男の人にこんなされ方をするのは、初めてだった。

10

能登半島は、朝からよく晴れていた。

一〇月二三日――。

笠原萌子は、いつもの時間に家を出た。だが、自転車に乗って朝市通りに出ると、学校とは逆の方向に走りだしていた。足は自然と、いつもの袖ヶ浜海岸に向いた。

学校には行きたくなかった。ここ数日、毎日のようにテレビに〝笠原武大〟の名前が流れている。指名手配の写真が、ニュースの画面に映し出される。同じクラスの同級生は、みんなそれが萌子の〝お父さん〟であることを知っている。

誰も自分のことを知らない所に行きたかった。でも、そんな所はこの輪島には存在しない。唯一、一人になれるのは袖ヶ浜海岸だけだ。

海岸に着くと、萌子は自転車で駐車場に入っていった。駐車場には、軽トラックが二台とバンが一台。すべて萌子が知っている地元のナンバーの車だった。

自転車をチェーンロックで駐車場のフェンスに固定し、萌子は低い護岸壁の上を歩いた。今日は、天気がいい。右手には広い砂浜が広がり、その先には青く静かな海が光っていた。

キャンプ場の前まで来ると、萌子は護岸壁の上に座った。ここがいつもの〝自分の場所〟だった。空を見上げると、薄く白い雲が流れ、上昇気流に海鳥が舞っていた。海岸には何人かの釣り人が立ち、風に揺れる竿先を見つめていた。

萌子はショルダーバッグを開き、中から本を一冊取り出した。岩波文庫の『モンテ・クリスト伯』の第三巻だった。この一九世紀にフランスのアレクサンドル・デュマ・ペールという作家が書いた大人でも難解な小説を、萌子は好んで読みたかったわけではなかった。ただ、たまたま書棚でこの全七巻の文庫本を見つけ、手に取り、読みはじめてみただけだ。

小説などというものがほとんど置いていない輪島の家に、なぜこの本だけがあったのか。祖母に訊くと、死んだ〝お母さん〟が置いていった本らしいことがわかった。

だが、読みはじめてみると、途中で止められなくなった。自分自身が何年も牢獄に閉じ込められているような長く退屈な物語に、いつの間にか引き込まれていった。そして主人公のエドモン・ダンテスという青年に思いを寄せ、気が付くと、その姿を〝お父さん〟と重ねていた。

どうしてなのだろう。ダンテスと〝お父さん〟はまったく違う人間なのに……。

萌子は、夢中で本を読んだ。文字で埋まった長い頁が終わると、次の頁を捲る。そのうちに時間の感覚も失い、周囲のものがすべて意識から消えていく。

どのくらいそうしていたのだろう。気が付くとそれまでは眩しいほど明るかった本の頁に、影が掛かっていた。雲が出てきたのだろうか。そう思って、顔を上げた。

「あなた、笠原萌子ちゃんね」

目の前に、グレーのスーツを着た女の人が立っていた。髪の長い、とても綺麗な人だった。

「そうです……。笠原萌子です……」

本を閉じ、答えた。

「私は、市の教育委員会から派遣されてきたの。今日は、学校でしょう。どうして、こんな所にいるの?」

萌子は女の話を聞きながら、服装を観察していた。グレーのスーツの生地は光っていて、高そうだった。ベージュ色の靴のΩ(オメガ)の形をした金具が、〝フェラガモ〟というブランドのマークであることも知っていた。

「学校に、行きたくなくて……」

左腕に光る、ダイヤモンドの入った時計……。

強い香水の匂い……。

この人は、教育委員会の人なんかじゃない……。

「あなたの相談に乗ってあげたいの。私と一緒に、来て……」

その瞬間に、萌子は立った。女と逆の方向に、走った。

だが、すぐに捕まった。

長い腕が、萌子の頸に絡みつく。暴れたが、外れない。女とは思えないような、強い力だった。

「静かにするのよ」

女が、低い声でいった。口を、湿った布のようなもので塞がれた。病院の、消毒薬みたいな臭いがした。

お父さん……助けて……。

一瞬で、意識が落ちた。

第三章　断崖

1

長い夜が、静かに明けた。

カーテンのない東側の小さな窓から、朝日が差し込んでいた。

光が小さな小屋の部屋を横切り、床と、窓の反対側のログの壁に映写機のように窓枠の形を映していた。その中で外の梢が、影絵のように揺れている。

塚間有美子は薄い毛布と寝袋に包まりながら、森の中の野鳥の声に耳を傾けていた。裸だった。夜明け前にストーブの熾火(おきび)も消え、かなり冷え込んだが、それほど寒いとは思わなかった。

腕の中に、やはり裸の笠原武大がいた。

有美子は時折、目を覚まし、体を少し起こして笠原を見つめる。しばらくすると笠原に口付けをし、夢でも幻でもないことを確かめた。そして安心すると、また笠原の厚い胸に顔を埋めるように眠ってしまう。

「そろそろ、起きよう」

笠原が、有美子の肩を毛布で包みながらいった。

「だめ……。もう少し、こうしていて……」

微睡(まどろ)みながら、有美子が応える。

笠原の体が、動いた。起きるのかと思ったら、また腕を床に押え付けられた。有美子は笠原を受け入れ、声を上げた。

有美子は抱かれながら、思う。この人は私のことを、どう考えているのだろう。ただ安全に逃げるための、便利な道具なのだろうか。

そんなことは、わかっていた。それでもいいと思った。いまのこの官能的な時間が、少しでも長く続いてくれるならば。最後にどんな結末が待っていても、後悔はしない。

長いセックスが終わり、服を着ても、有美子はまだ半分夢の中にいた。ストーブに火を入れ、朝食の仕度をする笠原をぼんやりと見ていた。キャンプ用のコンロとフライパンで作ったスクランブルエッグに、ソーセージとサラダ。パンと、コーヒー。簡単なものばかりだが、これまでの人生で自分に朝食を作ってくれた男の人は初めてだった。

有美子は、笠原を見つめる。いくら見ていても、飽きなかった。やはりこの人は、どこか得体の知れない野生動物のようだ。

「思い出したわ……」

唐突に、有美子がいった。

「何を、だ」

笠原が、視線を上げた。

「狼の、名前……」

「オオカミ？」

笠原が怪訝そうに、首を傾げる。

「そう……子供の頃に読んだ、シートン動物記に出てきた狼の名前よ。ずっと、考えていたの。確か、〝ロボ〟っていったわ……」

「〝狼王ロボ〟の話か。ニューメキシコ州の、カランポーの……」

「そう。そのロボよ。物語はよく覚えていないけど、あなたはどこか、ロボに似ているの……」

有美子は子供の頃にその不思議な物語を読み、夢中になった。そして物語の主人公のロボという狼に、恋をした。いま思えばそれが、有美子の初恋だったのかもしれなかった。

「ロボの話にもう一頭、白い牝の狼が出てきたろう。その牝狼の名前を、覚えているか」

笠原がいった。

有美子が考える。確かに、ロボの妻と子供たちが出てきたことは覚えていた。だが、名前は思い出せなかった。

「わからない……」

「ブランカじゃなかったか。確か、そんな名前だった」

そうだ……〝ブランカ〟だった。白くて、美しい狼。奔放で、気が強く、子供たちの優しい母親だった。そして、ロボに愛されていた。

自分はこの人にとって、ブランカのようになれるだろうか。ふと、そんなことを思った。そして同時に、物語の結末を思い出した。ブランカは人間たちに殺され、ロボは捕えられてしまう……。

「朝食にしよう」

笠原がいった。

有美子は笠原を手伝い、朝日の当たる窓際の小さなテーブルの上に紙皿や紙コップを並べた。食事はどれも何の変哲もないものばかりだったが、美味しかった。お腹が減っていたし、森の中のマイナスイオンのせいかもしれない。

食事が終わり、紙皿や紙コップはストーブで燃やした。食べ残しは、森の中に穴を掘って埋めた。ストーブの灰も、森に撒いた。こうしておけばすべてが無駄にならずに、森の養分になる。そう笠原が教えてくれた。

二人でデッキのベンチに座り、しばらく休んだ。昼間、改めて見てみると、深く美しい森だった。秋の気配に色付きはじめた梢の隙間から淡い木洩れ日が差し込み、周囲には何種類もの野鳥の姿と鳴き声が溢れていた。昨夜はなぜこの森を恐ろしく感じたのか、不思議だった。

「あの鳥は、何？」

有美子が訊いた。

「モズだよ。この季節になると、冬を越すために自分の縄張を作るんだ。それで、鳴いてるんだ」

笠原が答える。

「あの大きな鳥は？」

有美子が鳩ほどの、胸に黒と白の縞のある鳥を指さした。

「ツッドリだろう。北の方で子育てが終わって、南の暖かい土地に帰るんだ。この森で休んで、餌を取ってるんだろう」

「あなたは何でも知ってるのね。野鳥が好きなの？」

「特に、好きというわけじゃない。昔、この山小屋を建てた時に、森に野鳥が多かったからちょっと調べてみただけだ」

「野鳥のことだけじゃないわ。さっきのシートン動物記のこともそうだけど、私が訊いたことには何でも答えてくれる……」

そうだ。この人は、何にでも答えてくれる。でも、幾度となく咽まで出かかっているのに、訊けないこともある……。

有美子は、自分の思いを打ち消すように他のことを訊いた。

「昨日のＣＤロム、あれには何が入ってるの。大切なもの？」

笠原は、何かを考えるように黙っていた。だが、しばらくして、自分にいい聞かせるようにいった。

「そうだ。大切なものだ」

「何が入っているのか、教えてくれない？」

有美子が訊くと、笠原はまたしばらく黙っていた。

「教えられない。君は、知らない方がいい」

有美子はその言葉の意味を考える。そして、察した。あのCDロムの中身を知れば、自分の命も危険になるということなのかもしれない。

「わかった。もう訊かないわ……」

周囲では、何事もなかったかのように小鳥たちが鳴いている。穏やかな秋の風に、森の梢が揺れた。

「そろそろ、ここを出よう」

笠原が、いった。

「どこに行くの。それも、教えてもらえない？」

有美子が訊く。笠原が、少し考えた。

「いや、教えてもかまわない。これから国道に出て、ネットカフェを探す。そこでCDロムの中身を確認して、用をひとつすます。それが終わったら、東京に戻る」

「東京？」

有美子には、意外だった。東京には、人が多い。ごく当り前に考えて、いまの笠原と自分には最も危険な場所のように思えた。

だが、笠原のことだ。東京で、どうしてもやらなくてはならないことがあるのだろう。

「それから、もうひとつ……」笠原が、フライトジャケットの内ポケットからビニール袋で厳重に包んだCDロムのケースを出した。「もし、おれに何かあったら、これを持って逃げろ。そして警察庁の公安課特別捜査室に助けを求めるんだ。中に、直通の電話番号が入っている」

「警察ならば、どこでもいいわけではないのね」

「そうだ。警察庁の、公安課だ。他は、だめだ」

有美子には、その理由がわからなかった。だが、笠原の言葉には重大な意味が込められていることだけは理解できた。

「わかった……。そうするわ……」

「よし。それじゃあ、ここを出よう。あまりゆっくりしている時間はない」

笠原が、ベンチを立った。

2

時間の感覚が、なくなっている。

笠原武大が千葉県警と警察庁の〝網〟を突破してから、丸一日以上が経った。

公安課特別捜査室の田臥健吾と室井智は、昨日から警察庁の〝サクラ〟の本部に詰めていた。その間にも、各方面から断片的な笠原に関する情報が入ってきていた。

「もう四日も家に帰ってないんですよ。嫁さんに、逃げられちゃうよ……」

室井がそういいながらあくびをし、コンピューターに送られてくる情報を整理分析していく。

「逃げられる心配ができるだけ、まだいいじゃないか。おれは三年前に、女房に出ていかれた」

田臥も一件ずつ、コンピューターに入ってくる情報をチェックしていく。いまも東京湾岸警察署から、監視カメラの映像が入ってきた。

〈――手配中の当該車輛と思われる映像(1)及び(2)について。場所――大井ふ頭中央海浜公園・第一駐車場ゲート。時間――二〇一二年一〇月二二日(月曜日)午前一一時三七分――午前一一時四九分。車種――フォルクスワーゲン・ゴルフ――〉

前日、首都高を始めとする東京近郊の高速道路の監視カメラの映像を各所轄で集中的に分析した結果、笠原が逃走に使用している車輛が最終的に確認されたのが二二日午前一一時二一分。場所は首都高速一号羽田線の平和島インター出口だった。これを受けて、田臥は湾岸警察署に周辺捜査を依頼。結果、上がってきたのが、この情報だった。

メールにはファイルが二件、添付されていた。それを開く。どちらも、駐車場の料金ゲートで撮られた画像だった。入庫時のものと、出庫時のものだ。

「おい室井、ちょっとこれを見てくれ」

「何ですか……」

室井が伸びをして、椅子から立った。田臥のデスクの横に来て、座る。

「湾岸署から入ってきた。中央海浜公園の駐車場の映像だ。時間は平和島インターを出てから一六分後と、さらにその一二分後だ。どう思う」

田臥が訊く。室井は眼鏡を上げて目をこすり、コンピューターのモニターに顔を近付ける。

「どう思うかったって、そのまんま笠原じゃないすか……」

元来が駐車場の不正を監視するためのカメラなので、車のナンバーははっきりと映っている。千葉330 な 95—××——間違いない。平和島インターを出てから直接ここに向かったのだとすれば、時系列も合っている。

だが、奴がこの駐車場にいたのは僅か一二分間だけだ。いったい、何のために駐車場に入ったのか。だが二つの映像を何度か見るうちに、すぐにその理由がわかった。

「奴は、着換えているな……」

入庫する時は、笠原は確かにスーツを着ている。京葉道路の穴川インターの料金所のカメラに映っていたのと、同じ服装だ。だがその一二分後、出庫する時の映像では、まったく違う服装だった。作業用のジャンパーのような上着に、ニットのウォッチキャップ、濃い色のサングラスを掛けている。助手席の女の服装も、替わっている。

おそらく着替えも、事前に用意してあったのだろう。キャップとサングラスを外せば、何の特徴もなくなる。駐車場のカメラに映ることも、すべて計算の上なのだろう。

「何で笠原は……着替えをするためにわざわざ大井の中央海浜公園なんかに行ったんですかね……」

室井が、的外れなことをいった。

「そうじゃない。考えてみろ。大井埠頭の周辺には、何がある」

「何があるんですか？　港に、貨物船？　海外に逃亡しようとしているとか？」

田臥は室井にいわれて、ふと気が付いた。

海外逃亡か……。

笠原のことだ。刑務所に収監中に他の囚人にコネクションを作り、海外への逃亡ルートを事前に確保していたとしても不思議ではない。いかにもありそうなことだし、マスコミも飛び付くだろう。

「それ、面白いな……」

田臥がいった。

「えっ、何がです？」

「だから、お前がいった、海外逃亡というシナリオだよ。よし、湾岸署にいって大井埠頭の税関や保税倉庫、港湾周辺を徹底的に捜査させよう。碇泊中の貨物船の船内も、すべて〝ガサ〟を入れるように指示しろ。そしてこの情報を、マスコミに流せ」

笠原の目的は、捜査を混乱させることだ。その間に〝何か〟をやるつもりだ。ならば、奴の思わくに乗ってやるのもひとつの手だ。

「はいはい、わかりました。湾岸署にも指示するし、会見も開きましょう。でも、違うんですよね。笠原は、海外には逃げない。そう思ってるんでしょう」

「そうだ。だから大井の周辺には、他に何がある」

「何があるっていっても、港に……羽田飛行場に……税関に……保税倉庫に……車の保税蔵置場に……。もしかして、車ですか」

「そうだ。車だよ。奴は、逃走用の車に〝何か〟をやったんだ。例えば、ナンバーを替えるとか……」

大井埠頭や羽田の周辺ならば、車のナンバープレートはいくらでも手に入る。場所によっては、車そのものを交換することも可能かもしれない。そうなれば、手の打ちようがなくなる。

その時、部屋の電話が鳴った。

室井が、受話器を取った。

「はい、〝サクラ〟本部……」

しばらくの間、先方との話が続いた。田臥はさほど気にすることもなく、コンピューターでグーグル・マップを開いて大井埠頭周辺の地図を調べていた。どの道を使い、どこを通るのか。周辺道路でひとつでも監視カメラに掛かっていれば、奴の目的地の方向くらいはわかるかもしれない。

「田臥さん、ちょっと……」

室井がそういって、電話を保留にした。

「どうした」

「いま、石川県警から電話が入ってるんですが……。先方の刑事部の部長が、笠原の〝特別指名手配(マルトク)〟の件の責任者と話したいといってるんですが……」

「石川県警の刑事部だって。いったい、何の話だ……」

「今朝、輪島市で笠原武大の娘が、誘拐されたそうです。いまから三〇分ほど前に、祖父宛に身代金を要求する脅迫電話があったといってます……」

「くそ！」

田臥がデスクの上の受話器を取り、保留になっている回線を繋いだ。

時間は午前一〇時四〇分。一刻の猶予もない。

田臥は先方と話しながら、デスクの上のメモ用紙を取った。ペンでひと言、〝ヘリを用意させろ〟と書いた。

そのメモを破り、室井に渡した。

3

同時刻、石川県能登半島——。

一台の名古屋ナンバーのキャンピングカーが、能登有料道路を南下していた。車種はダッジラム。全長が約六メートル、幅が二・一メートルを超える巨大な車だ。左ハンドルの運転席には、白いベースボールキャップを被った女が座っている。

五分ほど前に横田インターを通過。間もなく徳田大津ジャンクションに差し掛かろうとしていた。

胸のポケットの中で、スマートフォンが鳴った。女はハンズフリーで、それを繋いだ。

「はい、舞子です」

女が、マイクに向かって自分の名を答える。

——首尾は？——。

ヘッドホンから、男の低い声が聞こえてきた。

「すべて予定どおりに進んでいます。間もなく、徳田大津ジャンクションを分岐します。ナビによりますと……あと一時間五七分でそちらに到着する予定です」

——〝子猫〟はどうしている——。

男が訊いた。

女が、バックミラーを見る。後部のベッドの上に、毛布を掛けて眠っている少女の姿が映っている。

「まだ、眠っています。〝ミルク〟をたっぷり与えたので、あと一〇時間ほどは目を覚まさないと思います」

——わかった。では、こちらで準備をして待っている——。

「ひとつ、お訊きしてもよろしいでしょうか」

女が訊いた。

——何だ。いってみろ——。

「こちらが〝子猫〟を確保したことを、笠原にはどのようにして伝えますか」

——心配するな。もう、手は打った。〝本社〟の方にいって、この件は公開捜査にするようにいってある——。

「なるほど……」

——それよりも、自分の役割に集中しろ。ミスを犯すな——。

「了解しました」

女——舞子——は、電話を切った。

法定速度よりも一〇パーセント高い速度を保ちながら、周囲の流れに乗って走り続けた。

4

栃木県那須塩原市――。

笠原武大は、国道四号線の『フリー・ボックス』というインターネットカフェの駐車場に、車を駐めた。

ビル一棟がすべてコンピューターブースとマンガ喫茶、ゲームセンターになっている郊外型の大きな店舗だ。

最初に受付で有美子が免許証を呈示し、ペアブースをひとつ借りた。衝立で仕切られた二畳ほどの狭いスペースに、コンピューターが一台。二人掛けのソファーがひとつ。それだけだった。

「身分証を見せても、だいじょうぶなの」

フリードリンクコーナーでコーヒーをカップに注ぎながら、有美子が訊いた。

「だいじょうぶだ。昨日からニュースは聞いているが、君のことは、〝三十代の女性看護師〟としか報道されていない。もちろん千葉県内や東京周辺の警察署には君の名前や顔写真も回されていると思うが、栃木県のこの辺りはまだ安全だろう」

所轄に手配が回っても、そこからさらに管内の末端の飲食店やネットカフェまで情報が回るには三日は掛かる。それまでが勝負だ。

「私は、どうしていればいい？」

「作業は、一時間ほどで終わると思う。その間、どこかで待っていてくれないか」

「わかった。さっきシャワールームがあるって書いてあったから、シャワーでも浴びてくるね」

有美子は、余計なことは何も訊かない。

「それじゃあ、一時間後に」

笠原は、一人で部屋に入った。デスクトップのコンピューターに向かい、電源を入れる。起動するのを待って、ポケットから出したCDロムを挿入する。

中に入っていたデータは、無事だった。笠原はキーボードの上で素早く指先を動かし、記憶していた複雑なパスワードを打ち込んだ。このパスワードがなければ、データは開けない。つまり、現状でこのCDロムの中身を見ることができるのは、笠原だけだ。

このCDロムのコピーは、他に二枚存在した。そのうちの一枚は笠原の仙台の実家に隠し、もう一枚は週刊『セブンデイズ』の担当デスクの石井実に預けていた。だが実家は火事で焼け、石井も自宅の近くで轢き逃げされて殺された。いずれも笠原が逮捕されてから起きたことなので、他の二枚のCDロムがどうなったかはわからない。

いま手元にあるこのCDロムが、唯一の〝証拠〟だ。

いや、もしかしたらもうひとつ残っている可能性がある……。

コンピューターのモニターに、数十ページにも及ぶ本文が表示される。さらに、添付される表のような資料が一〇点以上。そのほとんどが、人名や社名、日付、膨大な量の数字の羅列だ。

笠原は、すべてに目を通しながら内容を再確認していく。間違いない。これだ。

できればすべてを、記憶しておきたかった。だが、さすがにそれは無理だった。もう一枚、このCDロムのコピーを作っておくことも考えたが、それもリスクが大きい。

資料からログアウトし、コンピューターからCDロムを取り出す。さらに、メールを一本、作成した。

先方のメールアドレスを、正確に記憶していたわけではない。だが出版社の編集者の社用メールアドレスには、一定のパターンがある。相手の名前と社名さえわかっていれば、ヒットさせることは難しくない。

〈――石井様。

お久し振りです。四日前に、千葉から帰ってきました。いまは旅の途中ですが、今夜には東京に戻る予定です。

つきましては例の企画の件で、改めて御相談したいことがあります。資料はすべて、手元にあります。これで、すべては解決するはずです。

東京に戻ったら、また連絡します。

※追伸・このメールアドレスに、返信はできません。

K——〉

笠原は、メールの文章を読み返した。これで、先方はすべて理解できるはずだ。そして、送信した。

しばらく待つ。〝宛先不明〟のメールは、戻ってこなかった。どうやらメールは、無事に送れたらしい。

ソファーに深く座り、冷めたコーヒーをすする。もう一度コンピューターに向かい、履歴をすべて削除した。

そこに、有美子が戻ってきた。

「まだ、終わってない？」

有美子が濡れた髪を拭きながらいった。

「いや、だいじょうぶだ。もう終わったよ。時間は、一一時五五分を指していた。昼のニュースをチェックしたら、ここを出よう」

笠原がモニターをテレビに切り換え、チャンネルをNHKに合わせた。ソファーの横に、有美子が座る。間もなく天気予報を経て、正午のニュースが始まった。

最初に政治、国際時事関連のニュースが何本か入った。その後、社会・国内ニュースに移る。笠原に関するニュースが、その筆頭だった。

〈――今月一九日に千葉市若葉区の千葉刑務所を脱獄した受刑者、笠原武大は、現在も逃走を続けています。昨日、二二日の時点で笠原受刑者が逃走に使っていると思われる乗用車が都内の首都高速道路の数カ所の防犯カメラに映っているのが確認されており、警察庁は笠原受刑者が都内に潜伏している可能性もあるとみて――〉

番組の中で笠原に関連するニュースが終わり、アナウンサーが原稿をめくった。

〈――次のニュースです。今朝、石川県輪島市で登校中の女子中学生一人の行方がわからなくなり、警察が捜しています。行方がわからなくなったのは市内の松野台中学二年生の女子生徒で――〉

「本当に、東京に戻るの……」

「ちょっと待ってくれ」

笠原が有美子を制し、ニュースの画面を食い入るように見つめる。

〈――女子生徒は自宅近くの袖ヶ浜海岸で姿が目撃されてから行方がわからなくなり、またその後、自宅の方に身の代金を要求する電話があったことなどから、石川県警察本部は事件と事故の両面から慎重に捜査を進めています――〉

ニュースでは、少女の名はいわなかった。だが、笠原にはわかった。

これは、萌子だ……。

テレビを消し、笠原が立った。

「出よう」

「どうしたの、急に……」

笠原が、有美子を振り返る。

「娘が、誘拐された」

「それじゃあ、いまのニュースは……」

「そうだ。おれの娘だ」

笠原には、確信があった。中学校の名前も、学年も一致している。しかも、もし事件——誘拐——の可能性があるとすれば、これほど早い時点で報道されるのは異常だ。つまりこれは、〝奴ら〟からのメッセージだ。

「待って」

有美子が濡れた髪を拭きながら、笠原の後を追った。

「予定を変更する。これから、能登に向かう」

ネットカフェを出て、車に乗った。

タイヤを鳴らしながら、国道四号線に飛び出していった。

5

午後〇時四五分――。

石川県輪島市の市立輪島病院のヘリポートに、警察庁のBK117型ヘリコプター一機が飛来した。

ヘリにはパイロットの他に、公安課特別捜査室の田臥警視と部下の室井警部が機上していた。BK117型は巡航速度時速二四七キロメートル。航続距離五五〇キロメートル。東京千代田区の警察庁屋上のヘリポートから直線距離で約三二〇キロ離れた輪島市まで、約一時間四〇分しか掛からない。

それでも田臥は、〝遅い〟と感じた。原因はヘリを飛ばすための許可と準備に、二〇分近くも掛かったからだ。もしこれが第三国絡みのテロへの対応ならば、日本はこの時点で勝負に負けている。

田臥と室井が、ヘリの着陸と同時にドアを開けて飛び降りる。そこに県警の捜査官二人が駆け寄ってきた。

「〝本社〟公安の田臥さんと室井さんですね」

ヘリのローターの爆音の中で、一人が大声でいった。

「そうだ。〝現場(げんじょう)〟は」

「ここから一五分くらいです。車を待たせてあります」

病院の駐車場に〝覆面〟が二台、用意してあった。ここでさらに二人の捜査官と合流。車に乗り込み、現場に向かった。

輪島は日本海に突き出た能登半島の、海辺に位置する静かな港町だ。この辺りでは最大の朝市や名物の輪島塗りの漆器の町としても知られ、市街地に入ると北前船が出入りしていた頃の豪商時代の古い街並が残っている。だが、この地を初めて訪れる田臥の目には何も入らなかった。

「それで、これまでにわかっていることは」

車の中で、田臥が聞いた。

「はい」同乗した戸川という刑事が答える。「〝被害者〟はいつもどおり午前八時一〇分頃に自宅を出ています。自宅は市内の朝市通り裏の工房長屋にある〝被害者〟の祖父母が住む実家で……」

戸川は無意識のうちに〝被害者〟という言葉を使っていた。

「工房？」

メモを取っていた室井が口を挟んだ。

「ええ、亡くなった母親方の祖父が、輪島漆器の職人でして……」

「わかった。続けてくれ」

「はい。それで……自宅を出てから約三〇分後の九時少し前に〝被害者〟らしき姿を近くの袖ヶ浜海岸で市内の釣り人が目撃しています。調べたところ、駐車場に〝被害者〟の自転車が残っていました。ここから近いですが、〝現場〟を見ますか」

「一応、見せてくれ」

間もなく車は、海沿いの県道に出た。道路の左側に防風林が続き、海水浴場やキャンプ場の入口があった。その先の駐車場に、車が入った。

「ここです」

駐車場には地元の輪島警察署と消防署の車輌が数台駐まり、すでに現場検証と捜索が展開されていた。田臥は車を下り、長く美しい弓型の海岸の前に立った。右手の岬の先端には灯台が聳え、左手には先程のキャンプ場が見える。

「この護岸壁のキャンプ場の前あたりに〝被害者〟が座っていたそうです。本を読んでいたようだと……」

戸川が説明する。

「室井、どう思う」

田臥が、横に立つ室井に訊いた。

「誘拐にはもってこいの場所ですね。隠れたり連れ込む場所はいくらでもあるし、海からも行ける。それにこの季節は、人もほとんどいない……」

「今回の〝被害者〟の父親は、〝脱獄犯（うさぎ）〟だそうですね」戸川がいった。「〝犯人（ほし）〟が父親の可能性は……」

「いや、それはないな」

田臥は、即座に否定した。

笠原が千葉の非常線を抜けたのは、昨日の朝だ。すでに、二四時間以上が経過している。時間的には、犯行は可能だ。だが田臥は、この事件の一報を聞いた時点ですでに笠原の線は捨てていた。

笠原は、頭がいい。常に冷静に、すべてを計算ずくで行動するタイプの人間だ。いま女性看護師を拉致して連れ歩いているのは、自分が安全に逃走するための〝道具〟として必要だからだ。その笠原と、感情にまかせて自分の娘を誘拐する笠原とは、田臥のイメージの中でどうしても一致しない。

だが、もしかしたら……。

今回の件で、笠原が誘い出されてくる可能性はある。犯人の狙いも、それだ。いったい、何者なのか……。

「〝検問(ばんかけ)〟はどうなってますか」

田臥が、訊く。

「通報があってから一時間後までには、市外に出るすべての幹線道路で〝緊配(きんぱい)〟を張ってますが……」

だめだ。それでは完全に、犯人は〝網〟を抜けている。だが、使い道はある。

「〝検問〟は続けてください。市外に出る車輌だけではなく、入る方にも〝網〟を掛けてください」

「市街に入ってくる車もですか……」

戸川が、怪訝そうに訊いた。

「そうです。室井、車種を教えてやってくれ。男女が乗った、シルバーのゴルフだ」

「はい」

確証があるわけではない。だが笠原が、娘に会うためにこの輪島に姿を現す可能性がないとはいえない。

「ここはもういい。次に行きましょう」

車に乗り、市街地へと向かった。

笠原武大の妻の実家は、袖ヶ浜から輪島川を渡った対岸にあった。戸川の説明どおり近くには朝市通りや、工房長屋と呼ばれる輪島漆器の店や工房が軒を連ねる石畳の一角がある。

近くのホテルの駐車場に車を駐めて、工房長屋の裏手の路地へと入っていった。この辺りには、観光客の姿はない。周囲には雨風に晒された、杉板張りの小さな家が肩を寄せ合うように並んでいた。

かすかに、漆の匂いが漂っているような気がした。田臥は、この静かな路地裏で遊ぶ少女の姿を想う。笠原の妻はこの町で漆職人の家に生まれ、育ち、やがて東京で結婚して家庭を持った。そして三三歳の時に、夫に刺殺された。

笠原の娘は母親を失い、父親が犯罪者となって、祖父と祖母に引き取られた。母と同じ路地裏の小さな家で暮らし、地元の中学校に通っていた。そしてある日、忽然と姿を消した。

いったい、何が起こっているのか……。

「あの家です」

先導する県警の捜査官の一人がいった。

誘拐事件の通例として、〝現場〟となる当該家屋の周囲に警察の影はない。警察車輛も駐まっていないし、捜査官も立っていない。だが、すでに噂は漏れているのか、家の周囲には近所の住人たちが集まり心配そうな面持ちで立ち話をしていた。

人々の視線を受けながら、〝小谷地〟という表札の掛かった家の格子戸を開ける。玄関に入ると、そこが〝現場〟だった。足元には刑事たちの一〇足以上の靴が散乱している。上がった所に、携帯電話で話す捜査官が一人。鑑識らしき人間が二人。廊下の奥に電話線が延ばされ、その先の八畳間らしき和室にも一〇人ほどの刑事や鑑識の姿が見えた。

「あれから、どうだ。電話は？」

戸川が、近くにいた鑑識員に訊いた。

「だめですね。〝犯人(ほし)〟から連絡はないです。やっぱり〝報道〟が入って、警戒してるんじゃないですかね……」

報道？　何のことだ？

田臥は、室井と共に挨拶をしながら八畳間に入った。足の踏場もないほどの部屋の中央にテーブルが置かれ、その上に逆探知機とそれに繋がれた電話機が一台。以前は逆探知に時間が掛かったが、電話回線がデジタル化された現在では一瞬で相手の番号と場所が特定される。相手が携帯電話でも、経由された基地局からかなり狭い範囲まで絞り込むことができる。

電話機の前に、白髪を短く刈り込んだ老人が一人。この老人が笠原の義父だった小谷地宗太郎だろう。

「警察庁の、田臥と申します……」

老人の前に座り、改めて挨拶をした。だが、意外な反応が返ってきた。

「わりゃか、警察庁の責任者ちいうのは」

田臥を睨み、怒りを向けた。

「あんた、やめてください……」

横にいた女が止めた。誘拐された少女の祖母だろう。だが、老人が続けた。

「放っとけ。この、だらが。なぜ、孫のことをニュースでやった。犯人が、電話してこなくなったじゃねえか。孫が……萌子が殺されたら、どうするつもりだ。わりゃの責任ぞ」

ニュース？

何のことだ？

田臥は、老人のいっていることがわからなかった。

「ニュースって、何のことですか」

田臥が、戸川に訊いた。

「昼のテレビのニュースのことですよ。今回の事件のことを、各局のニュースでやったんです。見なかったですか」

まさか……。

「ヘリの中にいましたから、見てません。なぜマスコミに情報が漏れたんですか。この手の捜査は非公開が……」

「待ってください。今回の件を〝公開〟でやるというのは〝本社〟の方針じゃなかったですか。私どもは指示を受けて、昼のニュースに間に合うように県警の方で会見を行ったんですが……」

警察庁の方針だって？

田臥は、そんなことは聞いていない。いったい、どこの誰がそんな馬鹿げた指示を出したのか……。

「室井、課長に電話をしてくれ。誰がこの件を〝公開〟にすると決めたのか、確認するんだ」

「はい」

室井が携帯を開き、外に出た。

まずいことになった。今回の一件が〝公開〟になれば、笠原は自分の娘が誘拐されたことをニュースで知るだろう。そうすれば、何が起きるのか……。

しばらくして、室井が戻ってきた。

「ちょっと……」

部屋の外から手招きし、田臥を呼んだ。

「どうした。課長は、何といっていた」

田臥も外に出て、訊いた。

「わからないそうです……。少なくとも指示を出したのは、課長ではないそうです。他の部局ではないかと……」

「何だって。今回の件を仕切ってるのは、我々公安の〝サクラ〟じゃないのか。他の部局というのは、どういう意味だ」

「つまり、〝本社〟のもっと上の方が動いたんではないかと……」

廊下で小声で立ち話をする田臥と室井を、県警の捜査官が訝しげに見ている。

田臥は、混乱する頭を整理しながら考えた。だいたい、今回の件は最初からおかしかった。なぜ脱獄犯の特別手配を、〝サクラ〟が担当するのか。だが、いくら考えても全体像が見えてこない。

それでも、ひとつだけ確かなことがある。今回の一件はただの脱獄事件ではないし、この誘拐も偶発的なものではありえないということだ。すべては、裏で繋がっている。そしてそれを操る黒幕が、どこかにいるということだ。

「田臥さん、どうしました」

室井にいわれ、我に返った。

「とにかく、準備をしておいた方がいいな……」

「はい。何の準備ですか？」

田臥には、確かな予感があった。間もなくこの能登半島が、〝戦場〟になる。

そのための準備をしておかなくてはならない。

6

笠原は時折、何かを呟きながらステアリングを握っていた。

有美子が、その横顔を見つめていた。だが、その視線にも、自分の運転が荒くなっている
ことにも気付かなかった。

萌子が、誘拐された……。

やったのは〝奴ら〟だ……。

なぜ、萌子を攫ったのか……。

考えるまでもない。自分を、誘き出すためだ……。

どうすれば、萌子を取り戻せるのか……。

考えろ……考えろ……考えろ……。

「少し、金を使っていいか」

笠原が突然、いった。

有美子がハンドバッグから銀行で下ろした現金の入った封筒を出し、それをサイドボード

の上に置いた。

「まだ、四〇万以上残ってるわ。この先、どうなるかわからないから……。あなたに、預けておく……」

「それから、この車……」

「車も、あげる。私にはもう、必要ないから……」

「すまない」

笠原が、ひと言だけいった。

西那須野の三島の交差点で、笠原は国道四号線から県道を左に曲がった。郵便局の前を通り、さらに左に曲がる。そこで駐車場付きの大きな店舗の前で駐まった。郊外型の、総合アウトドアショップだった。

「ここで少し、買い物をしたい。付き合ってくれ」

「はい……」

店に入り、二階の登山用具売り場に向かった。カートを一台、借りた。それを押しながら棚の間を歩き、次々と品物を放り込んでいく。

クライミングシューズに、ロープ、ザイル、ハーネス、滑り止めのチョークバッグ、その他の金具の数々。さらにザック、防寒着、防水の衣類、グローブ、沢登り用のウェットベストに、パンツ、ヘッドランプ……。

「山に登るの？」

有美子が訊いた。

「そういう訳じゃない。能登半島には山が多いし、どこかで必要になるかもしれない。それに、他の場面でも使える……」

品物を選びながら、笠原は考えていた。

〝奴ら〟は、萌子を拉致した。もし〝奴ら〟の目的が笠原との交渉、もしくは誘き出すことにあるとすれば、萌子を簡単には殺さない。笠原とのことが決着するまでは、どこかに監禁して生かしておくはずだ。

監禁されている場所がわかれば、必ずチャンスはある。それまでは、自分も生き残ることだ。いまはそれ以上は、何も考えられなかった。

買物を続けた。有美子の防寒着と、二人分の食料。そしてナイフ売り場に向かい、レザーマンという万能折り畳みツールと、ＢＵＣＫのサバイバルナイフを手に取った。

〝奴ら〟と戦うことになれば、何か武器になる物が必要だ。だが、いま手に入るのはこの程度だ。これが武器になるかどうかはわからないが、何も無いよりはましか……。

結局、両方とも籠の中に放り込んだ。

「このナイフを買う時に、身分証が必要だ。君の免許証で手続きをしてくれ」

笠原が、有美子にいった。

「だいじょうぶ。まかせておいて。包丁以外の刃物を買うのは初めてだけど……」

有美子がそういって笑った。

アウトドアショップを出て、西那須野の市街地を走った。

しばらくすると、笠原が今度はカーショップの駐車場に車を入れた。有美子は黙って、笠原のやることを見ていた。

「ここで待っててくれ。すぐに戻る」

車を下り、店に走っていく笠原を見送った。

笠原と出会ってから、四日目……。

これほど狼狽えている笠原を見るのは初めてだった。脱獄した直後から、あれほど冷静だった男と同一人物とはとても思えない。笠原にとってはそれほど、娘の存在が大きいということなのだろう。

有美子は、まだ会ったこともない笠原の娘にささやかな嫉妬を感じた。

だが、有美子は思う。笠原は妻を殺した時に、その現場を当時一二歳だった娘に目撃されていたはずだ。そんな報道を、昼のワイドショー番組か何かで何回か見た覚えがある。たとえ娘を助け出し、二年振りに再会したとしても、彼女は笠原を父親として受け入れてくれるのだろうか……。

笠原が、戻ってきた。リアゲートを開け、大きな袋を二つ積み込んだ。袋の中から地図を出し、それを持って運転席に乗った。

「何を買ってきたの?」

有美子が訊いた。

「地図を買った。それと……スプレーの塗料を一ダース……」

それを聞いただけで、笠原が何をするのかがわかった。

笠原は地図帳を広げ、道を調べはじめた。さらにページを捲り、道を追っていく。有美子はその横顔を見つめた。

お金はいらない。この車なんか、どうなってもいい。本当は、「自分のことも好きにしていい……」という言葉が喉にまで出掛かっていた。

陳腐で現実味のない台詞であることは、わかっていた。自分が、そんな歳ではないことも知っている。それでも、そんなことを考えている自分に、奇妙な陶酔を覚えた。

笠原が、地図帳を閉じた。

「よし、行こう」

エンジンを掛け、サイドブレーキを外した。駐車場を出て、国道の方に戻る。

「なぜ、ナビを使わないの……」

有美子が訊いた。

「信用できないからだ」

笠原が、当然のように答える。

「どうして?」

「ナビは、コンピューターだ。道具としては便利だし、音声に従ってれば目的地に着ける。

でも、自分で道を選ぶことはできない」

「それではいけないの？」

「だめだ。道は、自分で選ぶものだ。そうすれば何が起きてもすべては自己責任だし、後悔しなくてもすむ」

車は国道を横切り、山へと向かった。

7

時間が膠着していた。

田臥は、腕の時計を見た。

午後三時一〇分——。

事件発生から、すでに七時間近くが経過していた。石川県警の捜査官が、八畳間で逆探知機を囲んでいる。だが、犯人からはその後、連絡はない。

これで、はっきりした。最初に電話があり、一〇〇〇万円の身代金を要求してきたのは、警察の初動捜査に対する陽動作戦だ。奴らの目的は、金ではない。誘拐された少女の父親、笠原武大だ。

外で電話を掛けていた室井が、戻ってきた。

「どうなった」

ひと言、訊いた。

「〝本社〟の方で、会見を開くようにいいました。四時からです。それから東京水警と税関に指示して大井埠頭周辺に〝緊配〟を張らせてます。あとは、結果待ちですかね……」

陽動作戦には、陽動作戦だ。もし〈——笠原は海外に逃亡か——〉というニュースが流れ、それを奴が目にすれば、誘き出されてくる可能性はある。誘拐犯にしても、想定外の事態のはずだ。そうなれば、全体の歯車の動きが微妙に狂い出す。

だが……。

あの笠原が、たとえ娘が誘拐されて動揺しているとはいえ、簡単に誘いに乗ってくるだろうか……。

「例の件はどうなってる。笠原が以前に書いた、週刊誌の記事の件だ」

「ああ、あの〝セブンデイズ〟に書いていた経済関連の記事ですか。一応、二課の方に回して分析させてみたんですが、特に問題ないみたいですね。ごく普通の経済記事だそうです。ただ……」

「ただ？」

「株価の読みが異常に正確だとはいってましたね。あの一連の記事を参考にして株を買っていたら、かなり儲かっていただろう、と……」

どうも、おかしい。あの記事の担当者だった石井実という編集者は、笠原の逮捕後に轢き逃げ事故に偽装されて殺害されている。他には一連の事件との接点はないはずなのだが……。

「他に、あの記事を分析してくれるところはないかな」

「他に……というのは〝民間〟ということですか。つまり田臥さんは、〝二課の連中は信用できない〟というわけですね」

室井は、はっきりとものをいう。

「そうはいっていないさ」

「了解。当っておきます。他には」

田臥は、考えた。ここでこうしていても、何も動かない。おそらく犯人からは、もう連絡はないだろう。〝待つ〟以外に方法がないにしても、待ち方がある。

「県警に交渉して、自由に使える車を用意させてくれ。運転手はいらない」

「はいはい。どんな車種がお好みですか。ミニバン？　乗用車？　ベンツは無理ですよ」

室井がそういいながら、メモを取る。

「交通機動隊の〝覆面〟がいい。一番、速いやつだ」

田臥がいうと、室井が顔を上げた。

「いったい、何やるつもりですか。もしどちらさんかとカーチェイスでもやる気なら、そっちの方の許可も取っておきますか。もしくは、先に始末書でも」

「まかせる。あと、タバコくれ」

田臥が、手を差し出す。

「禁煙した方が体にいいですよ」

室井がそういって、田臥の手にマイルドセブンとジッポーのライターを載せた。

「車が用意できたら、ここを出よう」

田臥がタバコを一本銜え、立った。

8

福井県勝山市——。

この山間の静かな町は、日本有数の豪雪地帯であると同時に、アジアで最も美しい都市として知られている。

実際に二〇〇七年には、フォーブス誌『Ｆｏｒｂｅｓ．ｃｏｍ』で、〝世界で最も綺麗な都市トップ25〟の第九位に選出された。アジアでは、第一位だった。

勝山市は、勝山藩の城下町として発展した都市である。市内にはいまも城跡が残り、平泉寺白山神社とその参道、大師山清大寺などの名所旧跡が点在する。市街地の東に聳える法恩寺山の麓には、スキージャム勝山のゲレンデを中心としたスキーリゾートが広がる。深い山々と豊かな森に囲まれたその風景は、世界九位という根拠は別として、美しい町であることに異論の余地はない。

スキージャム勝山の別荘地からさらに登り、何の目印もない道に入っていく。しばらくすると石積みの門柱と広く高い鉄の門扉があり、道はそこで行き止まりになっている。周りは紅葉に染まりはじめた深い森に包まれ、その奥に、一軒の洋館が建っていた。

洋館は、古く、大きかった。深い森に隠れて周囲の様子はわからないが、天然の要塞のような地形に建っていた。背後には高い石壁が聳え、右手の深い谷には川が流れている。左手には石積の壁が続き、その先には深い森が延々と続いている。

広い庭には、紅葉の落葉が敷き詰められていた。建物の玄関の前には屋根付きの車寄せと車回しがあり、その横に四台の車が駐まっていた。

一台は黒のメルセデス・ベンツＧ５５０ＡＭＧで、〈――品川３３０　と　××―７７――〉のナンバープレートが付いていた。他に、地元の福井ナンバーのレクサスとバンが一台ずつ。さらに、名古屋ナンバーのダッジラムのキャンピングカーが一台あった。

重厚な樫材で作られた両開きのドアで閉ざされた室内は、煉瓦積みの暖炉の中で赤々と燃える炎の熱で快適な温度が保たれていた。天井は高く、吹き抜けの上ではファンがゆっくりと回転し、暖炉の熱を攪拌（かくはん）させている。

広い居間の他に、奥にもキッチンと部屋がある。吹き抜けを囲む二階には回廊があり、そこにもいくつかの部屋のドアが並んでいた。それぞれの部屋には古いスチーム暖房のパイプが配され、外気の冷たさとは別世界のように暖かかった。

室内の熱で曇った窓の下に、ベッドがひとつ置かれていた。ベッドの上で少女が一人、眠っていた。少女は毛布を被るようにして体を丸め、規則正しい寝息を立てていた。

部屋の重いドアが軋（きし）み、ゆっくりと閉ざされた。

外から鍵穴に鍵が差し込まれ、カムが回転し、金属が嚙み合う小さな音が鳴った。

人の気配がなくなるのを待って、萌子は目を開けた。眠っていたわけではなかった。三〇分ほど前から少しずつ意識が戻りはじめていたが、眠った振りをしていただけだ。

だが、まだ完全に目が覚めてはいなかった。体が鉛のように重く、頭がぼんやりしている。

自分は、どのくらい眠っていたのだろう。朦朧とした意識の中で、何か薬のようなものを嗅がされたことを思い出していた。

あの女の人は、誰だろう……。

髪の長い、スーツを着た、綺麗な女の人だった。断片的な夢の中でも時折、あの女の人の声が聞こえたような気がする。きっと、〝お父さん〟を知っている人に違いない……。

萌子はゆっくりと、ベッドの上に体を起こした。まだ少し、頭がふらつく。

ベッドサイドのスタンドの先に、部屋の風景が浮かび上がる。ヨーロッパの映画で見るような、古い部屋だった。壁には花柄の壁紙が貼られている。

部屋には萌子が寝ていたベッドと、壁際にアンティークのデスクがひとつ。ベッドの上に、それほど大きくはない窓がひとつ。窓の外はすでに暗く、頑丈そうな鉄格子がはまっていた。外は森で、他の明かりは見えなかった。

萌子は、自分のジーンズのポケットを確認した。学生証も、祖父に買ってもらったばかりのスマートフォンも無くなっていた。

ベッドから下りて、部屋の中を歩いた。部屋には、ドアが二つ。ひとつは入口だが、もうひとつは何だかわからなかった。

音を立てないように、そっと開けてみた。中は、バスルームだった。トイレと、カーテンで仕切られたタイル張りの小さなシャワールームに、古い洗面台が付いていた。割れた鏡の前に、新しい歯ブラシとタオルが置いてある。

ドアを閉じ、部屋に戻る。クローゼットがひとつ。開けると、中に萌子の白いダウンパーカーが掛かっていた。ポケットの中を探ってみたが、やはり学生証もスマートフォンも入っていなかった。

萌子は、部屋を見渡す。ショルダーバッグも、無くなっている。デスクの上に、ナプキンを掛けた何かが載っていた。それを取ると、中に食事があった。

コンビニで売っているようなお握りと、菓子パン。紙パックのジュースに、ミネラルウォーターのペットボトル。それだけだ。

デスクから離れ、ドアに向かった。体を屈め、鍵穴から外を覗いた。

広い応接室が見えた。正面に暖炉があり、その上の壁に胸に勲章を付けた老人の肖像画が飾られている。手前にソファーとテーブルがあり、人が何人か座っていた。男の背中と、その向こうにあの女の人が見えた。

萌子は、いまの自分が置かれている情況を理解した。

自分は、薬で眠らされて誘拐されたらしい。眠っている間に――おそらく山奥の――この場所に連れてこられた。そしてこの部屋に、囚われている……。

男の、低い声が聞こえてきた。

何を話しているのだろう……。

萌子は、鍵穴に耳を寄せた。


男――板倉勘司――は、自分の周囲に座る三人の人間の顔を順に見つめた。

一人は秘書の、小峰(こみね)舞子。彼女は板倉が、最も信頼する部下の一人だった。背筋を伸ばし、表情のない顔で正面を見すえていた。

その横に、銀縁の眼鏡を掛けた初老の小太りの男が座っている。名前は、井上光明(こうめい)。元は経済産業省の役人だが、いまはある外郭団体の理事を務めている。

もう一人の大柄な男は、〝常吉(つねよし)〟と呼ばれている。役割は板倉の身辺警護だが、独自に何人かの部下を使い、〝雑用〟の〝処理〟に当る。

板倉がマイセンのカップからダージリンの紅茶をすすり、いった。

「例の〝オークション〟の件は、どうなっている」

「はい……」舞子が膝の上でコンピューターを開き、操作する。「いま、入札が四件入ってます。これ以上は、入札価格も動きそうもありません」

「〝最低額〟で入札しているのは、誰だ」

舞子が、ディスプレイを確認する。

「例のCowboyです。入札価格は……129,998ドルです……」

「あの男か……」

板倉が、時計を見た。そして、続けた。

「よし、早期終了しよう。あと一時間待って他に入札が入らなければ、そこで切ってくれ」

「わかりました。そういたします」

舞子がまた、コンピューターを操作した。

「常吉、車の処分の方は」

板倉が、常吉の方を見た。

「はい。準備はできています。用意してあるナンバープレートに交換して今夜じゅうに新潟に運び、業者に持ち込んで解体する手筈になっています」

板倉が小さく頷き、ティーカップから紅茶をすすった。

「井上、どうしたんだ」

板倉の冷たい目が、井上光明を見据えた。

「いえ……別に、どうもいたしませんが……」

「そうか。しかし、いやにそわそわしているじゃないか。便所にでも行きたいのか。それとも、何か急ぎの用でもあるのか」

「いや、用があるわけではないのですが……。私は、地元の人間ですので……。あまり長くここにいますと……」

「つまり、この家にいるのを見られてはまずいということか」

「いえ、そうではありませんが、車に運転手も待たせてありますので……」

「そうだったな」板倉の口元に、ふと笑いが浮かんだ。「常吉、井上さんを玄関までお送りしなさい」

「申し訳ありません……」

井上と常吉が部屋を出ていくのを待って、板倉がいった。

「あの男も、そろそろだな」

「はい、私もそう思います」

舞子が、表情を変えずに答える。

「常吉が戻ったら、今後の〝処理〟について相談しよう」

「はい、わかりました。それで、例の〝子猫〟はいかがなさいますか」

板倉が、頷く。

「ともかく、笠原とコンタクトが取れてからだ。それまでは……」

そこまで話した時に、舞子が板倉を手で制した。

「お待ちください」

小声でいって、ソファーを立った。少女を監禁している部屋に向かって、歩く。鍵穴に鍵を入れ、回し、重いドアを引いた。

ベッドの上で、少女が体を丸めて寝ていた。明かりは灯っている。デスクの上の食事にも、手は付けられていない。何もかも、そのままだった。

「だいじょうぶです。〝子猫〟は、まだ眠っています」

ドアが軋み、閉ざされた。

萌子は、眠った振りをしていた。

頭から蒲団を被り、震えていた。

お父さん……助けて……。

心の中で、叫んだ。

9

笠原武大は、黙々と車を駆り続けていた。

西那須野でガソリンを入れて以来、一度も止まっていない。

牧場の中の裏通りを走り、矢板那須線から国道四〇〇号——会津東街道——に入った。これを北西へ向かい、塩原の温泉地を抜け、上三依の交差点をさらに北上する。会津田島の手前から国道三五二号線に入り、中山トンネルを抜けて南会津町を通過。延々と山間の道を走り、山口の交差点で国道二八九号線と合流。伊南川に沿って、只見町へと向かっている。

有美子は、笠原の横顔を見つめる。いま自分にできることは、それだけであることを知っているかのように。

だが、心の中では思い続けていた。

自分は、いつか、笠原に訊かなくてはならない……。

有美子は、笠原に秘密があった。

千葉の四街道の自宅を出る前日だった。笠原の服や変装用の小道具を買うために一人で外出した時に、携帯——スマートフォン——をインターネットに接続して二年前の〝事件〟について検索した。瞬時に、膨大な情報がヒットした。

〈——笠原武大は二〇一〇年一二月一六日、妻・尚美を自宅マンションで刺殺。同日、逮捕。犯行は娘・萌子が目撃。凶器のサバイバルナイフは、現場で発見——〉

有美子はつい先程アウトドアショップで買った、サバイバルナイフが頭から離れなかった。同じ刃物でも、包丁とはまったく違う。見た瞬間に、武器としての冷たさと恐怖を感じた。

笠原が妻を殺すのに使ったのは、あのようなナイフだったのだろうか……。

只見町に入る前に、日没を迎えた。それでも笠原は、坦々と車を走らせ続ける。やがて国道二五二号線にぶつかり、田子倉(たごくら)ダムに沿って走る険しい山岳路に差し掛かると、他の車ともほとんど行き交わなくなった。

有美子は、息を呑む。

話すなら、いましかないと思った。

「地図を見ないけど、この道もぜんぶ暗記したの」

「そうだ。ナビだと何度も見なくてはならないが、地図ならば一度ですべての道が頭に入る」

笠原が暗いコーナーに合わせて正確にステアリングを切りながら、答える。

有美子は、思う。なぜ、一度地図を見ただけでこの複雑な山道を覚えることができるのだろう。そのコンピューターのような笠原の能力に、あのサバイバルナイフと同質の恐ろしさを感じた。

「あなたに、謝らなければならないことがあるの……」

有美子は自分でそういった瞬間、心臓の鼓動が大きくなったのを感じた。

「何をだ」

笠原が、軽く受け流すようにいった。

「私、ネットであなたのことを調べたの……」

心臓の鼓動が、さらに大きくなった。息を、大きく吸った。笠原の横顔を見つめながら、表情の変化を探った。

「別に、かまわない。自分の人生にいきなり入り込んできた相手のことを知りたいと思うのは、むしろ当然のことだ……」

意外な反応だった。だが有美子は、さらに続けた。

「なぜ、奥さんを〝殺した〟の？」

すべてが、終わるかもしれない。だが、思った以上に、言葉が素直に出てきた。自分がいった言葉を、もう一人の別の自分が聞いているような奇妙な錯覚があった。

笠原は、何も答えなかった。ただ黙々と、車を走らせ続ける。ヘッドライトの光芒にガードレールや路肩の草木が浮かび上がり、そしてまた闇の中に消えていく。

「なぜ……〝殺した〟の……。奥さんを、殺さなくちゃならなかったの……」

有美子は、もう一度、訊いた。

笠原が、犯罪者でもかまわなかった。脱獄犯でも、殺人犯でもよかった。だが、自分の〝妻を殺した〟という事実にだけは、受け入れ難い違和感があった。痼（しこり）のように、心から消せなかった。

連続するコーナーで、車のタイヤが鳴り続ける。

「殺していない……」

笠原が、ぽつりといった。

それは、有美子にとって、それもある程度は予想した答えだった。

「あなたが裁判で無実を主張したことは知ってるわ。インターネットで調べたし、事件当時にニュースで見た覚えもある……」

笠原がギアをシフトダウンして減速し、タイヤを鳴らしながらコーナーを曲がる。そしてまた、加速する。

「信じてくれとは、いわない。だけど、本当なんだ。おれが、あいつを……尚美を……殺すわけがない……」

有美子は、ヘッドライトの光の中に流れていく風景を見つめていた。もう、やめようと思った。だが、一度口に出してしまうと、止まらなかった。

「信じたいけど、信じられない……」

「信じなくていい……」

笠原が、ぽつりといった。

「だって、娘さんが見てたんでしょう。それなのに、どうして……」

有美子は、笠原を見た。

その時、異変に気が付いた。

笠原が、泣いている……。

横顔に、確かに涙が伝っていた。笠原が泣くのを見るのは、初めてだった。

車は、走り続けた。

道はなだらかに下り、やがて闇の中にぽつぽつと人家の明かりが灯りはじめた。いつの間にか、道に沿って、鉄道が走っていた。道路標識に小出（こいで）――小千谷（おぢや）――という地名が出はじめた頃から、それまで雑音しか入らなかったラジオがまた放送を受信するようになってきた。

〈――一九日に千葉刑務所を脱獄した受刑者……笠原武大は……いまだに行方がわからず

……大井ふ頭中央海浜公園の防犯カメラによく似た人物が映っていたことから……警察庁は海外に逃亡しようとした可能性もあると見て――〉

有美子はぼんやりと、ラジオのニュースを聞いていた。そして、思う。

もし本当に貨物船に乗って海外に逃げられたら、どんなにいいだろう……。

〈――次のニュースです……今朝……石川県輪島市で女子中学生の行方がわからなくなっている事件で……依然として消息は摑めておらず……その後は犯人からの身代金を要求する電話もないことなどから――〉

有美子は、笠原の横顔を見る。

また、いつもの笠原の顔に戻っていた。

10

夜になって、様々な情報が入りはじめていた。

まず、笠原萌子が失踪した前後の午前八時三〇分頃から九時頃にかけて、袖ヶ浜海岸に隣接するキャンプ場の駐車場で不審な白い乗用車が目撃されていた。この車は近所の住民三人が目撃し、近くの監視カメラの映像から富山ナンバーの日産ティーダであることが判明。さらにその後、夕方になって、現場から約一〇キロ離れた森林科学館・健康の森の駐車場に乗り捨てられているのが発見された。この車は前日に富山市内で盗まれた盗難車だった。

田臥はこの情報を、市内の輪島警察署に設置された捜査本部で聞かされた。

だが、決定的な手懸りにならないことはわかっていた。犯人はそこで、少女を他の車に〝積み換えた〟のだ。

当日、同じ駐車場には、数十台の車が出入りしていた。しかも駐車場には監視カメラが設置されてなく、大半の車はナンバーも確認できなかった。この〝線〟を追うのは時間と労力の無駄だ。

「これは〝プロ〟の仕事だな……」

室井がそういって顔を顰め、頭を掻いた。

いうまでもないことだ。犯行に使用する車の盗難から乗り換える車の準備まで、すべて計画的に行われている。つまりこの程度の犯罪ならば完璧に実行できる能力を持つ組織が、笠原を追っているということだ。笠原の仙台の実家の放火と、石井という担当者の殺害も、すべて同じ臭いがする。

「まあ、いいじゃないか。少女の保護は県警の仕事だ。おれたちには笠原を確保するという、別の任務がある」

冷酷ないい方かもしれないが、それが現実だ。それにもし少女の命を救うことができるとすれば、笠原を確保することが最短の、いや唯一の方法なのかもしれない。

もう一件、興味深い情報が舞い込んできた。

夕方になって、田臥の携帯に直接〝タレ込み〟の電話が掛かってきた。連絡を取ってきたのは笠原の元担当編集者の石井実が殺された件で会ったばかりの、週刊『セブンデイズ』副編集長の加藤閏だった。

加藤によると、今日の午前中に、自分の社内のコンピューターに奇妙なメールが入ってきたという。メールに気付いたのは出社した午後一時頃で、宛先が〈――石井様――〉となっていることから、最初は何かの間違いか悪戯だと思って気にも留めなかった。だが、夕方になってもう一度このメールを見た時に、差し出し人が〈――K――〉になっていることが気になりだした。この〈――K――〉というのは、笠原のイニシャルではないのか――。

田臥は早速、そのメールを室井のコンピューターに転送させた。


〈――石井様。

お久し振りです。四日前に、千葉から帰ってきました。いまは旅の途中ですが、今夜には東京に戻る予定です。

つきましては例の企画の件で、改めて御相談したいことがあります。資料はすべて、手元にあります。これで、すべては解決するはずです。

東京に戻ったら、また連絡します。

※追伸・このメールアドレスに、返信はできません。

K――〉

田臥はこのメールを読み、息を呑んだ。思わず、室井と顔を見合わせた。

加藤のいうとおり、〈――K――〉は笠原のことだろう。そうなると、〈――石井――〉は殺された石井実のことだ。〈――四日前に、千葉から――〉とは、四日前に千葉刑務所から、という意味だ。日付も合う。そして笠原は、〈――今夜には東京に戻る――〉といっているのだ。

最も興味深いのは、次の部分だ。笠原は〈――資料はすべて、手元にあり――〉とし、〈――これで、すべては解決する――〉といっている――。

〈――資料――〉とは、何なのか。いったい何が、解決するのか……。

田臥はすぐに、このメールの差し出し人のメールアドレスを調べさせた。すると、面白いことがわかった。このアドレスは、栃木県那須塩原市にある『フリー・ボックス』というインターネットカフェのものだった。しかも、このアドレスを使ってメールを送信した客の身元も、すぐに判明した。千葉県四街道市に住む塚間有美子、三〇歳――。

「どうしますか。東京に、戻りますか」

室井が、訊いた。

「ちょっと待ってくれ……」

田臥は、時間を計算した。笠原がこのメールを加藤に送信したのは、今日の午前一一時五二分。笠原萌子の誘拐のニュースが最初に流れたのが、その約一五分後の一二時七分頃。つまり笠原は、事件を知る前にこのメールを送信したことになる。

だが、奴は、自分の娘が誘拐されたことを知った。つまり、事情が変わった。ニュースで名前をいわなくても、誘拐されたのが自分の娘であり、犯行の黒幕が誰なのかも察したはずだ。

だとすれば、笠原はどう動くのか……。

「東京の〝セブンデイズ〟の編集部を、誰かうちの若い奴らに張らせよう……」

田臥が、いった。

「そう来ると思った。じゃあ我々は、東京には戻らないんですね」

室井が訊く。

「そうだ。ここに残る。笠原は必ず、ここにやってくる……」

理屈ではない。直感だ。IQが172もある笠原でも、実の娘が誘拐されたとなれば冷静ではいられなくなる。

「それで、車はどうなった。県警に準備させたのか」

田臥がいった。

「ええ、準備させました。スカイラインGTだそうです。高速の〝覆面〟用ですから、速いですよ」

「わかった。それなら、ここを出よう」

もうこの捜査本部には、用はない。

「ちょっと待ってください……。その前に何か食って、少し寝ませんか……。我々だって、機械じゃないんだから……」

室井が、情けない声を出した。

11

タブレットの青白い光の中に、〝男〟の顔が浮かび上がった。

だが、表情はわからない。まるで蠟人形のように、光を見つめている。

〝男〟の細い指が、タブレットのタッチパネルの上を移動する。メールが、一通。そのメールを、確認する。

〈——差出人・Spartacus——〉

〝男〟の口元が、かすかに動く。指先が移動し、メールの本文を開いた。

〈——用件・オークションの早期終了のお知らせ。

本文・落札者様。

この度は当社の出品に入札していただき、誠にありがとうございました。オークションは本日一八時をもって早期終了させていただき、Cowboy様が落札いたしました。おめでとうございます。

つきましては本日の日本時間二一時までに、指定された海外口座に準備金として落札金額の四〇パーセントを送金いたします。御確認ください。

早速ですが、今回の事業の内容と今後の予定について、改めて指示させていただきます。詳しくは添付された資料を御確認ください。

よろしくお願いします。

Spartacus——〉

ディスプレイの青白い光の中で、〝男〟の口元がかすかに動く。だが、薄いサングラスの中の表情はわからない。

細い指先が、タブレットの上を素早く動く。画面に、添付資料が開かれる。何枚もの写真と、動画。その中にはAdam——笠原武大——だけではなく、行動を共にしているEve——塚間有美子——の写真と、高速の料金所の監視カメラに映っていた画像も含まれていた。そしてすべての資料は端的な文章と数字によって、解説されている。〝男〟はそのひとつひとつを確認し、小さく頷く。

Adamが車で行動し、同行者がいることはかえって好都合だった。心中に見せかければ、その後の〝処分〟に手間が掛からなくてすむ。

資料の最後は、次のように締めくくられていた。

〈——Adamの消去と共にレアアイテムを獲得した場合には、二〇パーセントの特別ボーナスが支払われる。

指示に対する問い合わせと確認、報告等の連絡事項は、すべて調教師のSeiren宛に行うものとする。

それでは、幸運を祈る。

Spartacus——〉

〝男〟は添付された資料を含め、メールを何回か読み返した。納得すると、すべてを削除した。必要な情報は、何もかも自分の頭の中に保存しておく。それがこの世界で生きる者の常識であり、〝男〟のいつものやり方だった。

時計を確認した。午後七時を回ったところだった。これから準備に取り掛かり、すみやかに行動すれば、明日の未明にはゲームフィールドに入ることができるだろう。

〝男〟は、タブレットの電源を切った。闇の中に、〝男〟の顔が沈むように消えた。

12

最後の記憶にある町の名前は、〝十日町(とおかまち)〟だった。

有美子は、日本海側にはほとんど旅行したことがない。聞いたことのあるような町の名前を見ても、それがどこなのかはわからなかった。

ただ、深夜に十日町という大きな町でコンビニに寄り、お握りやサンドイッチなどの食料と飲み物、新聞を買った。車の助手席に座ったまま、慌しく食事をすませた。そんなことにも、もう慣れてきた。

その間にも、笠原は黙々と運転し続けていた。しばらくすると車は市街地を抜け、気が付くとまた暗い山道を走っていた。途中で何度か地名の書かれた標識を見たような気がするが、有美子にははっきりとした記憶がない。そのうちに強い睡魔に襲われ、いつの間にか眠っていた。

次に目を覚ました時には、夜が白々と明けはじめていた。リクライニングでシートを倒し、体には寝袋を開いて掛けられていたが、寒かった。車は、止まっていた。

笠原の姿を捜してみたが、車の中にはいなかった。ガラスが有美子の息で曇っていて、外の様子がわからない。フリースの袖でサイドウィンドウを拭うと、淡い朝の光の中に遠くの山並が浮かび上がった。

「ねえ……。どこにいるの……」

有美子はドアを開け、車の外に出た。どこかの林道に面した空地に、車が駐まっているらしいことがわかった。だが、やはり、笠原の姿は見えなかった。

「ねえ……武大……。どこにいるの……」

有美子は、紅葉に染まる静かな森の中を見渡した。吐く息が、白い。自分が初めて笠原を名前で呼んだことにも、気が付いていなかった。

「どこにいるの……。いるなら、出てきて……」

有美子はふらふらと、森の中を歩きはじめた。

森の中に、小道が続いていた。それが遊歩道なのか、それとも他の目的に作られた道なのかはわからなかった。ただひとつ確かなのは森の右手が明るく、落葉しかけた梢の向こうに先程の山並が見えていたことだ。森の先は深い渓か、断崖になっているのかもしれない。

「どこにいるの……。お願い……。出てきて……」

有美子は誘い込まれるように、小道に足を踏み入れていった。なぜだかはわからないが、この小道の先に笠原がいるような気がしてならなかった。森の中を自分が一人で歩いているという事実を深く考えることもなく、不思議と恐怖も感じなかった。

しばらくすると、前方に何かが見えた。朝靄の中を、人影が歩いてくる。最初はそれが、誰だかわからなかった。

「誰……」

有美子は、その場に立ち止まった。

人影が、次第に大きくなってくる。やがてそれが、前日に買ったクライミング用のウェアを着た笠原であることがわかった。笠原は腰にチョークを入れる袋を付け、クライミングシューズを履き、肩にはロープを掛けていた。

「どうしたんだ」

笠原が訊いた。

「目が覚めて……あなたがいなかったから……。どこに行ってたの」

「この先に、手頃な岩場があった。昨日、買った、クライミングの道具を試してみた。それより、なぜ車の中で待ってない。途中にツキノワグマの足跡が付いてたのを見なかったのか」

「うそ……」

有美子は笠原の体を抱き寄せ、あたりを見回した。

「だいじょうぶだ。人の声を聞けば、近付いてこない。車に戻ろう」

笠原がいった。

車に戻ると、有美子は笠原から携帯を見せるようにいわれた。

「だいじょうぶなの。電源を入れたら、位置情報で私たちがどこにいるのか知られてしまうんでしょう……」

「心配はいらない。ここは、圏外になっているはずだ」

「ここは、どこなの……」

「新潟県と長野県の県境に近い山の中だ。乙見山峠が近い」

地名を聞いても、ここがどこなのかまったくわからなかった。有美子は携帯の電源を入れた。やはり、圏外になっていた。パスワードを入れてロックを解除し、笠原に渡した。

笠原は携帯の何かを操作し、しばらくディスプレイを見つめた。そしてまた何かを操作すると、電源を切って有美子に渡した。

「何をしたの」

有美子が訊いた。

「たいしたことじゃない。君のメールアドレスと電話番号を記憶した。それだけだ」

笠原が、当然のようにいった。いつも思うことだが、笠原の言動はどこか普通の人と違って理解しにくいところがある。

「いつまでここにいるの。娘さんのことが心配なんでしょう」

「もう少し、日が高くなるまでだ。朝露で濡れている車が乾いたら、やることがある」

「何をやるの」

「この車を赤く塗り替えるんだ。手伝ってくれ」

カーショップで塗料を買ったと聞いた時から気付いてはいたが、やはり本気だったのだ。この人の考えていることは、わからない。

笠原が、ラジオのスイッチを入れた。周波数をＮＨＫに合わせたが、雑音がひどく、放送はほとんど聞き取れなかった。

ラジオを消すと、また静寂が戻った。どこかで鳥が鳴いている。笠原は、ただ黙って外の森の風景を見つめている。

平穏な時間が、ゆっくりと過ぎていく。

だが、有美子の心の中に、急に黒い不安の影が広がりはじめた。

今日は、何かが起こる……。

そんな予感があった。

13

小峰舞子は、柔らかく温かいベッドの中で目を覚ました。

裸、だった。

男――板倉勘司――の太い腕の中に抱かれていた。

舞子はまだ眠っている男の腕の中で、体の向きを変えた。しばらく、男の横顔を見つめた。

そして男の首筋に唇を近付け、ゆっくりと舌を這わせた。

男の寝息が止まり、体が動いた。

「もう少し、眠らせてくれ……」

男が、低い声でいった。

「はい。申し訳ありません……」

舞子は男の腕の中から体を起こし、ベッドを出た。手足が長く、アスリートのように鍛え上げられた体だった。素裸の上にガウンだけを羽織り、また寝息を立てはじめた男の顔を見つめる。

口元に、かすかな笑みを浮かべた。

音を立てないように、静かに寝室を出た。足音を忍ばせて階段を下り、リビングを横切る。そして別のドアに鍵を差し込み、静かに開けた。

窓際のベッドの上で、蒲団を頭まで被って少女が眠っていた。デスクの上に置いてあった食事を確認する。菓子パンとお握り、紙パックのジュースも無くなっていた。残っているのは、ペットボトルのミネラルウォーターが半分程だけだ。

だいじょうぶだ。〝子猫〟は死んでいない……。

舞子は静かにドアを閉じ、また鍵を掛けた。リビングを横切り、熾火になっている暖炉に新しい薪を焼べた。ソファーに座り、Ｍａｃのコンピューターをインターネットに接続する。

〝笠原武大〟の名をキーボードで打ち込み、ニュースを検索した。

〈――脱獄犯、海外に逃亡か

ＮＳＮ産経ニュース　１時間前

19日に千葉刑務所を脱獄した受刑者、笠原武大は、6日目に入った今日も依然として行方がわかっていない。警察庁は昨夜に引き続き大井埠頭周辺に非常線を配備し、港湾内に碇泊する貨物船などに立ち入り捜査を行っている――〉

舞子は、ゆっくりと記事を読んだ。ニュースの内容は、昨夜からほとんど進展していない。

笠原が、海外に逃亡……。

もし今回の脱獄が単純に自由を求めてのものであるとするならば、海外への逃亡という可能性も否定はできないだろう。もし本当に外国船籍の貨物船の中に潜んでいるならば、自分の娘が誘拐されたというニュースすら知らないはずだ。

だが、あの笠原が、自分の持っている〝情報〟を放棄して海外に逃亡するなどということが有り得るだろうか。それに警察庁の公安部が、ニュースを発表したタイミングも不自然だった。どこか、意図的なものを感じた。

舞子はニュースを閉じ、短いメールを作成した。

〈――長野様。

今回の物件の海外への輸出に関して、担当部署から何らかの情報は入っておりますでしょうか。もし事実関係が明らかになりましたら、御報告ください。

小峰――〉

メールを、送信した。数分後に、返信があった。

〈――小峰様。

現在、担当部署からは何ら情報は入っておりません。ただ、未確認情報として、今回の物件の責任者二人は東京におらず、石川県内に出張中との噂があります。以上、よろしくお願いします。

長野――〉

舞子はメールを読み、口元に笑いを浮かべた。やはり、そうだ。笠原が海外に逃亡したというニュースは、公安部〝サクラ〟の〝餌〟だ。

メールを閉じ、フォルダの他のメールを確認する。未開封のメールが一本、入っていた。時間は昨夜の二三時三五分、〝Cowboy〟からだ……。

〈――Seiren様。

ゲームがスタートしました。午前四時までにはゲームフィールドのA地点に入ります。現地の調査が終わり次第、こちらから連絡いたします。予定の変更、もしくは何らかの追加指示がある場合には、このアドレスにお願いいたします。

——Cowboy〉

舞子はメールを読み、小さく頷いた。そして、返信した。

予定に変更はありません。すべて順調に進んでいます。ゲームの続行をお願いいたします。

Seiren——〉

〈——Cowboy様。

舞子は、コンピューターを閉じた。

笠原武大は、輪島に向かっている。Cowboyは、すでにゲームフィールドに入って待機している。

そうだ。すべては順調に、進んでいる。

舞子はテーブルの上のスマートフォンを手にした。四桁の暗証番号を入れ、着信履歴から電話を掛けた。数回の呼び出し音の後に、相手が出た。

「常吉ね。私……舞子です。ところで昨夜指示した〝処理〟の方は……そう、終わったのね。御苦労様……。それで、今日は何時頃にこちらに戻るのかしら……。わかりました。そう伝えておきます……。ついでに、ひとつお願いします。こちらに来る時に、どこかコンビニに寄って〝子猫〟の餌を買ってきてほしいの……。そう、何でもいいわ。お握りでもサンドイッチでも、菓子パンでも……。では、よろしく頼みますね……」

電話を切って、スマートフォンをテーブルの上に置いた。体を伸ばし、あくびをする。昨夜のドラッグを使ったセックスのせいで、まだ気怠さが抜けていない。

舞子は紅茶を淹れるために、ソファーから立った。


笠原萌子は息を殺しながら、その様子を鍵穴から覗いていた。

リビングに人の気配がある時には、萌子はいつもこうしていた。これまでに自分の目と耳で確認し、少しずつ、だがいろいろなことがわかってきた。

この家の中で見た人間は、いまのところ四人……。

一人は長い髪を後ろで束ねた、大柄な男だ。周囲の人間の様子を見ると、この男がボス格であるらしい。年齢は、四十代の半ばくらい。名前はまだわからない。

そして萌子を誘拐した、髪の長い女。名前は〝マイコ〟であることがわかった。自分でも電話で名告っているし、ボス格の男もそう呼んでいる。この女が、すべてのことを取り仕切っているらしいこともわかってきた。

他に、〝ツネヨシ〟と呼ばれている男がいる。昨夜も部屋にいたし、いまも〝マイコ〟が電話で話していた。目が冷たく、表情が少ない男だ。萌子にはあまり知識がないのでわからないが、〝ヤクザ〟というのはあのような男のことをいうような気がしていた。

もう一人、昨夜は〝イノウエ〟と呼ばれていた男がいた。普通の背広を着ていて、大きな会社の役員か学校の先生のようにも見えた。年齢は一番上だが、なぜか最も格下のように扱われている。昨夜はその男が〝処理〟されると聞いたが、萌子にはその意味がよくわからなかった。

そしていま、広いリビングには、誰もいない。暖炉の中で薪が赤々と燃え、リビングセットのテーブルの上には、〝マイコ〟が使っていたＭａｃのコンピューターとスマートフォンが置いてある。

萌子は、女がスマートフォンを操作するところを見ていた。確実ではないが、女の指の動きからだいたいの四桁の暗証番号がわかっていた。

この部屋を出ることは、それほど難しくない。その気になれば、萌子にはいつでも可能だった。だが、外に出ても、この家は森の中にある。逃げてもすぐにまた、捕まってしまうだろう。

あのテーブルの上のスマートフォンさえ手に入れば……。

そこに〝マイコ〟という女が、ティーカップを手にして部屋に戻ってきた。

萌子はドアから離れ、音を立てずにベッドの中に潜り込んだ。

14

田臥健吾と室井智は北陸自動車道上り線、呉羽(くれは)ＰＡで待機していた。

観光客向けの、地方の高速道路ならばどこにでもあるようなパーキングエリアだ。うどんやラーメンが食べられるスナックコーナーがあり、白鳥の飛来地として知られる田尻(たじり)池を徒歩で散策できるアクセスゲートが設けられている。普段は静かな休息の場なのだろう。だがいまは大型車で三〇台近くに対応する駐車スペースのほとんどが警察車輛で埋め尽され、物々しい空気に包まれていた。

「いま……何時ですか……」

リクライニングを倒した〝覆面〟パトカーの助手席で、室井が呻くような声を出した。

運転席の田臥が、腕の時計を見た。

「もうすぐ、八時になるな。少しは寝られたか」

「ええ……少しは……。いまもまだ、半分寝てますけどね……。そろそろ白鳥でも見に行きますか……」

室井が、のんびりとしたことをいった。

その間にも刻々と、警察無線から様々な情報が入ってくる。北陸自動車道だけでなく、能登有料道路、さらに能登半島へと向かう国道などの主要路線のあらゆる要所に検問が張られ、通過するすべての車がチェックされている。それらしき車があれば、高速道路上であっても高速機動隊が追尾する手筈になっている。正に、厳重配備だった。

だが、田臥は思う。こちらによほどの運が向かなければ、笠原は網に掛からないだろう。いくら富山県警と石川県警を総動員しても、輪島に向かうすべての道を封鎖することは不可能だ。それに、あの笠原のことだ。何か策を講じているに違いない。

いまも警察用無線から、新しい情報が入ってきた。

〈――北陸道……上り流杉PA付近……シルバーのフォルクスワーゲン・ゴルフ通過……

緊急車輌追尾――〉

だが田臥は、頭の後ろで手を組んだままのんびりとその無線を聞いていた。やはり、思ったとおりだった。間もなく、続報が入ってきた。

〈――車輌番号……石川……む……40―××……。運転手は男性……老人……同乗者なし……。当該車輌ではないことを……確認――〉

「奴は、本当にこっちに向かってるんですかね……」

室井が、無線を聞きながらいった。

「そう信じるより、仕方ないだろう。まあ、この北陸自動車道をのんびり走ってくるわけはないだろうけどな……」

田臥がこの呉羽パーキングエリアで待機しているのには、意味があった。

最後に笠原の所在が確認されているのは、前日の午前一一時五二分。栃木県那須塩原市の

『フリー・ボックス』というインターネットカフェにいたことまではわかっている。

田臥はそこから、笠原が娘が誘拐された輪島市に車で向かうであろうコースと時間を推理した。常識的に考えれば東北自動車道から北関東自動車道、関越自動車道と迂回し、藤岡ジャンクションから上信越自動車道、さらに上越ジャンクションから北陸自動車道に入って富山方面へと向かうのが最も早い。それでも走行距離は、約七〇〇キロ。能登半島に入れば道路事情も悪くなるので、順調に走り続けても九時間以上は掛かるだろう。

だが田臥は、笠原が高速道路を使うとは考えていなかった。奴は、どのような危機に陥っても冷静に行動するはずだ。高速を突っ走って〝網〟に掛かるほど間抜けな奴であるわけがない。

奴は、高速を使わずに一般道だけでこちらに向かっているはずだ。前日の昼のニュースで娘の誘拐を知り、その後に準備して輪島に向かったとしても、一般道——大半は山道のはずだ——二〇時間以上は掛かるだろう。

いずれにしても、考えられるコースは二つだ。栃木県と石川県の間には、立山(たてやま)連峰——北アルプス——という巨大な壁が聳えている。その巨大な壁の日本海側を抜けるか。もしくは、岐阜まで下って西側を大きく迂回するか。どちらかだ。

だが、田臥は思う。いくら笠原が慎重でも、娘の命が危険に晒されているのだ。まさか北アルプスの西側を回るほど遠回りはしないだろう。絶対に、立山連峰と日本海との狭い間を抜けてくるはずだ。

高速のパーキングエリアで待機していることにも、田臥の計算がある。ここから僅か二・九キロ先には、小杉インターチェンジがある。この近隣の一般道で笠原が〝網〟に掛かればすみやかに駆け付けられるし、逆を突かれて金沢の方面から能登に入られたとしても最短時間で対応できるからだ。

「奴が来るなら、そろそろのはずなんですけどね……」

室井も、田臥と同じことを考えていたらしい。

「そうだな。そろそろ、ゴールデンタイムだ……」

だが、警察用無線のチャンネルからは、何も有力な情報は流れてこない。

「ところで、腹が減りませんか。さっき富山県警の奴に聞いたんですが、このパーキングエリアのオムライス、なかなか美味いらしいですよ」

室井がまた、のんきなことをいった。

「おれはいい。お前一人で、食ってこいよ……」

「いや、いいっすよ。飯を食いに行かないなら、テレビでニュースでも見るかな……。ナビをテレビに切り換えますよ」

室井がナビのリモコンを手にして操作した。ちょうど、朝のワイドショー番組のニュースが始まったところだった。田臥は無線のヘッドホンをはめたまま、ナビの小さな画面をぼんやりと見ていた。

――野田佳彦首相は二三日に体調不良を理由に辞任した田中慶秋法相の後任に、滝実元法相を起用。間もなく正式に決定する——。

——米アップル社は二三日、日本時間の本日未明、iPadの小型モデルiPad miniをカリフォルニア州で発表——。

——一九日に千葉刑務所から脱獄した殺人犯、笠原武大は、現在も身柄が確保されていない——。

——二三日の朝に行方不明となった石川県輪島市の女子中学生は、いまだに所在がわかっていない。その後は犯人からの連絡もなく——。

だが、次のニュースが始まった時に、田臥の〝勘〟が妙に騒(ざわ)つきはじめた。

〈——今朝早く、元経済産業省資源エネルギー庁官房副長官、現日本原子力研究機構理事の井上光明さんが、福井県福井市の自宅で首を吊って死亡しているのを家族が発見しました。家族によると井上さんは最近、仕事のことで悩んでいたといい、警察は自殺したものと見て慎重に捜査しています——〉

田臥はヘッドホンを外し、ナビの小さな画面に見入った。何か、きな臭いものを感じた。それが何なのかわからないところが、もどかしかった。

元経済産業省……。

福井市は、輪島市からそれほど遠くない……。

〝笠原〟の一件のすぐ近くを掠めているところも、気に入らない。それに警察が〝自殺〟と判断するのも、早すぎる。

「井上光明が死んだのか……。やっぱりね……」

室井が、いとも当然のようにいった。

「お前、この〝井上〟というのを知ってるのか」

「ええ、よく知ってますよ。前に、経済産業省の審議官が株のインサイダー取引でパクられた事件があったじゃないですか。確か、二〇〇九年だったかな。その時に、裏で井上の名前も上がってたんですよ。それで奴も経産省を辞めたと思ってたんですが、まさか原子力研究機構の理事に納まっていたとは……」

室井はそこまでいって、何かを思い出したように黙ってしまった。

「どうしたんだ」

田臥が訊いた。

「いや……そのインサイダー取引が右翼絡みだったもので、それで二課の奴らが公安の方に情報提供を求めてきたんですがね。その窓口が、おれだったんで……」

室井が、何かを思い出そうとしている。

「だから、どうしたんだよ」

「おれ、とんでもないこと思い出しちゃったかもしれない……。ちょっと待ってくださいね……」

室井はそういって後部座席から自分のブリーフケースを取ると、中から書類のファイルを取り出した。例の、笠原が週刊『セブンデイズ』に書いた株価予想の記事のコピーだった。口の中で何かを呟きながら、慌ててコピーを捲る。

「やっぱり、そうだ……。二課の連中、ハメやがったな……」室井が、記事の一ヵ所を指さした。「ほら、これとこれ。例のインサイダー取引の時にも、裏で社名が上がっていた企業ですよ……」

田臥が、その社名を確認する。そして、頷いた。

笠原の狙いは、これか……。

「おい、室井。例の笠原と行動を共にしている看護婦の女、なんといったかな」

「塚間有美子ですか。もうそろそろ名前を憶えてくださいよ」

「その……塚間有美子の携帯の番号とメールアドレスを控えてあったな」

「ええ、ありますよ。これです」室井が手帳を開き、田臥に渡した。「でも、電話しても出ないと思いますよ。だいたい、おれたちは奴らに嫌われてるはずですから」

「わかってるよ」

一昨日以来、女の携帯は電源が切られている。電話会社に協力させて常に位置情報を監視しているが、何も引っ掛かってこない。だが、いまは、他に笠原と連絡を取る方法はない。田臥は、最初に女の携帯電話に電話を入れてみた。だが、やはり、電源は切られていた。仕方なく女のメールアドレスを自分の携帯に登録し、メールを作成した。

〈――笠原武大殿。
自分は今回の君の特別指名手配と、娘さんの誘拐事件を担当する警察庁公安課の田臥健吾という者だ。なぜ君が脱獄したのか、その理由を聞きたい。少なくとも、君の話を聞くスタンスは持っている。このメールを見たら、至急連絡請う。
田臥健吾――〉

無駄を承知で、メールを送信した。

「何てメールしたんです」

室井が訊いた。

「もしこの辺りまで出てきてるなら、今夜あたり富山で一杯どうだと誘ってみた」

「いいっすね。たまには我々も息抜きしないと。どこか〝食べログ〟でいい店を探しておきますよ」

室井がまた、とぼけたことをいった。

15

一時間後――。

笠原武大は杉野沢林道で県境を越え、長野県へ入っていた。間もなく姫川温泉の交差点に出て、国道一四八号線にぶつかる。その手前で一度、車を止めた。

「ここから先は、しばらく君が運転してくれないか」

笠原が、有美子にいった。

運転席と、助手席を換わる。別に、運転に疲れたわけではなかった。前日からほとんど寝ていなかったが、神経が妙に過敏になり、その気になればいくらでも運転くらいはできるような気がした。

だが、ここから先は検問にも気を付けなくてはならない。笠原本人よりも、女の有美子が運転していた方が警戒される可能性は低くなる。

「どっちに行くの……」

「国道を、右へ。そのまましばらく道なりに行ってくれ……」

有美子は国道に出ると、糸魚川の方向に北上した。いくつものトンネルを抜け、姫川渓谷に沿って走る美しく険しい道だ。笠原は久し振りに助手席に座り、ぼんやりとその風景を眺めていた。

車はすでに、一ダースの車用スプレー塗料を使って赤く塗り終えていた。だが、所詮は素人の手作業だ。近くで見れば、塗り換えたものであることはすぐに露顕する。

雨でも降ってくれればいいのだが……。

周囲の風景は、すでに紅葉の色に染まりはじめていた。車に揺られながらその風景を眺めているうちに、急に睡魔が襲ってきた。

「少し、寝たい。三〇分したら、起こしてくれ……」

この山中ならば、検問もないだろう。

「三〇分でいいの。運転なら、だいじょうぶよ」

「いいんだ……。三〇分も寝れば、思考能力が回復する……」

そういった次の瞬間に、眠りに落ちた。

しばらく、潜在意識の深層から何かが滲み出すようなどろどろとした夢を見ていた。血だらけの妻の尚美の姿が現れ、泣いている娘の萌子が立っていた。自分は手の中にサバイバルナイフを握っていて、何かを叫んでいた。

体が不快に揺さぶられ、どこからか有美子の声が聞こえてきた。その声が自分の名を呼んでいるのだと気付いた時に、霧が晴れるように夢が消えはじめた。目が覚めると、自分が先程と同じような風景の中にいることに気が付いた。

車が、路肩に止まっていた。

「眠っていた……」

笠原が、ぼんやりといった。

「そう、よく眠っていたわ。起こすのが可哀そうなくらいに……」

「何かあったのか……」

まだ頭が半分、眠っている。

「あと一〇キロほどで、糸魚川の市街地に入るわ。この先に、橋があるの。直進して、そのまま渡っていいのかしら……」

笠原は自分の記憶の空白を埋めるために、初めてナビの地図を見て現在位置を確認した。この先に山本橋、中山橋と二つ姫川を渡る橋が連続する。右手にはJR大糸線の線路が並行し、すぐ近くに根知という駅があった。

しばらく、考えた。糸魚川から先は、車で能登半島に向かうには最大の難所だ。北アルプスの山並が日本海側の海際まで迫っているために、通り抜けられるルートが少ない。北陸自動車道で強行突破するか。もしくは、海岸線沿いの国道八号線を走るか。いずれにしても、確実に検問を張られているだろう。

結論を出すまでに、それほど時間は掛からなかった。

「その先を右に入って、この〝根知〟という駅に行ってくれないか」

ナビで駅の場所を、指さした。

「駅なんかに行って、どうするの……」

有美子が、首を傾げる。

「おれは、駅で降りる。そこからJR北陸本線で、富山の方に向かう」

「私は？」

「君はこのまま車を運転して、高速で能登半島の方に向かってくれ」

だが、有美子が不安そうに首を横に振った。

「別れるのは、嫌……」

「別に、別れるわけじゃない。しばらく別々に行動して、その先で落ち合うだけだ。その方が、安全だ」

「どこで、落ち合うの」

有美子が訊いた。

笠原は、地図を開いた。指で示しながら、有美子に説明する。

「北陸自動車道でこの小矢部（おやべ）インターまで行って、ここで下りろ。そこから県道を北に向かって、この〝石動（いするぎ）〟という駅まで来てくれ。ここで二時間後に落ち合おう」

「本当に、来るの……」

「行く。もし三時間経ってもおれが行かなかったら、携帯の電源を入れろ。番号もメールアドレスもわかっているから、こちらから連絡する」

「本当ね……。約束して……」

有美子が、いまにも泣きそうな顔でいった。

五分後、笠原は大糸線の根知駅で車を下りた。駅は無人の古い民家のような建物で、道路に面して小さな駐車スペースがあった。だが駐まっているのは地元の軽トラックが一台だけで、警察の影はなかった。

「それじゃあ……。気を付けてね……。何かあったら、連絡してね……」

有美子が窓を開け、心配そうにいった。

「だいじょうぶだ。君こそ、運転に気を付けてくれ。遅れても、慌てるな。スピード違反で捕まったら、元も子もないぞ」

「わかってる……」

笠原は、歩いて駅舎に向かった。服は西那須野のアウトドアショップで買った防寒着にパンツ。クライミング用具が入ったザックを肩に掛け、キャップを被っていた。この服装は、まだ警察には認知されていない。しかもここは北アルプスが近いので、余所者(よそ)の男が一人で行動するには最も怪しまれない格好でもある。

駅入口で、時刻表を見た。午前中の下り方面は、一時間から一時間半に一本しかない。次は、一〇時五分発の糸魚川行だ。時計を見ると、あと一五分。ちょうどいい。

無人の改札を通り、狭く短いホームに立った。遠い北の空を見ると、どんよりとした暗い雲が広がりはじめていた。

ここから先は、雨が降ってくれた方が行動しやすくなる。

しばらく、待った。やがて踏切の警報器の音が鳴りだし、南の山陰から電車のライトの光が見えてきた。

16

石川県輪島市の朝市通りは、いつもと同じように賑わっていた。

朝市通りを外れてさらに東へと歩き、重蔵神社の手前から工房長屋へと入っていく。このあたりにも、人が多い。石畳が敷かれた路地に昔ながらの輪島漆器の工房や店が軒を並べ、その風情のある店先を観光客たちが冷やかしていた。

だが、さらに道を一本隔てて裏手の路地に入ると、風景と空気が一変する。ここにも古くからの漆器工房が肩を寄せ合っていたが、人影もなく静かだった。その中の一軒、表札に〝小谷地〟と書かれた家も、何事もなかったかのようにひっそりとしていた。

先程から〝女〟が一人、この静かな路地を行き来していた。

そう、〝女〟だ。手足の長い細身の体をヘルノのカーキ色のコートで包み、長目のボブの髪を肩まで垂らしていた。鼻筋の通った顎の細い顔はヴェルサーチのサングラスで隠され、耳はiPodのヘッドホンで被われていた。

肩にはエルメスのハンドバッグ、足にはセルジオ・ロッシのハイヒールを履いていた。

〝女〟としてはかなり背が高く、ハイヒールのサイズが大きいことに気付かなければ、誰も〝彼女〟のことを不自然には思わないだろう。輪島市の工房長屋のあたりではよく見かける、外国人の女性観光客だと思ったに違いない。

〝女〟は三〇分から四〇分の間を置き、工房長屋の裏通りを歩いた。もうこの日、三度目だった。この路地を歩く度に小さな工房の前で立ち止まり、そこに飾られている作品をしばらく見つめてはまた歩きだす。その仕草もあまりにも自然で、風景の中に溶け込んでいた。

だが、〝女〟は、工房を見て歩くような振りを装いながら、ヘッドホンから流れてくる盗聴器の音声に耳を傾けていた。

音声は、〝女〟の目の前にある〝小谷地〟という表札のある家の中からのものだった。家はひっそりとしていて見た目は人の気配を感じなかったが、盗聴器は何人もの男の声を拾ってくる。すべて〝猟犬〟――石川県警と輪島警察署の捜査官――の声だった。

〝女〟は、盗聴器の音声から家の中の情況を判断した。声からすると、〝猟犬〟の数は六名から八名。もしくは、それ以上。何げない会話の中から、膠着状態に対する焦燥が感じ取れた。

いま、〝小谷地〟と書かれた家の戸が開き、背広を着た男が一人、出てきた。男は耳にイヤホンを入れている。警察の〝猟犬〟であることは、ひと目でわかった。男は一瞬〝女〟を見たが、特に気にするでもなく路地の出口に向かって歩き去っていった。

〝女〟は家の前を離れ、警察官が立ち去った方向とは逆に向かって歩きはじめた。そして歩きながら、考える。

――このA地点でアンブッシュを掛けるのは、難しい――。

〝女〟はｉＰｏｄに仮装した受信器の周波数を、警察無線に切り換えた。〝アダム〟の追跡チームに、チャンネルを合わせる。雑音の多い音声に、耳を傾ける。こちらの方には、大きな動きはない。

〝女〟は神社の前を通り、工房長屋を抜け、また朝市通りの方に戻っていった。そのまま朝市の外れまで歩くと、港に面した駐車場に下りた。駐まっている観光バスの裏に回り、コートを脱いで黒いアウディA4クワトロの運転席に乗った。

あたりに人の目がないことを確かめ、カツラとサングラスを外した。ニットの中のブラジャーを外し、シリコンのパッドを取り出す。〝女〟は一瞬で、短く刈った髪を金色に染めた〝男〟に変わった。

〝男〟には、名前はない。ただ、彼を知るごく少数の者は、〝Cowboy〟のコードネームで呼んでいる。

Cowboyはブリーフケースの中からタブレットを取り出し、電源を入れた。液晶パネルの上を細い指先が素早く動き、メールを作成する。

〈――Seiren様。
ただいま、ゲームフィールドA地点の調査終了。結果として、Adamの捕獲地点としては条件が合わないことが判明。よってアンブッシュを掛ける場所として、ゲームフィールドC地点を指定したし。Adamへの連絡方法、もしくはそちらからの設定を希望。
Cowboy――〉

送信し、タブレットの電源を切った。

Cowboyはハイヒールを黒のドライビングシューズに履き替えると、アウディのエンジンを掛けた。

北の空が、厚い雲に覆われはじめている。

今夜から、雨になるだろう……。

アウディA4クワトロはゆっくりとバスの陰から出て、北に向かう国道を目指して走り去った。

17

三〇分ほど前から、雨が降りはじめた。

笠原武大は、JR北陸本線の窓の外に広がる暗い日本海の風景をぼんやりと眺めていた。

窓ガラスに大粒の雨が叩き付け、後方へと流れていく。一瞬、その雨粒が、娘の萌子の涙に見えた。

各駅停車の普通列車は、日本海に突き出た断崖の際に沿ってゆっくりとした速度で走っていく。海の間近を走り、幾度となくトンネルを抜け、また海岸線に沿って線路を鳴らしながら走り続ける。

時折、駅に停車し、数人の乗客が乗り降りを繰り返す。いまも越中宮崎(えっちゅうみやざき)という寒々とした、海風に吹き曝された小さな駅に停まり、また走りだしたばかりだった。だが時間ばかりが坦々と過ぎていき、電車は遅々として進まない。

笠原は、アウトドアショップで買った安物の時計に目をやった。間もなく一一時になろうとしている。有美子とは別れる時に、二時間後に北陸本線の石動駅で落ち合う約束をした。だが、とても間に合いそうもなかった。おそらく、石動駅に着くのは一時間近く遅れることになるだろう。

別れる時、笠原は有美子に、もし三時間経っても自分が現れなければ携帯の電源を入れろと指示した。そうなれば携帯の位置情報から、警察に自分たちの居場所が知られてしまう。間に合えばいいのだが……。

笠原は、また時計を見た。先程から、幾度となく同じことを繰り返している。だが、焦っても仕方がない。とにかく三時間が経ち、有美子に会うか電話を掛けるまでは、連絡の取りようがない。

時間以外のことは順調だった。

大糸線から北陸本線への乗り換えの時に、糸魚川駅で警戒する何人もの警察官を見かけた。だが警察官は、クライマーの服装を身に着けリュックを背負った笠原を見てもまったく気付かなかった。

笠原は千葉刑務所の中にいる時に、オウム真理教の地下鉄サリン事件の容疑者の一人が逮捕されたニュースを知った。その男は事件以来、一七年間も素顔のままで逃亡、潜伏を続けていた。もしその直前に仲間の女性信者が逮捕されていなければ、おそらくいまも逃亡を続けていただろう。

人間の視覚とは、その程度のものだ。挙動不審でさえなければ、簡単には怪しまれたりしない。笠原は駅で堂々と新聞と弁当を買い、警察官の前をゆっくりとした足取りで通り過ぎ、電車を乗り換えた。

いまも笠原は、周囲の他の乗客にごく自然に溶け込んでいる。新聞を開いてペットボトルの日本茶を飲み、向かいの席に誰かが座れば笑顔で頭を下げる。しばらくして釜めしの駅弁を開き、ゆっくりと味わった。誰も目の前の笠原のことを、脱獄犯だとは思わないだろう。

「ここさ、座(ね)まっていいけ?」

いま乗ってきた老婆が、笠原に声を掛ける。

「ああ、空いてますよ。どうぞ」

笠原が笑顔でいうと、老婆は向かいの席に腰を降ろした。

「あんた、何しとかいね。旅行け?」

弁当を食っている笠原に、親しげに話しかけてくる。

「そうです。東京から、電車で来ました……」

笠原も、気軽に応じる。

「なーん。東京っちゃけ。これっちゃ、何け?」

笠原の足元に置いてあるリュックに巻いたカラフルな色のロープを見て、老婆が訊いた。

「これですか。山登りの道具です。クライミングをやるんですよ」

「そんながや。もっさいね……」

富山弁がきつく、老婆の言葉がよくわからなかった。だが、心が休まる。笠原と老婆が話している時に車掌が回ってきたが、まったく気にも留めずに歩き過ぎていった。

魚津(うおづ)の駅に着くと、老婆が腰を上げた。

「気のどくな。さて、おら、行くっちゃ……」

そういって、列車から降りていく。そしてまた、他の乗客が乗ってくる。

一一時五〇分に、終点の富山駅に着いた。ここで次の電車まで、三〇分ほどの待ち合わせがある。電車を降りてホームを歩いていくと二人の警察官とすれ違ったが、呼び止められることはなかった。

ホームにいるよりは安全だと思い、駅の構内に降りる。次の金沢行きが一二時一九分に二番線から発車することを確認し、時間待ちをする適当な店を探した。

構内には立食い蕎麦の店が一店と、白えび亭という食堂が一店。弁当を食ったばかりだったが、構内を歩き回っていれば目に付きやすい。仕方なく立食い蕎麦の店に入り、天ぷらそばを注文した。

腹はいっぱいであるはずなのに、箸が止まらなかった。旨かった。考えてみると、蕎麦を喰うのは何年振りだろう。

店を出てキヨスクに寄り、週刊誌を物色する。自分が以前に記事を書いていた、『週刊セブンデイズ』を買った。その間にも駅の警備員が、笠原の背後を通り過ぎていく。

時計を見ると、一二時一〇分になっていた。いまからホームに向かえば、ちょうどいい。ゆっくりとした足取りで構内を横切り、二番線への階段を下った。

塚間有美子は、雨の北陸自動車道を西に向かっていた。

フロントガラスの上を、ワイパーが忙しなく動いている。

有美子は笠原にいわれたとおり、速度を守って走行車線を走っていた。その横を、大型トラックが猛スピードで追い越していく。水飛沫(しぶき)を被り一瞬、視界から風景が消えた。ステアリングを握る手の平に、汗が滲んでいた。緊張で、肩の筋肉も張っている。ここ数日の疲れもあり、すでに体力は限界に達しようとしていた。

眠い……。

少し、休みたかった。だが、ナビを見ると、現地の到着時間が少しずつ遅れはじめていた。休んでいる余裕はなかった。

どんなことがあっても、あの人を待たせるわけにはいかない……。

有美子は、走り続けた。肉体的な疲れ以上に、精神的にも無理が祟っている。いまにも、心が折れそうだった。それでも自分自身を奮い立たせるように、歪む視界を見据えながらアクセルを踏み続けた。

有美子には、わかっていた。いまの苦痛から逃れる術は、ひとつしかない。一刻も早く、笠原と再会することだ。

突然、大型トラックのけたたましいクラクションが鳴った。その音で、有美子は我に返った。

いつの間にか、車が車線を外れていた。バックミラーに、大型トラックのヘッドライトの光が迫っていた。

慌てて、元の走行車線に戻る。その横を、さらにクラクションを鳴らしてトラックが追い越していく。心臓が高鳴り、体が震えていた。

一瞬で、目が覚めた。大きく息をして、また雨の中に赤く光る前の車のテールランプを追った。だが、もう本当に、限界だった……。

その時、暗い視界の片隅に、呉羽パーキングエリアの標識が見えた。少し、休んだ方がいい。有美子は車の速度を落とし、分岐路に入っていった。

雨の中を、ゆっくりと駐車場に向かう。その時、異様な光景が目に入った。パーキングエリアの駐車場が、数十台の警察車輌で埋めつくされていた。

入口の両側には、レインコートを着た二人の警察官が立っていた。だが、いまさら逃げるわけにはいかない。有美子はその前を徐行して通り、車を建物の前の空いたスペースに駐めた。

ドアを開けて雨の中を走り、トイレに向かう。その後で自動販売機で日本茶のペットボトルを一本買い、また走って車に戻った。周囲に立つ警察官が全員、自分を見ているような気がした。

急いで日本茶を飲み、また車を走らせた。パーキングエリアの出口に向かい、雨の高速道路に合流する。先程からの体の震えが、まだ止まらなかった。

急に、涙がこぼれてきた。

目的地まで、あと何キロあるのだろう。

早く、笠原に会いたかった。


ホームに出ると、すでに何人かの乗客が並んでいた。

笠原も、乗降口のマークの入った位置に立つ。それほど待たされることなく、ホームに富山発金沢行の列車が入ってきた。ドアが開くのを待ち、ホームとは反対側の窓際の席に座った。

車内は、席が三分の一も埋まっていない。発車まで、あと四分。その間にも一人、また一人と乗客が乗ってくる。

笠原は、週刊誌を開いた。読む振りをしながら、周囲の様子を見守る。反対側のホームに、警察官の姿が見えた。

発車のベルが鳴った。ドアが閉まり、車輛が揺れた。動き出した所で、大きく息を吐いた。

時計を見た。この時点ですでに、有美子との最初の約束の二時間を三〇分近く過ぎていた。リミットの三時間まで、残り約三〇分。この電車が石動駅に着くのが、一二時五三分。どうやっても五分ほどは遅れる計算になる。あとは有美子が少しだけ、携帯の電源を入れるのを躊躇してくれることを願うしかない。

いや、もうひとつ、選択肢はある……。

笠原はしばらく、そのまま席に座っていた。ひとつ目の呉羽駅で電車が止まり、また動きだす。そしてまた、二つ目の小杉の駅のホームへと入っていく。

五つ目の西高岡（にしたかおか）駅に着く直前に、笠原はリュックを肩に担いで席を立った。

そうだ。考えることはない。

彼女のことは、忘れればいい。

ここから先は、単独で行動すべきだ。


ナビの指示に従い、有美子は小矢部インターチェンジで北陸自動車道から下りた。

車の速度が下がると、雨足もその分だけ小降りになったように感じた。全身の緊張が和らいで力が抜け、少しだけ楽になったような気がした。

時計は、一二時を回っていた。約束の時間に、遅れている。インターチェンジを下りて小矢部福光（ふくみつ）線を左折し、後谷（うしろだに）方面に向かう。目の前に軽自動車がゆっくりと走っていて、苛立った。

石動駅は周囲に小さな町のある、古い駅だった。北口に着いた時には、すでに一二時半近くになっていた。古い一階建の駅舎の前にはバス停とタクシー乗り場がある広場になっていて、数台の地元のタクシーが客待ちしていた。

有美子は人影のない広場を、ゆっくりと一周した。笠原の姿を捜したが、どこにもいなかった。

まだ、来ていないのだろうか。それとも、何かがあったのか……。

駅の入口を見やすい位置に、車を駐めた。広場には交番はなく、警察官もいなかった。本当に、彼は来るのだろうか。とにかくいまは、ここで待つしかない。

バス停はあっても、バスは一台もない。タクシーに乗る者もいなかった。ただ雨が降り続き、広場は死んだように静かだった。

有美子は、ハンドバッグの中から、携帯を出した。電源の入っていない、暗い液晶画面を見つめる。笠原から電話が掛かってくるはずなどないのに、いまにも呼び出し音が鳴りだすような錯覚があった。

広場に、バスが一台入ってきた。バス停の前に、停まる。それから五分ほどして、踏切の鳴る音が聞こえた。

間もなく電車が、駅のホームに入ってきて停まった。

来た……。

有美子は、携帯を閉じた。雨のホームに、人が乗り降りしているのが見えた。時間は、一二時四四分。あの電車に、笠原が乗っているはずだ。

電車が、発車した。有美子は固唾を呑み、成り行きを見守った。何人かの乗客が駅から出てきて、バスやタクシーに乗った。迎えの車に乗って、去って行く者もいる。そして間もなくバスが発車すると、駅前の広場にはまた誰もいなくなった。

笠原は、来なかった……。

もう、笠原と約束したリミットの〝三時間〟を過ぎた。彼は、ここには来ない。そう思った時に、有美子の心の中で、何かが切れたような気がした。

携帯を、開く。暗い液晶画面を見つめる。大きく一度、息を吸った。震える指で、電源を入れた。

画面が明るくなり、その中央に電話会社のマークが浮かび上がる。〝操作無効〟の文字。しばらく待つと画面が見慣れた仔犬の写真の待ち受けに変わり、アンテナのマークが立った。同時に、次々と着信音が鳴ってサーバーのメールを着信しはじめた。

その件数は、二十数件。電話の着信履歴と留守番電話が十数件。有美子はひとつひとつ、発信者の名前を確認していく。

前半に入っているメールや着信履歴は、ほとんどが勤務先の病院や看護師の同僚からのものだった。その後に、秋田県の実家の母親からのメールが何本か入っていた。

事件のことを、警察から聞いたのだろう。看護師という仕事柄、もう二年近く帰省していない。心配しているだろうと思うと、涙がこぼれてきた。

さらに、メールを確認する。友だちからのものが数件。電話料金の確定メールが一件。そして最後に、今日の日付で、登録されていないメールアドレスからのメールが二件入っていた。

笠原からかもしれない……。

そう思って、メールを開いた。

〈——笠原武大殿。

自分は今回の君の特別指名手配と、娘さんの誘拐事件を担当する警察庁公安課の……〉

慌てて、メールを閉じた。見てはいけないものを見てしまったような気がして、胸が高鳴っていた。

なぜ……警察庁公安課の人からあの人にメールが来てるの……。しかも、私のメールアドレスに……。

動揺していた。頭が真白になり、次の電車が駅に入ってきたことにも気付かなかった。

だが、メールはもう一本、入っていた。震える手で、それを開く。

〈——笠原武大に告ぐ。

すでに、ゲームは始まっている。もし娘を取り戻したいならば……〉

突然、運転席のドアが開いた。

有美子が振り返る間もなく、手にしていた携帯を取り上げられた。

ドアの外に、笠原が立っていた。

携帯の電源を、切った。車の後ろを回り、笠原が助手席に乗った。

「どのくらいの間、電源を入れていた」

笠原が訊いた。

「五分……一〇分くらいかもしれない……。ごめんなさい……」

「いいんだ。遅れたおれが悪い。とりあえず、ここを出よう」

「待って。その前に、携帯の中に入っているメール……」

「メールがどうしたんだ」

「あなたに、二通入ってた……」

「おれに？」

「そう。一通は警察庁の公安の人から。もう一通は、たぶん娘さんを誘拐した犯人からだと思う……」

笠原の表情が一瞬、固まった。

「くそ……」

拳を握り、自分の手の平を打った。

18

車のドアが閉じる音で、田臥健吾は夢から覚めた。

どうやら、少し眠っていたらしい。助手席を見ると室井智が、ジャンパーの袖の雨粒を払っていない。

室井にいわれ、田臥は自分の携帯を開いた。だが、新しい用件は何も入っていない。

「嫌な雨だなあ……。まだ、笠原からは何もいってきてないですか」

「動きなし、だな……」

時計は、すでに午後一時を回っていた。

「それより田臥さんも飯、食ってきたらどうですか。オムライス、旨かったですよ」

「いや、おれはいい……」

無線の音量を、少し上げた。県警の無線にも、特に変化はない。

「昨日の夜に握り飯を一個食ったの見たけど、田臥さんあれから何も腹に入れてないんじゃないすか」

室井がそういって体を伸ばし、大きなあくびをした。

だが、何か奇妙だ……。

笠原が栃木県内から車で能登半島を目指すとしたら、富山県側から日本海沿岸を通ってこちらに向かう可能性が高い。その場合、考えられるコースは二つ。北陸自動車道を使うか、国道八号線で来るか。特に山が海に迫っている新潟県と富山県の県境のあたりは、裏道さえ存在しない。

考えられるすべての道は、検問で固められている。もし日本海側を通ってくれば、どこかで網に引っ掛かるはずだ。それとも奴は、こちらには向かっていないのか……。

「遅いな……」

田臥が、また時計を見ながらいった。

「奴は、もう網を抜けちゃったんじゃないですかね……」

「抜けたって、どこをだ」

「ほら、新潟から二本松峠を越えて玉ノ木に下る林道があったじゃないですか。あれを使えば……」

「まさか。それにあの林道だって、新潟県警が……」

田臥はそこまでいって、重大な〝穴〟に気が付いた。緊急配備に付いているのは石川県警と富山県警だけで、新潟県警には正式に協力を要請していない。しかも奴が乗っている車にばかり気を取られ、バスや鉄道に関してはほとんど指示を出していなかった。

その時、田臥の携帯が鳴った。

東京の〝サクラ〟の本部からだった。何か、動きがあったのか——。

「はい、田臥です……」

電話に、出た。田臥はしばらく、東京の部下の報告を聞いていた。そして忌々しげに、電話を切った。

「どうしたんです。離婚した奥さんから電話でもあったんですか」

室井が、とぼけたことをいった。

「そうじゃない。奴が、網を抜けた」

「えっ……。なぜわかったんです……」

「電話会社から、連絡があった。例の女の携帯が、位置情報で捕捉されたらしい」

「嘘でしょう……。どこでですか……」

室井がそういいながら、地図帳を開く。

「小矢部市だ。石動を中心にして、半径五キロ以内だ。一〇分間ほど位置情報で確認できて、また電源が切られたらしい……」

田臥も、地図を覗き込む。

「ここか……」

二人が同時に、いった。

地図を見た瞬間に、最悪の場所であることがわかった。付近には北陸自動車道の小矢部インターチェンジと能越（のうえつ）自動車道の小矢部東インターチェンジ、ＪＲ北陸本線の石動駅などの交通の要所が半径五キロ以内に集まっている。さらに石動駅の周辺で国道四七一号線、国道八号線、県道三二号線と四二号線などの主要道路が交差し、放射線状に広がっている。しかも西に四キロも行かないところに、石川県との県境がある。

「まずいな……」

「それに、塚間有美子だけなのかもしれないですよ。笠原がまだ、あの女と一緒にいるとは限らないし……」

陽動作戦か。いずれにしても、笠原にまた出し抜かれたことになる。だが、もし奴がまだ女と行動を共にしていれば、田臥からのメールを読んだ可能性もある。

「とにかく、現場に向かおう。少し飛ばすぞ」

「了解!」

室井が窓を開け、〝覆面〟の屋根の上に赤色灯を出した。

田臥がギアを入れ、サイレンを鳴らす。

パーキングエリアの出口に向かい、雨中の北陸自動車道にアクセルを踏んだ。

19

ボス格の髪の長い男の名前がわかった。

午前中に戻ってきた〝ツネヨシ〟という男が〝イタクラさん〟と呼んでいるのを聞いたからだ。

どうやら男は〝板倉〟という名前であるらしい。

萌子はコンビニのサンドイッチを食べながら、鍵穴を覗いていた。午前中に〝ツネヨシ〟が戻ってきて、いまは暖炉の前で〝板倉〟と〝マイコ〟と三人で話している。聞き取れるのは〝マイコ〟の高い声だけだが、断片的な言葉から〝カウボーイ〟という男――たぶん〝男〟だ――のことを話していることがわかる。

もう、〝カウボーイ〟がゲームフィールドに入っている……。

笠原も〝C地点〟に移動するはずだ……。

間もなく、〝ゲーム〟が始まる……。

何のことだろう。萌子には、〝ゲーム〟の意味がわからなかった。だが直感的に、〝お父さんが危ない〟ことだけは理解できた。

〝マイコ〟という女が、タブレットを使って二人に何かを説明している。萌子は、その指先の動きを見つめる。

やはり、そうだ。暗証番号は、前に見たスマートフォンと同じだ……。

萌子はサンドイッチを食べ、紙パックのオレンジジュースを飲んだ。飲み終えたジュースからストローを抜き取り、紙パックを開いて潰す。

これさえあれば、いつでもこの部屋を抜け出せる……。

萌子は潰したパックを、ジーンズのポケットに入れた。

ドアを離れ、デスクの上に置かれたコンビニの袋の中を探る。残っているのはお握りが二個と菓子パンが二個。他に、ペットボトルの日本茶とミネラルウォーターが一本ずつ。だが、それをすべて出してデスクの上に並べると、もうひとつ面白いものが出てきた。

やった!

コンビニの、レシートだ。金額だけでなく、支店名と住所、電話番号まで書いてある。

〈――『ローソン』勝山郡町店

福井県勝山市郡町3丁目×××

〈電話・0779―87―××××――〉

萌子は福井県の勝山という地名を知らなかった。だが、これで自分がいまどこにいるのかが、だいたいわかった。あとは、〝いつ決行するか〟だ……。

コンビニのレシートも、萌子はポケットに仕舞った。そしてまた、ドアの前に戻る。鍵穴を覗きながら、三人の話に耳を欹(そばだ)てた。

「それで、〝もうひとつ〟の〝処理〟はいつやりますか」

〝ツネヨシ〟がいった。その後で一瞬、萌子のいる部屋の方を見たような気がした。

「まだだ。もう少し、生かしておく」板倉という男がいった。「〝カウボーイ〟と奴のゲームが終わってからだ」

そしてまた、萌子の部屋の方を見る。

「明日の朝までには、結果が出てるわ」

〝マイコ〟がいった。

萌子は、三人の言葉の意味を考えた。いや、考えるまでもなかった。

明日の朝までに、〝お父さん〟が殺される……。

それが終わったら、自分も殺される……。

時間がない。

「ところで、お昼はどうしますか」

〝マイコ〟の声が聞こえてきた。

「どこかに、蕎麦でも食いに行くか……」

板倉がいった。

「私はもう飯はすませたので、お二人でどうぞ」

いましかない、と思った。その瞬間に、萌子は厚いドアを叩いていた。〝マイコ〟が音に気付き、ソファーを立って部屋の方に歩いてくる。萌子は一歩下がり、〝マイコ〟を待った。

古い鍵を開ける音。ドアが開き、〝マイコ〟が萌子の前に立った。

「どうしたの？」

〝マイコ〟が訊いた。薄い口元は笑っているが、目は氷のように冷たかった。

「お願いがあるんですけど……」

萌子がいった。自分の声が、少し震えているのがわかった。

「何かほしいのね」

〝マイコ〟が笑う。

「はい……。本が読みたくて……。もしあったら、私〝モンテ・クリスト伯〟の第三巻を持っていたはずなんですけど……」

「わかったわ。いま、持ってきてあげる。他には」

萌子が小さく頷き、俯く。

「それから私……生理になりそうで……。ナプキンがほしくて……」

〝マイコ〟の口元が、少し引き攣る。

「もう、生理があるの？」

「はい……。ごめんなさい……」

「あとで買ってきてあげるわ。それだけ？」

「はい……。それだけです……」

ドアが閉じられ、鍵が回る音がした。

萌子は、〝マイコ〟の気配に神経を集中する。そして、彼女の癖を探る。

やはり、そうだ。彼女は鍵を回した後で、ちゃんとロックされているかどうかを確認しない――。

しばらくして、〝マイコ〟が戻ってきた。鍵の回る音がして、ドアが開く。

「はい、これね。あなたのバッグ。返してあげるわ。本は、自分で探して」

「ありがとうございます……」

萌子が、ショルダーバッグを受け取る。〝マイコ〟が部屋を出ていき、また重いドアが閉まる。その瞬間に萌子はドアに走り寄り、ポケットから出したオレンジジュースの潰れた紙パックをドアの鍵の位置に差し込んだ。

鍵の回る音。だが、ボルトは壁側の穴に入らずに、紙パックで止まった。〝マイコ〟は鍵が掛かっていないことに気付かずに、足音が遠ざかっていく。

やった……。

萌子は拳を握り、一人でガッツポーズをした。部屋の真中で音を立てないように飛び跳ね、踊った。

あのエドモン・ダンテスはディフ城の牢獄に投獄され、一四年もの月日を掛けて脱獄した。

〝お父さん〟だって、千葉刑務所を脱獄した。

自分にだって、できる。

20

笠原は一度、地図で道順を確認した。

その後は輪島市から遠ざかるように富山県内に入り、県道三二号線を北東に向かって進んでいた。

おそらく、こちらの位置はすでに警察に知られている。正直に輪島に向かえば、警察の網の中に飛び込んでいくようなものだ。それに、輪島に向かう前に、やらなくてはならないことがある。

強い雨が、降り続いていた。県道二九号線に折れて、これを北西に向かう。さらに赤毛(あかげ)トンネルを抜けて、御杯山(おはいやま)に向かう山道に入る。このコースを走っていて検問に遭ったら、運が無かったと思って諦めるしかない。

途中、山間の桑院(くわのいん)溜池の近くで車を路肩に寄せて停めた。

「携帯を貸してくれ」

笠原が、いった。

「だいじょうぶなの……。電源を入れたら、また……」

有美子がそういいながら、笠原に携帯を渡す。

「ここなら、だいじょうぶだ。携帯は、圏外になっているはずだ」

近くに、大きな町はない。周囲は山に囲まれ、溜池があるということはここだけ凹地になっていることを示している。電波の通じにくい地形だ。

笠原は携帯を受け取り、電源を入れた。立ち上がるのを待つ。待ち受け画面に変わったが、左上のアンテナのマークには受信状態が表示されない。それを確認し、重い息を吐き出す。

「警察と犯人から、メールが入っていたといったな。どれだ」

「ちょっと貸して……」一度、携帯を有美子に渡した。「これと、これ……」

笠原が携帯を受け取り、最初のメールを開いた。

〈——笠原武大殿。
自分は今回の君の特別指名手配と、娘さんの誘拐事件を担当する警察庁公安課の田臥健吾という者だ。なぜ君が脱獄したのか、その理由を聞きたい。少なくとも、君の話を聞くスタンスは持っている。このメールを見たら、至急連絡請う。
田臥健吾——〉

笠原は、メールを一度読んだだけで全文を暗記した。警察庁公安課の〝田臥〟という捜査官は知らなかった。だが田臥は、笠原の特別指名手配と萌子の誘拐の両方を担当しているといっている。つまり、二つの事件が関連していることを理解しているというメッセージだということになる。

次に、もう一通のメールを開いた。

〈――笠原武大に告ぐ。

すでに、ゲームは始まっている。もし娘を取り戻したいならば、今日一〇月二四日の午後九時以降、翌二五日の午前六時までの間に能登半島先端の狼煙(のろし)町まで来られたし。禄剛埼(ろっこうさき)灯台にて待つ。

二人で、ゆっくりとゲームを楽しもう。もちろん警察に知らせても、第三者を同伴することも自由だ。そうなれば君は娘を失い、同伴者はゲームの標的となるだけだ。

君がゲームを回避し、娘を取り戻す方法はひとつ。いま君が持っているカード……スペードのエースを、娘と交換することだ。

幸運を祈る。

Cowboy――〉

笠原は、しばらくそのメールの文面を見つめていた。顔が赤らみ、目を見開く。歯を食い縛りながら、表情が鬼のような形相に変わっていく。

「どうしたの……」

有美子が、心配そうに訊いた。だが、笠原にはその声も、聞こえなかった。

笠原は、Cowboy――カウボーイ――という男を知っていた。妻の尚美が殺された時に、口から血を吐きながら、笠原の腕の中で死の真際にいったあの言葉だ。

――私を……刺したのは……カウボーイという男……――。

奴がまた、笠原の前に現れたのだ。

21

萌子は、鍵穴から暖炉のある部屋を覗いていた。

外からは、嵐のような風と雨の音が聞こえてくる。だが、すべての音は萌子の耳には届かなかった。

いま、〝板倉〟という男と〝マイコ〟という女の二人が部屋を出ていった。〝ツネヨシ〟という男が二人を見送り、また部屋に戻ってきてソファーに座った。

きっと、食事に行ったんだ……。

二人は、一時間は戻ってこない……。

あとは、〝ツネヨシ〟さえいなくなってくれれば……。

〝ツネヨシ〟はソファーの上で体を伸ばし、しばらく雑誌を読んでいた。だが、そのうちに、雑誌が手から床に落ちた。耳に神経を集中すると、かすかな寝息が聞こえてきた。

眠ってしまったらしい……。

萌子は、しばらく待った。五分経ち、一〇分が経っても〝ツネヨシ〟は動かない。鼾（いびき）が、少しずつ大きくなってきた。

やるなら、いましかない……。

萌子はドアに挟まった紙パックを手で押え、もう一方の手でドアノブを回した。音を立てないようにそっとドアを開け、部屋の外に出た。

ふう……と、大きく息を吐く。

足を忍ばせ、暖炉の方に歩いて行く。〝ツネヨシ〟の前に回り込み、顔を見る。目の前に手をかざして動かしてみたが、反応はない。心地好さそうに、鼾をかいている。完全に眠っているらしい。

萌子は〝ツネヨシ〟の前から離れ、コーヒーテーブルの上を見た。〝マイコ〟のスマートフォンを探したが、見つからなかった。きっと、食事に持って出たのだろう。

だがMａｃのコンピューターが一台と、タブレットがひとつ置いてあった。タブレットも、インターネットに繋がっている。

萌子は、タブレットを手にして電源を入れた。〝パスワードを入力〟の文字と、四つの枠が画面に表示される。一度、息を吸い、呼吸を整える。そして〝マイコ〟の指の動きから読み取った四桁のパスワード――3571――を打ち込む。

ビンゴ！

一発でロックが解除され、アイコンが並ぶ画面に切り換わった。

「……お前……何してんだ……」

一瞬、体が硬直した。

ゆっくりと、振り返る。だが〝ツネヨシ〟は、だらしなくソファーに横たわったまま鼾をかいていた。どうやら、寝言らしい。

息を吐き、萌子はタブレットに視線を戻した。メールのアイコンにタッチして、開く。

最初に、奇妙なメールが目に入った。

〈――Seiren様。

ゲームフィールド変更の設定、ありがとうございます。これよりC地点に向かいます。Adamを仕留め、すべてのゲームが終了次第報告申し上げます。

Cowboy――〉

萌子は、息を呑んだ。

メールは今日の午前一〇時二二分に、このタブレットともうひとつのアドレスにCCで送信されたものだった。一方は、〝マイコ〟のスマートフォンかもしれない。

不思議なのは、このメールに出てくる三人の英語の名称だ。〝Seiren〟はギリシャ神話に出てくる女性の怪物のことだから、〝マイコ〟を指しているのだろう。〝Adam〟を仕留めるというのは、きっと〝お父さん〟を殺すという意味に違いない。

そして、〝Cowboy〟――。

萌子は、その名前も知っていた。ついさっき、三人の話の中にも出てきていた。〝お父さん〟を狙う殺し屋……。

その後にも、別の差し出し人からもう一本メールが入っていた。やはり、CCで送られてきている。

〈――小峰様。

本日、午後〇時五〇分頃、例の物件に帯同する女性の携帯が一瞬ですが繋がりました。これでこちらからの連絡は、物件の方にも伝わっているものと思われます。以上、よろしくお願いします。

長野――〉

萌子は、考えた。

このメールは、どういう意味だろう。〝小峰〟というのは、〝マイコ〟のことかもしれない。〝物件〟は、〝お父さん〟のことなのだろうか。そしてこの〝長野〟というのは、誰なのだろう……。

その時、また〝ツネヨシ〟の声が聞こえた。咳払いをして、寝返りを打つ。だが、目は閉じたままだ。

あまり、ゆっくりはしていられない。萌子は受信メールを閉じ、今度は自分でメールの文章を作成した。

〈——私は笠原萌子です。

昨日、誘拐されて、山の中の広い家に閉じ込められています。このメールは、犯人のタブレットから送信しています。

私を誘拐したのは板倉という四〇歳くらいの男の人と、もしかしたら小峰マイコという女の人。そしてもう一人、ツネヨシというヤクザのような男の人もいます。昨日まではもう一人、井上という五〇歳くらいの男の人がいましたが、この人は処理されてしまったそうです。

私はいま、福井県勝山市郡町3—×××のローソンの近くにいると思います。このメールを見た人は警察に通報してください。お願いします——〉

萌子はメール文を作成し、自分が記憶している三つのメールアドレスを打ち込んだ。ひとつは自分のパソコンのアドレス。あとの二つは中学の同級生の友だち二人の携帯のアドレスだった。それをCCにして、同時に送信した。

送信を確認し、履歴を〝ゴミ箱〟に入れる。タブレットの電源を切り、元のテーブルの上に置いた。

部屋に戻ろうとした時に、また〝ツネヨシ〟の声が聞こえた。

「……お前……何してやがる……」

また、寝言だ。そう思って振り返ると、目の前に〝ツネヨシ〟が立っていた。

萌子は、逃げた。だが、すぐに捕まり、男の大きな手で首を絞められた。

22

輪島市も、午前中から雨になった。

午後になると次第に雨足は強くなり、日本海側からは北西の風に乗って霧が流れ込みはじめていた。

午後三時二〇分――。

市内の松野台中学の終業のベルが鳴ると、橋本奈々美と川端優依の二人は教科書をリュックの中に詰め込んだ。担任の田中芳男が教壇に立ち、短いホームルームを行う。今日も、話題は同級生の笠原萌子の誘拐事件に終始した。

「皆さんのお友だちの笠原萌子さんは、行方がわからなくなってから丸一日以上が過ぎたいまも〝見つかって〟いません。一刻も早く〝元気に〟戻ってくることを祈りましょう。そして皆さんも、本当に気を付けてください。家の方向が同じ人は、できるだけ友だちと一緒に帰りましょう……」

奈々美は、担任の田中の話に黙って耳を傾けていた。普段は授業だって、これほど真剣に聞いたことはない。先生が話の中でなぜか〝誘拐〟とはいわないことや、逆に〝見つかって〟とか〝元気に〟という言葉を使ったことの方が怖く感じた。

萌子はどうしているんだろう……。

ホームルームが終わり、クラス全員が一斉に席を立つ。奈々美はリュックを肩に掛け、二年A組の教室を出た。途中で、家が近い親友の優依に声を掛けた。

「一緒に帰ろう」

「うん、そうしよう。帰りに奈々美の家に寄るよ。ママに迎えに来てもらうから……」

二人はそんな会話をしながら、ポケットから携帯を出した。

松野台中学では、授業中に携帯の電源を入れることは禁止されている。いつもの習慣で、廊下を歩きながらスイッチを入れた。携帯が立ち上がるのと同時に、メールの着信音が鳴った。

誰だろう。お母さんかな。そう思って、メールの表示を見た。知らないメールアドレスからだった。

「どうしたの？」

立ち止まって携帯を見る奈々美に、優依が訊いた。

「知らないメルアドからメールが来てるの……」

「私もだよ。ほら……」

二人でメールを見せ合った。まったく同じメールアドレスからの送信だった。用件は空欄になっていて、宛先には奈々美と優依の他に、もうひとつ知らないメールアドレスが入っていた。

「やだ……。キモい……」

「怖いよ……」

二人がいった。

「誰だろう」

「わかんないよ……」

「どうする？　メール、開けてみる？」

「だめだよ。知らないメルアドからのメール、絶対に開けちゃだめだって先生がいってたじゃない」

「そうだね。うちのママもいってた……」

二人はしばらく、自分たちの携帯を見つめていた。

「どうしよう。消しちゃおうか……」

　奈々美がいった。

「そうしよう。消しちゃおうよ、怖いもん……」

　優依が本当に怖そうに、携帯から目を逸らした。

「じゃあ、二人一緒に消そうよ」

「うん」

　奈々美と優依は二人同時に携帯を操作し、未開封のままメールを消去した。

「帰ろう」

「うん」

　校舎を出て、雨の中に傘を広げた。

23

　車は、雨と霧の中を走っていた。

　主要道路は使わずに能登半島の東側の氷見(ひみ)市に入り、さらに氷見田鶴浜(たつるはま)線で荒山(あらやま)峠を越えた。

　連続する険しい山道にタイヤが鳴り続け、フロントウィンドウを忙しなくワイパーが行き来する。笠原は無言で、抑えきれない激しい怒りをぶつけるかのように車を駆り続けていた。

有美子は、その横顔を見つめていた。

「すまなかった……」

唐突に、笠原がいった。

「どうしたの……」

有美子が、首を傾げる。

「君を、裏切ろうと思った……」

笠原がギアを落としてステアリングを切り、車が雨に濡れた長いコーナーを抜けていく。

「いつの話?」

「君と別々に行動していた時だ。待ち合わせの時間に間に合わないとわかった時、おれは君を捨てて単独で行動しようとした。その方が安全だと思った……」

一〇月のこの時期は、日が落ちるのが早い。周囲の風景は霧の中に光が吸い込まれるように暗くなりはじめていた。その中で、車のヘッドライトの光軸だけが、幻覚のように躍っている。

「なぜ、捨てなかったの」

有美子が訊いた。

「わからない……。決心がつかなかった……」

笠原が霧の中のヘッドライトの光軸から目を逸らさずに、アクセルを踏み込む。

「捨てればよかったのに……。私は、覚悟していたわ……」

まったく別の人間が話しているように、考えてもいない言葉が口を突いて出た。だが、笠原は何も答えなかった。

霧の中に、白い標識が浮かび上がる。いま、石川県に入ったことがわかった。だが、笠原はアクセルを緩めない。

それからも、長い山道が続いた。やがて道は〝芹川(せりかわ)〟という信号のある交差点に出て、笠原はナビも見ずにそれを右折した。有美子はどこを走っているのか、どの方向に向かっているのかすらわからなかった。

時計を見た。すでに午後五時を過ぎていた。雨が降っているからか、辺りは夜のように暗い。

「能登半島の先端の禄剛埼灯台に向かってるんでしょう」

有美子が訊いた。

「そうだ」

「あと、どのくらい?」

対向車のヘッドライトの光が霧の中いっぱいに広がり、後方へと通り過ぎていく。

「距離にしてあと一〇〇キロ……まだ三時間近くは掛かるはずだ」

笠原が、淡々と答える。

「どうするの。娘さんを、一人で取り戻すつもりなの」

だが、今度は笠原は何も答えなかった。対向車の大型トラックがすれ違い、水飛沫とヘッドライトに眩惑されて視界が一瞬、闇の中に消えた。

「警察にまかすべきだわ。一人でやろうなんて、無理よ。相手の罠に、なぜわざわざ飛び込んでいかなくちゃいけないの」

「これは、おれの問題なんだ。自分で決着をつけなくてはならないんだ」

笠原が、自分にいい聞かせるようにいった。

24

同じ頃、能登半島の禄剛埼灯台の周辺で小さな異変が起きていた。

灯台から二キロほど下った所の金剛崎(こんごうさき)の駐車場に、一台の黒いアウディA4クワトロが駐まっていた。

普段は展望台を訪れる観光客の車が何台かは駐まっている。だが、いまは雨の夜ということもあり、他に車は見えなかった。

しばらくするとアウディの後部ドアが開き、このドイツ製の洗練された車には似つかわしくない老人が降り立った。老人は雨具を着てフードを頭から被り、ゴム引きの厚手の布でできた道具入れのような大きな袋を肩に掛けていた。

老人は、カウボーイ――Cowboy――だった。

カウボーイは背を丸め、ゴム長靴を履いた足を引きずりながら、雨と海からの風が吹きつける暗い道を歩きはじめた。その姿は、本当に老人のようにしか見えなかった。

まだ、夜は浅い。近くには集落があり、ランプの宿として知られる旅館もあったが、寝静まったように人の気配はなかった。カウボーイは誰にも姿を見られることなく、車一台がやっと通れるほどの道を歩き続けた。

やがて道は、能登半島の東端を周回する県道に出た。カウボーイは、それを北に向かった。時折、車が通り過ぎ、暗い雨の中にカウボーイの姿が浮かび上がる。だが、誰も気に留める者はいない。

——南無阿弥陀仏……南無阿弥陀仏……南無阿弥陀仏——。

カウボーイは口の中で、小さな声で呟き続ける。それがこの男の、〝仕事〟をする時の癖だった。

あの時も、そうだった。二年前の秋のある日、子供を一人産んだ美しい女の柔らかい乳房の下にダガーナイフの刃を刺し入れた時も、カウボーイは同じ言葉を呟いていた。

——南無阿弥陀仏……南無阿弥陀仏……南無阿弥陀仏——。

ナイフの刃先はまるでバターに沈み込むように、女の肉に入っていった。口を塞がれ、自分の腕の中で痙攣(けいれん)する女の体の感触をいまも覚えている。

あの時、カウボーイは、女の胸の血管を何本か断ち切ったことを確認した。だが、刃先が心臓の表面に触れたところで止め、ナイフをゆっくりと引き抜いた。そして手の中に噴き出した血液の温もりと、そのぬめる手触りを楽しんだ。

――南無阿弥陀仏……南無阿弥陀仏……南無阿弥陀仏――。

だが、あの女を殺すことになったのは誤算だった。なぜあの時、笠原武大の書斎に妻がいたのか……。

カウボーイは光のない県道を二キロほど歩き、〝狼煙〟という奇妙な名前の道の駅の前で道を折れ、また海の方に向かった。小さな漁港があり、何隻かの漁船が堤防に舫(もや)ってあった。港には軽トラックが駐まり、漁師が二人いたが、カウボーイも彼らの仲間のようにしか見えなかった。

防波堤の手前から、短いトンネルを潜る。周囲は漆黒の闇だが、カウボーイはすべてが見えているかのように早足で歩き続ける。トンネルを出ると、細い道は岬へと登る急な坂になった。間もなく、森を抜けると、前方にずんぐりと奇妙な形をした禄剛埼灯台が見えてきた。

灯台のある岬の広場には、誰もいなかった。ただ、背の低いプラネタリウムのような形をした無人の灯台の上で、フレネル式レンズを持つ光度五万五〇〇〇cdの等明暗白光がゆっくりと点滅しながら霧に煙(けむ)る海上を照らしていた。

カウボーイは光を眺めながら、この灯台はなぜこんなに奇妙な形をしているのだろうと考えた。答は、簡単だった。この灯台は標高四八メートルという禄剛崎の高台に立っているからだった。その下には人を寄せつけぬ断崖が続き、吸い込まれるような闇の奈落の険しい岩場に荒波が砕けている。もし人が落ちれば、まず助からないだろう。

カウボーイは雨に打たれながら、灯台の周囲の濡れた芝の上を歩いた。普段は公園になっているこの広場にも、嵐の夜のいまは誰もいない。広場には〈――能登半島最北端〉と書かれた白い塔と、東京、上海、釜山（プサン）、ウラジオストクまでの距離と方向を示した標識のようなものが立っていた。

歩きながら、自分が潜むべき場所を探した。岬の周囲は灯台を取り囲むように森になっているので、そのどこかがいいかもしれない。この広場には、上がってくる道が二つある。ひとつはカウボーイが歩いてきた漁港からトンネルを抜ける道で、もうひとつは灯台の駐車場から森の中を抜けてくる正規の遊歩道のルートだ。

森の中央あたりに潜んでいれば、奴がどちらから上がってきても背後から狙うことができる。だが、カウボーイは考えた。ＩＱが１７２もある奴が、まんまとそんな罠に掛かるわけがない。

おそらく奴は、事前にこの岬の地形を調べるだろう。そうすれば、自分がどこで待ち伏せされるかを予想するだろう。おそらく奴は途中で歩道を外れて森の中に入り、敵の背後に回ろうとするだろう。

――南無阿弥陀仏……南無阿弥陀仏……南無阿弥陀仏――。

危ないところだった。あやうくこちらが殺られるところだった。

台の台座の上だ。あそこならば奴がどちらのルートから上がってきても、森の中から出てきたとしてもすべてを見渡せる。しかも灯台下暗しの喩えどおり、その台座は強い光の影になっている。奴は、一〇メートルの距離まで近寄ってこなければ、こちらの存在にすら気付かないだろう。それまでには、勝負は着いている。

カウボーイは、灯台へと歩み寄った。柵を越え、白く塗られた煉瓦積みの台座の上に登った。そして低い回廊の下に身を潜め、周囲を見渡した。

理想的な場所だった。ここならば雨も当らないし、ある程度は風も防ぐことができる。思ったとおり、奴がどこから来ても見逃す心配はない。しかも標高四八メートルという断崖と、嵐に荒れ狂う海を背にしている。

――南無阿弥陀仏……南無阿弥陀仏……南無阿弥陀仏――。

カウボーイはゴム引きの布のバッグを肩から下ろし、中からコンドルのライフルケースを出した。さらに黒いビニールシートを広げて雨避けを作り、その下でケースを開く。ケースの中には銃身と銃床に分解された、トンプソン・コンテンダーの単発式ライフルが入っていた。カウボーイはそれを組み立て、さらにタスコ社製の暗視スコープをマウントに固定した。308ウインマグナムのライフル弾を一発装塡し、薬室を閉じてロックした。

カウボーイが単発のこのライフルを好むのには、いくつかの理由があった。まず小型軽量で分解が可能なため、持ち運びに便利なこと。それでいて強力なライフル弾が使用できること。構造がシンプルなために故障が少なく、命中精度が高いこと。

問題は単発式であるということだが、ミスさえしなければ一人の人間をヒットするのに弾丸は一発で十分だ。しかも単発式のライフルには、現場に空薬莢という物証を残さないですむという利点がある。

カウボーイは、回廊の下の雨避けの陰に身を潜めた。準備は、すべて整った。

もし問題があるとすれば、今日は霧が出ていて視界が悪いということくらいだ。晴れている時の狙撃ならば、夜でも一〇〇メートル以上先のターゲットを外すことはない。だが今夜の射程距離はおそらくその半分、五〇メートルが確実に仕留める限度かもしれない。

それでも問題はない。奴を、十分に引きつければすむことだ。

カウボーイは、両手に革の手袋をはめた。左の手袋の手の甲の部分には、308ウインマグナムの予備が二発差し込んである。万が一——本当に万が一だ——一発目を外しても次弾の装塡には一・七秒しか掛からないようにトレーニングを積んでいる。もし奴が女を連れてきたとしても、予備は二発あれば十分だ。

カウボーイは、腕の時計を見た。すでに、午後七時を回っていた。

奴が富山県の小矢部市周辺に居ることが、女の携帯の位置情報によって確認されたのが今日の午後一時少し前だった。もし奴がその時点でメールを確認しているとすれば、こちらにまっすぐに向かうはずだ。だが、車で向かうにしても、国道や有料道路は使わないだろう。まだ一時間か。二時間か。それとも、三時間以上か。いずれにしても、時間はあるはずだ。

カウボーイはゴム引きのバッグを丸めてその上にライフルの銃身を置き、体を伏せて射撃姿勢を取った。暗視スコープに、右目を付ける。霧の中に、モノクロームの森の風景がぼんやりと浮かび上がる。

奴は、いつあの森に姿を現すのか。

口元が、かすかに笑った。

25

輪島警察署に設置された『女子中学生誘拐事件捜査本部』は奇妙なほどに静かだった。

田臥健吾は、暗い窓を見つめていた。ガラスに雨粒が吹きつけ、時折外を走る車の光が屈折して眩惑される。一瞬、夢の中に引き込まれるように、自分がどこにいるのかもわからなくなることがある。

田臥は夕刻までに輪島に戻り、石川県警に協力を要請して非常線を張った。午後四時以降は、輪島市に向かう道路は国道や県道は元より、市町村道や農道、林道に至るまですべてが〝検問(ばんかけ)〟によって閉鎖されている。蟻の這い出る――正確には〝這い入る〟か――隙もない。

奴が輪島に車で向かえば、一〇〇パーセント確実に〝検問〟に掛かるはずだ。さらに輪島市に向かうすべてのバス便には警察官が同乗し、海上や沿岸部は海上保安庁によって警戒されている。今度こそ、絶対に落度はないはずだ。

だが……。

笠原は本当に、この輪島市に向かっているのだろうか……。

「ひとつ、わかりましたね……」

先程からコンピューターに向かい、東京の〝サクラ〟の本部とやり取りをしていた室井智がいった。

「何がわかった」

　窓際にいた田臥が、振り返る。

「今回の笠原萌子の一件を〝公開〟でやるといった〝本社〟の部署ですよ。やはり……〝二課〟が発信源のようですね……」

　警察庁刑事局の捜査第二課は、特殊詐欺や経済問題を取り扱う部署だ。

「なぜ、今回の〝特別指名手配（マルトク）〟に無関係の二課が出しゃばってくるんだ。そんな権限はないだろう」

「ところが、そうでもないんですよ……」

「なぜだ」

「さっき、呉羽のパーキングエリアでいったじゃないすか。経済産業省の審議官が株のインサイダー取引でパクられた一件ですよ。あの件の捜査チームが、いまも二課に残っているらしいんです」

　警察庁の内部も、他の省庁と同じように完全に縦割りだ。他の部署が何をやってるかは、ほとんど伝わってこない。

「つまり？」

　田臥が訊いた。

「あの一件の裏で、笠原の名前も上がっていたんでしょうね。つまり〝本社〟の中で、二課と〝サクラ〟の二カ所に笠原の担当部署があるということですよ」

そういうことか……。

だとすれば、笠原の一件を後から横取りしたのは公安の〝サクラ〟の方だ。二課の連中がこちらの妨害をしようとするのもわからなくはない。

「前に、インサイダー取引の一件で右翼の情報を二課に提供してやったことがあるといったな」

「ええ、その時は親切に教えてやったんすけどね……」

室井が苦笑いをした。

「その時の二課の担当者は」

「何ていったかな……。確か、横田とかいう若い奴だと思ったけど……」

「そうじゃない。責任者の方だ」

「ああ、それなら長野満義ですよ。田臥さんも知っているでしょう」

あいつか……。

田臥ももちろん、長野満義の名は知っていた。警察庁の内部では、有名な男だ。田臥の同期のノンキャリア組だが、異常に出世が早い。四十代の半ばで警視正になっているし、最終的には警視長にまで出世するという噂もある。

捜査本部の県警の捜査員たちは、田臥たちとは少し離れた場所で少人数のミーティングの最中だった。何を話しているのかは、こちらには聞こえてこない。だが、いずれにしても、今回の誘拐事件は通常の県警レベルの捜査では解決しないだろう。

田臥は、考える。

今回の笠原武大の一件は、最初から何かが変だった。奴のファイルはほとんどが〝特別なキーワード〟で守られ、担当の自分たちでさえ自由に閲覧できなかった。さらに、そもそもなぜ脱獄事件の担当が〝サクラ〟だったのか。

だが、笠原のファイルをキーワードでガードしたのが二課だとすれば、すべてに辻褄は合う。

〝上〟が笠原の脱獄と同時に、〝特別手配〟を取ったことにも頷ける。〝サクラ〟が〝二課〟から笠原の担当を奪うことが目的だったのだ。だとすれば今回の一連の事件の〝本丸〟は、〝二課〟だったということか。だから厚木課長は、田臥たちの捜査を「私には止めようがない……」というような奇妙ないい回しをしたのだろう。

だが、厚木課長は、こうもいっていた。今回の事件の担当を〝サクラ〟に決めたのは課長自身であり、笠原を一刻も早く〝保護〟して千葉刑務所に戻せ、と……。

いや、課長だけではない。もしかしたら、笠原もだ。奴は自分が脱獄すれば警察庁から特別手配が掛かり、事件の担当部署が二課以外――おそらく公安――に移ることを読んでいたのではないのか――。

その時、田臥の頭の中にとんでもない仮説が浮かんだ。

そうだ。笠原武大だ。

二年前、奴が本当に自分の手で女房を殺したのかどうかは別として、なぜ簡単に逮捕されたのか。なぜ大人しく裁判を受け、刑に服したのか。以前にも疑問に思ったが、奴の頭脳をもってすれば完全犯罪はいくらでも可能だったはずだ。まして第三者に、罪を被せられるなどのミスを犯すわけがない。

笠原には、いつでも刑務所から脱獄する自信があった。脱獄すれば警察庁内の自分の担当部署が二課から公安に移ることを知った上で、わざと罪を被って収監されたのではなかったのか。そのために娘にも、父親が母親を殺したと証言させた。

もし奴が命を狙われることを承知していたとすれば、刑務所ほど安全なシェルターは他にない。

だが、まさか……。

あまりにも馬鹿げた仮説だ。いくら笠原でも、そんなことが有り得るわけがない。

田臥はデスクの上の温(ぬる)まった缶コーヒーを口に含み、自分の頭に浮かんだ陳腐な仮説を打ち消した。

「おい、室井」

「何ですか……」

室井がコンピューターのディスプレイを見つめたまま応える。

「例の、笠原が週刊セブンデイズの石井宛に送ってきたメールの件だ。奴は、〝資料はすべて、手元にあります〟と書いてたよな。その〝資料〟に関して、確認したのか」

「いいませんでしたっけ。うちの若いのをセブンデイズの加藤副編集長に当らせて確認しましたけど……」

「聞いてないぞ。それで、何だって」

室井が溜息をついてコンピューターから目を離し、田臥の方を向いた。

「例の笠原がセブンデイズに書いていた株価に関する経済記事。あれの叩き台になった、当時の経産省から流失した資料ではないかといってましたけど」

経済産業省から流出した資料……。

「つまり、それは、例の二課が調べていたインサイダー取引の件の〝証拠〟でもあるということか」

「かもしれないですね。時期も同じだし、実際にインサイダー取引で名前が上がっていたいくつかの社名が笠原の書いた記事の中にも出てきてましたから……」

おかしい。

それならばなぜ、笠原はその証拠を逮捕された時に二課に提出しなかったのか。考えられる可能性は、ひとつだけだ。つまり、二課の連中も、インサイダー取引のグルだということか――。

「そのインサイダー取引の時に、二課の方から情報提供を求めてきたといったな」

「ええ、そうです。一人、ある人間の名前が上がってましてね。その男について情報がほしいと……」

つまり、その男がすべての黒幕だということか。

「その男は、インサイダーの一件の時に二課の連中に挙げられたのか」

田臥が訊いた。

「まさか。ただ、情報をよこせというから教えてやっただけです。二課の連中には手を出せませんよ」

「誰なんだ、それは」

だが、室井が、困ったような顔をした。

「田臥さん……。まさかそいつが今回の誘拐事件の黒幕だなんて思ってるんじゃないでしょうね……」

室井がそこまでわかっているのなら、話が早い。

「〝犯人（ほし）〟は最初に一〇〇〇万円の身代金を要求してきただけで、それから何の連絡もない。〝犯人〟の目的が笠原の持っている資料だとすれば、すべてに合理的な説明がつけられるだろう」

「よしてくださいよ……。その男を証拠もないのに誘拐犯扱いしたら、ぼくらの首が飛ぶだけじゃすまないですよ……」

「じゃあ、お前はここで降りろ。あとはおれ一人でやる」

「いや、ぼくだって降りるとはいっていませんけど……」

「その男は、誰なんだ。いいから名前を教えろ」

田臥がいった。

室井は溜息をつき、コンピューターのキーボードを操作した。

「この男ですよ……」

コンピューターのディスプレイを、田臥の方に向けた。

26

暖炉の中で、薪が赤く溶けていくように燃えていた。

薪はほとんどが太いコナラだが、その中にリンゴの幹も混ざり、部屋全体に心が安らぐような香りが満ちていた。だが、暖炉の前のソファーに座る男の顔は険しかった。

「起きてしまったことは仕方がない。あとは、問題をどう〝処理〟するかだ」

板倉勘司がそういって、マイセンのティーカップから紅茶を口に含んだ。

「申し訳ありません……。完全に、私の不注意でした……」

常吉の表情は、少し青ざめているようにも見えた。板倉が何げなく口にした〝処理〟という言葉が、場合によってはいかに恐ろしい意味を含むかを理解しているからだった。

「舞子」

「はい」

板倉に名を呼ばれ、舞子が背筋を伸ばした。

「〝仔猫〟がメールを送った先のメールアドレスを追跡してみたか」

板倉が、訊いた。

「メールは私のタブレットから、三つの宛先に送信されています。その内の二本は、携帯のメールアドレスでした。どちらにもnanamiとyuiという女性の名前のようなアルファベットが入っています。先程〝仔猫〟が通っていた松野台中学の生徒名簿と照合してみたのですが、同じクラスに橋本奈々美と川端優依という該当する女生徒がいました。おそらくメールは、〝仔猫〟がその二人のクラスメイト宛に送ったものだと思われます」

舞子が、淡々と答える。

「あとの一つは」

「もう一つは、コンピューター用のプロバイダーのアドレスです。まったく脈絡のないアルファベットや数字をランダムに組み合わせたような長くて奇妙なアドレスです。こちらの方は、まったく先方の素性がわかりません……」

「見せてみなさい」

「これです」

舞子がソファーを立ち、タブレットのディスプレイを板倉に見せた。

「この複雑で長いメールアドレスを、あの〝仔猫〟が記憶していたというのか」

「どうやら、そのようです。あれから〝仔猫〟を裸にして体の隅々まで調べてみましたが、メモのようなものは何も見つかっていません。それに友人の分の二件も含めて、そもそも他人のメールアドレスを記憶しているということ自体が異常なのかもしれません」

板倉が紅茶を口に含み、舞子にいった。

「それにしても、なぜ〝仔猫〟がお前のタブレットのパスワードを知ってたんだ。それ以前に、なぜ〝仔猫〟があの部屋から出ることができたんだ」

舞子が、俯くように視線を落とした。

「わかりません……。私はタブレットのパスワードを解除するところを〝仔猫〟に見られた覚えはありませんし、部屋にもちゃんと鍵を掛けたはずなのですが……」

板倉が、溜息をつく。

「さすがにあの笠原の娘だな。〝処理〟してしまうには惜しい素材だ」

そういって、部屋の隅に置いてある大きな旅行用のトランクを見た。中には、〝仔猫〟が入っている。

「しかし、不思議ですね。〝仔猫〟があのメールを送信してから、もう七時間近くになります。すでに、誰かがあのメールを読んでいるはずなのですが……」

舞子がいった。

「警察の動きは」

板倉がゆっくりと、冷たい視線を常吉に向けた。

常吉が、背筋を伸ばす。

「はい……。例のコンビニは、あれからずっと若い者に見張らせています。しかし、何か動きがあったという連絡は入っておりません……」

板倉は、首を傾げた。

タブレットの〝ゴミ箱〟に入っていた〝仔猫〟のメールの中に、自分はいま福井県勝山市のローソンの近くにいることを、住所と共に書き記していた。それだけではない。メールには〈——山の中の広い家に閉じ込められています——〉という一文があり、〈——犯人のタブレットから送信しています——〉とも書いている。

「このタブレットのメールアドレスは、足が付く心配はないのか」

板倉が舞子に訊いた。

「はい……。第三者の名義で契約したものなので、足は付きません。しかし、あのメールが勝山市の郡町の基地局から発信されていることは、電話会社に問い合わせればわかるはずです……」

「この〝別荘〟の名義は」

今度は、常吉に訊いた。

「はい、福井県の代議士の持物なので、こちらから足が付く心配はないと思いますが……」

「その〝代議士〟というのは、例の井上の紹介だろう」

「そうでした……。それを、忘れていました……」

板倉がまた、溜息をついた。

それだけではない。〝仔猫〟のメールの中には、決定的ともいえる問題が存在する。

〈――私を誘拐したのは板倉という四〇歳くらいの男の人と、もしかしたら小峰マイコという女の人――〉

さらに〈――ツネヨシというヤクザのような男の人――〉という一文を含め、ここにいる三人の名前を的確に相手に知らせているのだ。

まったく、恐ろしい子供だ。もしこのメールが〝本社〟の二課以外の警察関係者の手に渡れば、さすがに今回の一件は板倉でも揉み消せなくなる可能性もある。

「〝二課〟の長野は、何といっている」

板倉が、舞子に訊いた。

「とりあえず、ここを出るべきだと……」

「ならば、どこに行く。東京に戻れば、もしもの時に動きが取れなくなる」

舞子が、頷く。

「それならば、よい場所があります。私の〝実家〟が、ここからそう遠くないところにあります」

板倉が、何かを思い出したように手を打った。そして、頷く。

「そうだった。それを忘れていた……」

口元に、笑みを浮かべた。

「ところで……〝仔猫〟はどのようにいたしますか……」

常吉が、恐るおそる訊いた。

板倉が、意見を求めるように舞子に視線を投げた。

「もう、急ぐ必要はないでしょう。私の〝実家〟の方に運びましょう。カウボーイの一件が片付き次第、私が〝処理〟します」

舞子がそういって、冷たい視線で〝仔猫〟の入っているトランクを見た。

27

暗い雨の中を、笠原はナビの画面を見ながらゆっくりと車を進めた。

このような時には、ナビは便利だ。県道二八号線の左側に、川浦(かわうら)のキャンプ場、海沿いの自然歩道、そして禄剛埼灯台までが完全に映し出され、地形が手に取るようにわかる。

笠原は何年か前に、禄剛埼灯台に来た時のことを思い出していた。あの時は、家族三人が一緒だった。妻の尚美の夏の帰省に付き合い、輪島の実家からドライブがてらに萌子を連れて遊びに来た。

あれは、何年前のことだっただろう。もう、遥か彼方の遠い過去のような気がする。だが、その時のことは、いまも映像のように脳裏に映し出すことができる。

萌子はまだ幼く、妻の尚美は女神のように美しかった。三人で手を繋いで、長い森の中の道を登った。やがて前方に広い芝の風景が開け、遠くにずんぐりとした奇妙な形の灯台がつくねんと佇んでいた。歩道から灯台のある広場まで、左手には延々と険しい断崖が続き、眼下には日本海の荒波が岩に白く打ちつけていた。

そうだ……断崖だ……。

あの時、笠原は、断崖を見ながら自分が想ったことを覚えている。もしここから尚美と萌子のどちらかが落ちたとしたら、自分はどうするだろう。おそらく自分は何かを考える間もなく、断崖から白い波に向かって飛び込んでいるに違いない。

「どうしたの……」

有美子の声と強い雨音で、我に返った。辺りは暗く、ただ霧の中にヘッドライトの光が幻覚のように風景を浮かび上がらせていた。

笠原はナビを見ながら、キャンプ場に入っていく道の入口に車を駐めた。

「携帯を貸してくれ」

笠原がいった。

「はい……」

有美子から携帯を受け取り、電源を入れる。やはり、思ったとおり、圏外になっていた。

笠原は受信メールのフォルダを開き、その中の一通に短い返信文を作成した。

電源を入れたままの携帯を有美子に手渡し、いった。

「ここから輪島の方面に向かって戻り、携帯の圏内に入ったらいま作成したメールを送信してくれ。そしてもし返信があったら、先方の指示に従ってくれ」

「あなたは、どうするの……」

有美子が不安そうに訊いた。

「おれはここで降りる。灯台に向かう」

「無理よ……。警察にまかせた方が……」

だが、笠原は首を横に振った。

「君は、奴らのことを理解していない。奴らはすでに、おれの両親と妻、そして仕事仲間の四人を殺している。いま、ここにある、このCDロム一枚のためにだ。もし指示に従わなければ、奴らは次に娘を躊躇なく殺すだろう。それに……」

笠原は一度、大きく息を吐いだ。そして、続けた。

「これは、おれと奴らの問題なんだ」

車を、降りた。リアシートからリュックを手にし、それを背負う。防水のパーカーのフードを頭から被り、暗い雨の中に歩き出した。

笠原の後方で、ヘッドライトの光が動いた。

光は車と共にターンし、走り去っていった。

やがて笠原の姿も、闇と霧の中に消えた。

28

雨の高速道路を、一台の車が走っていた。

車は乗っている男の身分からすると、どこか不釣合いなほどの高級車だった。

BMW750i——。

少なくとも男——長野満義——の警察庁の役人としての給料では、そう簡単に買える代物ではない。

いつもは冷静な長野には珍しく、この日は運転に苛立ちが表れていた。雨の中で常に時速一四〇キロの速度を保ちながら、前方の車を強引に次々と追い越していく。だが、その運転は、コンピューターのように正確だった。

長野は右手をステアリングから離し、右脇腹の辺りに吊るしてある革のホルスターの中のSIG SAUER P230に触れた。銃独特の金属の冷たさが、指先から脳の芯まで瞬時の内に伝わる。

そして、思う。もしこの警察庁の官給品の銃で奴らを〝処分〟したとしたら、どうなるのだろう。おそらく、長い裁判を経て、〝正当な捜査上の行為〟であることが認められるはずだ。そのために、これまでの捜査資料には完璧に手を加えてある。

だが……。

もし笠原が持っている〝資料〟が一部のマスコミ、もしくは〝本社〟の〝サクラ〟の連中の手に渡ってしまったとすれば――。

すべては終わりだ。奴らも、そして自分も破滅することになる。

最も理想的なのは、奴らと笠原が共倒れになることだ。そして〝資料〟は、自分の手で回収する。それしか方法はない。

長野は、雨の中にアクセルを踏み続ける。車は関越自動車道から中央自動車道、さらに東海環状自動車道から東海北陸自動車道へと入っていく。すでに、東京から数時間は運転し続けていた。だが、途中でたった一度、ガソリンを補給した以外はまったく休んでいない。

センターコンソールの上に置いてあるｉＰｈｏｎｅの、着信音が鳴った。メールだ。長野は運転したまま右手でｉＰｈｏｎｅを取り、親指だけで操作して暗証コードを入力した。

舞子からだった。長野はメールを開き、時速一四〇キロで雨の高速道路を走るＢＭＷを運転しながらメールを読んだ。


〈――長野様。

事務所移転のお知らせ。

先程、ご報告しましたとおり、当方の事務所を移転することになりました。現在、新しい事務所に向かって移動中です。新しい事務所の住所を、以下に記しておきます。

岐阜県大野(おおの)郡白川(しらかわ)村岩瀬(いわせ)××××。

今夜、午前〇時前後には現地に入る予定です。よろしくお願いいたします。

小峰――〉

長野はメールを読み、口を歪め、かすかに笑った。

だいじょうぶだ。奴らはまだ、こちらのことを信用している。

長野は車を駆りながら、右手だけで器用に返信を打った。

〈――小峰様。
私もいま、そちらに向かっています。明日の明け方までには、新しい事務所の方に着くと思います。よろしくお願いします。

長野――〉

メールを、送信した。

奴らは、長野の現在位置を把握していない。それを計算の上で、〝明日の明け方までには〟と書いた。実際には、あと二時間ほどで現地に着けるだろう。そのタイムラグが、今回の鍵になるかもしれない。

これまで警察庁で積み上げてきたキャリアを、こんな〝くだらないこと〟で失うわけにはいかない。

長野は前を塞ぐ二台のトラックを擦り抜けるようにかわし、雨の中にアクセルを踏み込んだ。

29

笠原武大は、闇の中にいた。

海沿いの道から防風林の中を抜け、キャンプ場から海岸に出た。

雨の降る夜の海岸に、人影はない。飄々と風が吹き、闇の中で岩場に波が打ち寄せる。

笠原は岩場を伝いながら、岬の先端の禄剛崎へと向かった。頭上の彼方まで切り立つ断崖が続き、その上には遊歩道が続いている。だが、いまは、見上げても何も見えない。断崖は闇の中に消え、空からは光る雨粒が落ちてくるだけだ。

岩を伝いながら、闇の中を手探りで進む。指先を岩の割れ目に掛け、体を支える。そこに波が容赦なく襲い掛かり、全身に海水を被る。

笠原は岩肌にしがみつき、耐えた。そして、考える。灯台まで、あとどのくらいの距離があるのだろう。残り一キロか、それとも一・五キロか。

すでに、体温が低下しはじめていた。いや、体温だけではない。ここ何年かボルダリングから遠ざかっていたために、基礎体力と筋力も落ちている。

刑務所にいる間にも、自分なりにトレーニングを積んできたつもりだったのだが。すでに筋力は限界を超え、息も上がっていた。それでも、ここで諦めるわけにはいかない。

笠原はチョークバッグに手を入れ、指先にパウダーをたっぷりと付けた。腕を伸ばし、指先を次の岩の割れ目に掛ける。そして体を支え、進む。

かなり、高い位置まで登った。しばらくすると、大きな岩棚の上に出た。ここで、少し体力を温存できた。だが、息を整えただけで、次のホールド（突起や穴）に指を掛ける。

さらに、登った。岩壁はほとんどがスラブ（斜度が九〇度以下の壁）かフェイス（垂直前後の壁）で、オーバーハング（前斜壁）になっている場所はない。だが、壁面は雨に濡れ、確実なホールドも少なく、常に不安定かつ危険なクライミングを強いられる。

笠原はチョークバッグに手を入れ、パウダーを付けた。その手を伸ばし、足でバランスを取りながら、手探りで次のホールドを探した。

指先がやっと届くあたりに、浅いホールドを見つけた。体を振り、そのホールドに指先を掛ける。体重を、乗せた。だがその瞬間に、指先が抜けた。

――うわっ――。

体が、宙に浮いた。落ちた。両手両足が必死にホールドを探し、もがく。

衝撃が、体を襲う。岩棚に、叩き付けられた。そこで右手が深いホールドを掴み、止まった。

「うぐ……」

全身が、ばらばらになりそうだった。脇腹の傷に、激痛が疾る。笠原はしばらく右手だけで体を支えながら、痛みに耐えた。

思わず、下を見た。波の打ち寄せる音は聞こえるが、何も見えない。ただ、深い闇が広がっているだけだ。

下は、海なのか。それとも、岩盤なのか。いずれにしても、もし岩棚で止まらなければ助からなかっただろう。

もし、ヘッドランプだけでも点灯することができれば……。

笠原は、頭にLEDのランプを付けていた。だが、この闇の中でスイッチを入れれば、敵に自分の位置を知らせるようなものだ。もし相手が銃を持っていれば、恰好の標的にされるだろう。

笠原は、自分の体を確かめた。痛みはあるが、骨折はしていない。荒い息が静まるのを待ち、またホールドに指とシューズの爪先を掛けて岩壁を登りはじめた。

途中で、遠い海を見た。霧の中に時折、強い光が幻影を投射する。暗い空と海が一瞬、白く染まる。

あれは、禄剛埼灯台の光だ。

あと、数百メートル……。

もう、それほど遠くない。

その頃、塚間有美子は海沿いの大谷狼煙飯田線(おおたにのろしいいだ)――県道二八号線――を走っていた。

雨と霧のために、視界が悪い。時折、道が断崖から海の中に消えてしまうかのような錯覚がある。海際を走る時には、雨と霧の中から波が襲い掛かってくるような恐怖もあった。だが、有美子は、ステアリングを握り締めて走り続けた。

いくら走っても、町らしい町はなかった。道は暗く、人家も疎(まばら)で、他の車ともほとんどすれ違わない。時折、闇の中に浮かび上がる標識がなければ、自分がどこを走っているのかという感覚もない。

しばらく行くと点滅の信号機があり、左側に小さなガソリンスタンドと農協の建物が建っていた。だが、どちらも明かりは消えている。その手前に左に入る道があり、標識に〈――白山神社・東山中町――〉と書いてあった。

有美子は車を路肩に寄せ、停めた。

――ここは、どこだろう――。

ナビの画面を拡大し、現在位置を確認する。国道に出るまでは、かなりの距離があることがわかった。携帯を確認してみたが、まだ圏外のままだった。

急に、心細くなってきた。一人になると、いつもそうだ。恐くなり、不安になって、涙がこぼれてくる。

だが、有美子はまた車のギアを入れた。ステアリングを切り、雨と霧に霞む闇の中に走り出す。

誰もいない県道を、見つめる。前から来る車のヘッドライトが油膜の付いたフロントガラスに反射して一瞬、視界を失った。有美子は心の中で、小さな悲鳴を上げた。

どのくらい、走っただろう。すでに笠原と別れてから一時間近くは経っているはずなのだが、時間も距離の感覚もなくなっていた。また分岐点があり、霧の中の標識に〈――馬緤（まつなぎ）峠――〉と書いてあるのが見えたが、ナビを見てもそれがどの道なのかわからなかった。自分の感覚ではもうとっくに国道に出ているはずなのだが、まだ何も見えない。

その時、唐突にダッシュボードの携帯が鳴った。有美子は驚き、車を止めた。携帯を、開く。メールが二通、入っていた。

一通は、病院の看護師仲間からのメールだった。もう一通は、あの〝カウボーイ〟という男からだった。

メールを開く。

〈――笠原武大に告ぐ。

私はもう間もなく、ゲームフィールドに入る。君が来るのを、楽しみにしている。

Cowboy――〉

時計を見た。いま、午後九時五〇分――。

メールは、午後五時五五分に送信されていた。もう、四時間も前だ。つまり、笠原は、敵が待ち伏せする罠の中に一人で向かったことになる。

どうしよう……。彼が殺される……。

だがその時、有美子は笠原にいわれたことを思い出した。メールを、送らなくてはならない。笠原が作成して保留にしてあったメールを開き、それを送信した。

体から力が抜けたように、溜息をつく。あとは笠原にいわれたとおり、先方――警察庁公安の刑事――から返信を待ってその指示に従うだけだ。

だが……。

そんなことをしている時間はない。〝カウボーイ〟という男からメールが入っていたことを知らせないと、笠原が危ない――。

有美子は、携帯を閉じた。車を誰もいない路上でUターンさせ、元の道を禄剛埼灯台に向かって戻りはじめた。

30

同時刻、輪島市――。

田臥健吾は輪島警察署の捜査本部のソファーに横になり、体にジャケットを掛けて眠っていた。

一回に二〇分から三〇分、一日に四回か五回ほどの仮眠を取る。警察庁に入ってからは、現場ではその程度の睡眠時間で足りるように体を慣らしてきた。だが、それも四日か五日で、体力の限界が近付いてくる。

携帯はいつもの癖で、手の中に握っている。その携帯の、着信音が鳴った。田臥は最初、その音を夢の中で聞いていた。

だが、無意識のうちに携帯を開き、耳に当てた。

「……はい……田臥……」

応答がない。田臥は薄目を開け、携帯のディスプレイを見た。メールが一通、入っていた。

塚間有美子――。

差し出し人の名前を見て、一瞬で頭が覚醒した。

笠原から、メールだ……。


〈――警察庁公安課・田臥健吾様。

笠原武大です。メールをいただき、ありがとうございました。また、今回のことでは御迷惑をお掛けし、申し訳ありません。

今回の脱獄の件を含めて、田臥様にはいろいろとお話ししなくてはならないことがあります。その前に、ひとつ、私のお願いを聞いていただけませんでしょうか。

私はいま、娘の萌子を誘拐した犯人と会うために、禄剛埼灯台に向かっています。もしかしたら田臥様がこのメールを読む頃には、すでに犯人と会っているかもしれません。これは私と娘、そして亡くなった妻や両親、友人を含め、すべて私と犯人との間の問題です。私自身で、解決しなくてはなりません。

しかし万が一、私に何かあった場合には娘のことをよろしくお願いします。おそらく娘の身柄は、禄剛埼灯台に存在しないでしょう。そしてもうひとつ、この携帯電話の持主であり、私とこれまで同行してくれた塚間有美子の保護もお願いいたします。このアドレスにメールを入れるか、電話をすれば、彼女とは連絡が取れるはずです。

では、いずれお会いできることを願い、楽しみにしております。

笠原武大拝――〉

文面を読み、完全に目が覚めた。

笠原が単独で、禄剛埼灯台に向かっている……。

「おい、起きろ」

田臥は向かいのソファーで鼾をかいている室井の胸ぐらを摑み、揺すった。

「うわっ……どうしたんすか……」室井が片目を開け、腕時計を見た。「まだ三〇分も寝てないじゃないすか……。勘弁してくださいよ……」

「笠原からメールが入ったんだよ」

「えっ」

今度は両目を開けてソファーに上半身を起こし、頭を左右に振った。

「奴は、禄剛埼灯台に向かった。娘を誘拐した犯人と会うらしい」

「メールには書いていない」

田臥は携帯のメールを、室井に見せた。目で文字を追う室井の表情が、少しずつ険しくなる。

「どうしますか」

室井が訊いた。

「もちろん、行くさ。禄剛崎の所轄はどこだ。すぐに県警に伝えて、ありったけの人員を灯台に向かわせろ」田臥が、上着を羽織る。「それから……」

「はい」

「輪島署の捜査本部の方にいってくれ。笠原の女房の実家の配備を、解除させるんだ」

「なぜです。もし誘拐犯から連絡があったら……」

「〝あの男〟からは、絶対に連絡はない。おれに、考えがあるんだ。駐車場に先に行って、待っている」

廊下を歩きながら、携帯を広げた。塚間有美子に、電話を掛けた。だが、すぐに留守番電話に切り換わった。電源を切っているのか。もしくは、圏外の場所にいるのか――。

田臥は、時計を見た。現在、二二時〇五分。ここから能登半島の先端の禄剛崎までは、車でどんなに飛ばしても一時間以上は掛かる。絶対に、間に合わない。

自分か県警の連中が現地入りするまでには、すべてが終わっている。

あとは笠原が生きていてくれることを、祈るだけだ。

31

有美子は、元の道を戻っていた。

雨の降る暗い県道に、必死でアクセルを踏み続ける。

途中で霧のためにセンターラインを見失い、車がガードレールに接触した。だが、それでも止まらない。ステアリングを切り、タイヤを鳴らしながら闇の中を走った。

携帯はまた、いつの間にか圏外になっていた。だが、自分のことはどうでもよかった。とにかくいまは、笠原のもとに戻らなくてはならない。

しばらくすると、霧の中に見覚えのある風景が浮かび上がった。もう、それほど遠くない。間もなく、道の左側に、川浦のキャンプ場の看板が見えた。

この辺りだ……。

有美子はナビの地図を広域に切り換え、周辺の道と地形を確認した。この先に狼煙の道の駅があり、手前に禄剛埼灯台の駐車場がある。駐車場から灯台までは、県道の左手に沿って遊歩道が続いている。

駐車場に、車を入れた。他には一台も車は駐まっていない。人もいない。

車のエンジンを切り、ライトを消した。同時に漆黒の闇が周囲を包み込み、すべてを押し潰すような重圧を感じた。

だが有美子は、自分にいい聞かす。あの人を、助けなくてはならない。リアシートからアウトドアショップで買ったパーカーを取って着込み、LEDライトを手にして車の外に出た。雨の吹きつける森の中の歩道を、歩いた。LEDライトの光が霧の中に吸い込まれ、その中に浮かび上がる影がすべて人や生き物、もしくは亡霊のように見えた。恐ろしさで、足が竦んだ。それでも有美子は気力を奮い立たせ、森の中の小道に足を運んだ。

武大……どこにいるの……。

心の中で、何度も笠原の名を呼んだ。その叫びが笠原の耳に届かないことはわかっている。だが、そうせずにはいられなかった。

自分は、LEDライトを持っている。その先が、この闇の中でどれだけ危険なものであるかを、有美子は理解していた。もし運が良ければ、笠原が先に自分の存在に気付いてくれるだろう。だが運が悪ければ、あの〝カウボーイ〟という男——たぶん男だ——に先に発見されて拉致される。

有美子は、それでもいいと思った。もし拉致されても、悲鳴くらいは上げられる。相手の腕にでも嚙みつけば、傷を負わせることくらいはできるかもしれない。そうすれば、〝カウボーイ〟の位置を笠原に教えることができるし、少しは力になれる。

不安もあった。笠原はすでにカウボーイと出会い、すべてが終わってしまったのではないのか。笠原は、もう生きてないのではないのか——。

有美子は、その想いを打ち消す。そして森の中の急な坂を、岬の先端に向かって登っていく。いつの間にか、心の中の恐怖は消えていた。

間もなく、前方の森を包む空が、規則的なリズムで白く光り出した。その光の一部が森の中を抜けて、有美子の足元に長い樹木の影を投げ掛ける。灯台の光だった。

武大……どこにいるの……。

有美子はもう一度、笠原の名を呼んだ。先に導かれるように、足を運び続ける。

だが、夜の森は、死んだように静かだった。

笠原武大は、断崖の中腹にいた。

岩肌の浅いホールドに指を掛けて体を保持したまま、もう長いこと動けずにいた。

頭上にオーバーハングがあり、行く手を阻んでいた。闇の中を手探りで、次のホールドを探す。だが、人工のボルダリングの練習場とは違い、有効なホールドによるルートが必ず見つかるわけではない。

登ることも、下りることもできない。頭上を見上げると、雨の落ちてくる暗い空が、周期的に白く強い光に照射される。おそらく、周囲の地形からして、自分はいま岬の先端あたりにいるはずだ。

笠原は、奈落のような闇を見下ろした。だが、何も見えない。闇の中から、ただ岩に打ちつける波の音だけが聞こえてくる。

自分はいま、どのくらいの高さにいるのだろう。おそらく、海面から三〇メートルくらいだ。いずれにしても、ここから落ちれば助からない。

笠原はリュックの中に、ハーケンとザイルを持っていた。だが、もしハーケンをハンマーで岩に打ち込めば、〝カウボーイ〟に自分の位置を知らせることになる。岩壁の中腹で見つかれば、逃げようがない。

どうにもならない……。

笠原は右手と左手を交互にホールドから外し、チョークバッグの中に入れてパウダーを付けた。そしてまた体を保持し、耐える。だが、もう筋力は、限界に達しようとしていた。冷たい雨の中で凍え、小刻みに震えながら、握力も指先の感覚もなくなりはじめている。

もう、限界だ……。

笠原は、自分の周囲を見渡す。そして、ホールドを探す。先ほどから笠原は、灯台の光が回ってきた時にかすかに見える岩盤の影が気になっていた。ただのスローパーで、ホールドには使えないかもしれない。だが、もしかしたら、影の向こうに深いエッジが隠れているかもしれない。

灯台の光が回ってきた。笠原は、影の形状を観察する。エッジだ、と思った。もし有効なホールドだとしても、自分のほぼ真横の方角に二メートル近く離れている。

指先は、届かない。方法は、ひとつだけだ。一か八か、体を振ってトラバース（横移動）で慣性をつけ、ダブルダイノ（両手を離して次のホールドに飛びつく）を仕掛ける。失敗すれば、終わりだ……。

笠原は、冷静に分析する。自分の技術と温存している体力を計算すれば、成功率は約三〇パーセント。いや、雨で岩盤が濡れている。それにあの影のように見える突起の向こうが、体を支えられるだけのエッジである保証は何もない。確率は、もっと低い。

どうするか。だが、体力は限界だ。迷っている時間はない。他に、方法はない。

笠原は、灯台の光が回ってくるのを待った。息を整える。一度目。だが、タイミングが合わなかった。

もう一度、息を吐く。二度目の光を待ち、タイミングを合わせる。足をホールドから離し、体をスイングさせた。

光がきた。いまだ。笠原は両手を離し、闇の中に宙を飛んだ。

左の指先が、岩盤の影に届く。同時に、右手の指先と両足が、無意識のうちに別のホールドを探す。だが、指先が届いた場所に、エッジがない……。

うわっ——。

心の中で、叫んだ。

笠原は両手で宙を掻きながら、闇の中に落ちていった。

田臥健吾は、深夜の国道二四九号線をスカイラインGTの〝覆面〟で爆走した。

雨の中でヘッドライトをハイビームにし、ルーフの上で赤色灯を回転させている。

強い光とサイレンに驚き、前方の車や対向車が次々と道を空ける。その間を、掠めるようにかわしながらドリフトで走り抜けていく。

「いったい……何キロ出してんすか……」

助手席の室井がアシストグリップを握り、足を突っ張りながらいった。

「うるさい。黙れ」

サイレンに気付かない前方の車の背後に付け、クラクションを鳴らしながら強引に追い越す。

「おれ、女房と子供がいるんすから……」

田臥がギアを落とし、アクセルを踏み込む。そのまま海沿いのガードレールまで突進する。直前でブレーキングし、ステアリングにカウンターを当て、車を横に滑らせながら霧の中のコーナーを駆け抜ける。

「うわっ……」

助手席の室井が、声を出した。

「心配するな。運転には自信がある……」

そうだ。

田臥には警察官として、これだけは負けないというものが二つある。車の運転と、射撃だ。

どちらもアメリカのFBIに半年間研修に行き、バージニア州のクワンティコ郊外の訓練所でトレーニングを受けた時に、日本の警察官の訓練生の中ではトップの成績を叩き出した。

特に30-06口径のボルトアクションライフルを使った遠射では、いまも四〇〇メートル先のマンターゲットに一〇発中九発は的中させる。だが、そんなことは、警察庁での出世には何の役にも立たない。

「わかってますけど……」

室井が、情けない声を出した。

田臥は、直線でアクセルを踏み込む。また、大型トラックを無造作に追い越した。エンジンが唸り、暗い闇の中に一瞬で風景が流れ去っていく。

「それで、県警は何といっている」

田臥が、冷静に訊いた。

「先程から再三、連絡は取ってますよ。珠洲署からはすでに第一陣が現地に向かいましたし、近隣の折戸駐在所からはもう警官が着いているかもしれません。だから、我々はそんなに急がなくても……」

駐在所？

警官？

無理だ。県警は、情況をまったく理解していない。

田臥は闇の中に、さらにアクセルを踏んだ。

折戸駐在所の警察官、掛川要一が珠洲警察署から連絡を受けたのは、二二時二〇分頃だった。

すでにその日の職務を終え、家に戻り、夕食もすませていた。テレビのニュース番組を見ながら妻の幸恵と二人でお茶を飲み、そろそろ風呂に入ろうかと思っているところに電話が鳴った。

生活安全課の担当者の説明を聞いても、最初はまったく要領を得なかった。この近くの禄剛崎の灯台のあたりに、先日、千葉刑務所から脱獄した殺人犯が潜伏しているらしい。さらに前日に輪島市で発生した女子中学生誘拐事件の犯人もいるという情報もある。それならば「千葉刑務所を脱獄した奴が女子中学生を誘拐したのか」と訊くと、「わからないので行って確認してきてくれ」という。

電話を切って、溜息をついた。どうも〝ガセ〟臭い。こんな雨の夜に禄剛埼灯台に殺人犯と誘拐犯——もしかしたらその両方——がいるなんて、とても信じる気にはなれない。だが、本署からの要請があった以上は、一応は行かないわけにはいかない。

「ちょっと、見回りに行ってくる」

妻の幸恵にいい、制服に着換えた。

「こんな遅くにですか。雨も降っているのに……」

「禄剛崎までだから、すぐに戻るよ」

ベルトを着け、ロッカーから古いニューナンブM60を取り出す。ホルスターに入れる時に一応、三八口径の実弾が五発装塡されていることを確認した。白い雨具の上下をその上に着て家を出て、交番の横に置いてある自転車に乗った。

雨が、かなり強く降っていた。まったく、面倒だ。掛川はそう思いながら、雨の中に自転車をこいだ。

二二時四〇分頃に、狼煙漁港に着いた。漁港には、誰もいない。漁に出ている船もなかった。

ここから灯台までは、急な登りになる。掛川は自転車を降り、漁協の無人の建物の前に鍵で繋いだ。

腰のベルトから防水のライトを抜き、スイッチを入れた。

その光を頼りに、禄剛崎へと抜けるトンネルへと入っていった。


寒さと体の痛みで、意識が戻りはじめた。

ここは、どこだろう……。

笠原は自分がどこにいて、何をしているのかがしばらくわからなかった。

ゆっくりと目を開けると、眼下には闇の空間が広がっていた。自分の体が、完全に宙に浮いていた。遠くから、岩に打ちつける波の音だけが聞こえてくる。

意識がはっきりしてくるにつれて、自分の置かれている情況が少しずつ理解できるようになってきた。自分の下には、海がある。上は崖になっていて、その上に禄剛埼灯台がある。

そこで、〝カウボーイ〟が待っている。

だが、自分はなぜ、宙に浮いているのだろう……。

灯台の光が、ゆっくりと回ってきた。その光の中に、ぼんやりと影が浮かび上がった。それで、自分の情況が、完全に理解できた。どうやら、断崖の途中の松の木の太い幹に引っ掛かって止まっているらしい……。

笠原は近くの枝を摑み、体を起こした。記憶が途切れているので、自分がなぜこんな所にいるのかわからなかった。断崖を、クライミングしていたことまでは覚えている。そこから、落ちたらしい。

枝に打ちつけたのか、腹と胸が痛んだ。脱獄した時の傷口が開き、肋骨も折れているようだ。もしかしたら、内臓も損傷しているかもしれない。

だが、手足の骨は無事だ……。

笠原は松の木の幹の上に体を起こし、断崖を見上げた。十数秒に一度、灯台の白い光が回ってくる。その光の中に、断崖を登るルートが見えた。

あの上に、登らなくてはならない……。

右手で岩盤のエッジを摑み、足をホールドに掛けて体を支えた。さらに左手を伸ばし、次のホールドに指を掛ける。

まるで何かに憑かれたように、垂直の岩盤を登りはじめた。

〝カウボーイ〟は、闇の中にいた。

いや、〝闇と同化〟していたといった方が正確だった。

黒い雨具に身を包み、灯台の台座の回廊に張ったビニールシートの下に身を伏せ、ゴム引きのバッグの上に固定したトンプソン・コンテンダーのライフルを構えていた。

途中で必要最小限度だけ左腕を動かし、オメガのスピードマスターに視線をやった。

午後一〇時四五分……。

もう、いつ〝ゲーム（獲物）〟が現れてもおかしくない時間だ。

〝カウボーイ〟はまた、ライフルに取り付けられている暗視スコープに視線を戻した。そして四倍に拡大された、モノクロームの視界を見つめる。スコープを左から右へと、ゆっくり移動させる。霧の中に白く浮かび上がる森の風景の中に、動くものはない。

その時だった。右側の歩道の出口で、何か光るものが見えた。

〝カウボーイ〟はそこでスコープの視界を止め、光の正体を確認した。光は、揺れるように動いていた。小型の、ライトの光だ。誰かが、こちらに向かってくる……。

スコープの中の、光を見つめた。間もなく、森の中の遊歩道の出口から、白っぽいパーカーを着た人影が現れた。手に、ライトを持っている。

笠原か？

違う。女、だ。しかも、一人だ。その周囲に、他の人影はない。

〝カウボーイ〟は、口元にかすかな笑いを浮かべた。

〝アダム〟は、さすがだ。自分の女を、囮（おとり）に使ったというわけか。それで二年前のあの日、奴の部屋に女房がいたわけもわかった。それならば、望みどおり、この女を先に死体にしてやろう。

――南無阿弥陀仏……南無阿弥陀仏……南無阿弥陀仏――。

〝カウボーイ〟は、暗視スコープの狙いを女に定めた。距離は、約七〇メートル。頭を狙うか、心臓を狙うか。いずれにしても、確実に一発で仕留めるためにはもう少し引き付けた方がいい。

――南無阿弥陀仏……南無阿弥陀仏……南無阿弥陀仏――。

五〇メートル……四〇メートル……三〇メートル……。

この距離ならば、絶対に外さない。他に、人影もない。〝カウボーイ〟は、女の心臓にスコープの中心のポイントを合わせた。銃を握る右手の指が、かすかに動く。

だが、そこで止めた。あの女を射つことはない。〝アダム〟にこちらの位置を、わざわざ教えるようなものだ。

その時、左目が視界の隅に別の光を捉えた。漁港から上がってくる、トンネルの出口の方向だ。やはり森の中で、ライトの光が動いていた。

もう一人、誰か来る。

誰だ……。

森の中から、人影が現れた。今度は男、だ。やはり、白っぽい雨具のようなものを着ていた。

〝アダム〟――笠原武大――か？

だが、なぜ、あんなに無造作に歩いてくるのか。その時〝カウボーイ〟は、その人影の奇妙な点に気付いた。雨具の腕の部分に、三本の黒っぽい線が入っている。さらにフードの中に、帽子を被っている――。

まさか、警察官……。

一瞬、混乱した。なぜ、警察官がここにいるんだ？　笠原が、変装しているのか？

だが、次の瞬間には、すべての情況を冷静に分析していた。なぜ警察官がこの時間に、ここに来たのかはわからない。笠原なのかどうかも、わからない。だが、いずれにしても一人だ。〝排除〟すべきだ。

〝カウボーイ〟は、警察官の頭部に暗視スコープの照準を合わせた。距離は、約四〇メートル。完全に、射程圏内だ。

――南無阿弥陀仏……南無阿弥陀仏……南無阿弥陀仏――。

トリガーに添えた指が、ゆっくりと絞り込まれた。

笠原は、断崖を登った。

すでに、頂上が見えはじめていた。

あと、七メートル……六メートル……五メートル……。

霧と雨を白く照らす灯台の光が、次第に強くなってきている。もう、眼下の闇を振り返ることはなかった。体の痛みも、感じなくなっていた。何かに追われるように手探りでホールドを摑み、断崖を登り続けた。

あと、一歩だ。頂上の、フェンスが見えた。頂上の草の生えた最後のホールドに指を掛けた時に、炸裂音が聞えた。

銃声だ——。

瞬間的に、そう思った。

体を、頂上に引き上げた。いきなり、強い光が目に入った。灯台が、目の前にあった。

女の、悲鳴——。

まさか、有美子……。

だが、情況が把握できない。闇と霧、そして頭上で回転する灯台の強い光で、何も見えない。それでも笠原は腰からＢＵＣＫのサバイバルナイフを抜き、本能的に悲鳴が聞こえた方向に走った。

灯台の光の下を駆け抜ける。その時、台座の上で何かが動いた。

〝カウボーイ〟は、第一弾を放った。

暗視スコープの中で男の頭が破裂し、倒れたのが見えた。

仕留めた。だが、倒したのが〝アダム〟かどうかは確認できていない。すぐさまライフルのロックを解除して薬室から空のカートリッジを抜き、次弾を装塡した。

次の瞬間、背後で気配を感じた。

まさか……。

振り返った。闇の中から突然、姿を現したように、男が走ってきた。

〝アダム〟だ——。

躊躇する間はなかった。ライフルを向け、咄嗟にトリガーを引いた。

轟音が、大気を裂いた。

闇の中に閃光が疾り、視界を失う。

同時に左上腕部に、熱い衝撃を受けた。

笠原は、自分が撃たれたことがわかった。だが、体は止まらなかった。

〝カウボーイ〟——。

闇の中の残像に向かって、飛び掛かった。何かが、体にぶつかった。そこに、ナイフを突き立てた。

有美子は、すべてを見ていた。

自分の目の前で、歩み寄ってきた警察官の頭が吹き飛んだ。悲鳴を上げてその場に座り込んだ次の瞬間、二発目の銃声が聞こえた。

その方向に、視線を向けた。灯台の下で、二人の男の影が絡まるように、交錯した。

笠原と、〝カウボーイ〟だ……。

二つの影がもつれ合い、ころがるように断崖へと向かっていく。

笠原は、〝カウボーイ〟の肩にナイフを突き立てた。

耳元で、野獣が呻くように唸った。相手がライフルを背中に回し、肋骨の折れた笠原の体を絞め上げる。全身に、激痛が疾った。

濡れた草の上をころげ、立ち上がる。そしてまた倒れ、ころがった。相手の首に肘を入れ、押しのける。妻を殺した〝カウボーイ〟の顔を見ようと思った。だが、顔全体が闇と霧に包まれたように、何も見えなかった。

いつの間にか、断崖に立っていた。

「お前が……尚美を殺したのか……」

肩のナイフを抉りながら、訊いた。

「……そうだ……。柔らかい乳房の下に……ナイフを沈めてやった……。バターみたいだったぜ……」

〝カウボーイ〟が、呻くようにいった。

「仙台の……親父とお袋を殺したのは……」

「おれだよ……。二人並べて……焼き殺してやった……」

「娘は……。萌子は……どこだ……」

笠原が、訊いた。耳元で、〝カウボーイ〟がくぐもるように笑った。

「ここには、いない……。もう……死んでいるさ……。いまごろは冷たい土の中で、泣いているだろう……」

瞬間、頭の中が真白になった。

萌子が、死んだ……。

すべてが、終わった。あとは、自分の人生を閉じるだけだ。この男を道連れにして……。

笠原は、断崖を蹴った。〝カウボーイ〟と共に、奈落の闇に落ちていった。

耳元で、〝カウボーイ〟が笑っている。

幻聴なのか、それとも現実なのか。

遠くから、パトカーのサイレンの音が聞こえてきた。

第四章　夜明け

1

闇の中で、長いこと揺られていた。
息苦しく、窮屈で、体が丸まったまま身動きすることもできない。
ただひとつ確かなのは、自分はまだ生きている……という事実だけだ。
ここは、どこだろう……。
なぜ私は、動けないのだろう……。
断片的な意識を懸命に寄せ集めながら、萌子はそんなことを思っていた。
どこからか、人の声が聞こえてくる。
——この〝仔猫〟はどうしますか——。
——もう、笠原の件は片付いたころだ——。
——〝カウボーイ〟から連絡が入り次第、〝処理〟しましょう——。
——いや、待つことはない。長野が着く前に、すませてしまおう——。
——〝処理〟は、私の手でやります。常吉、車に積んでおいて——。

――わかりました。やっておきます――。

萌子は、黙って話し声を聞いていた。朦朧とする意識の中で、何が起きているのかを理解した。

もう、〝お父さん〟は殺された……。

そして次は、私が殺される番だ……。

だが、体が動かない。頭も、はっきりしない。何も考えることができない。

眠い……。

そのうちに、また体が揺られ出した。下から〝ごろごろ〟という奇妙な音と、小さく突き上げるような不快な振動が伝わってくる。それで自分が、スーツケースのようなものに入れられて引きずられているらしいことがわかった。

だが、そんなことは、どうでもいい……。

常吉は、古い民家の床を旅行用のトランクを引いて歩いた。

土間に下ろし、ひと息つく。戸を開けて外に出し、またひと息ついた。〝仔猫〟は、なぜこれほどに重いのか。だがそれも、これで最後だ。

軒下から雨の中に出て常吉は背後を振り返り、見上げた。暗い空に、合掌造りの茅葺き屋根の影が聳えていた。

玉砂利に埋められた飛び石の上を、トランクを持ち上げて運ぶ。雨などは、まったく気にならなかった。この忌々しいほどの〝仔猫〟の重さに比べれば。

コンクリートの歩道に出て、駐車場に向かった。リモコンキーで、バンのロックを解除した。リアドアを開け、トランクを荷台に積み込もうと思った時に、農道をこちらに向かってくる車のライトが見えた。

この雨の中を、こんな時間に誰だ……。

民家の敷地の中に、大型のセダンが入ってきた。シルバーのＢＭＷだった。警察庁の長野の車だ。

おかしい。長野が着くのは、明日の未明のはずだ。まだ早すぎるはずだが……。

車は、常吉から少し離れた所に駐まった。用心深く、見守る。ライトが消え、運転席のドアが開き、スーツを着た男が傘をさして降りてきた。

「今晩は。ひどい雨だね……」

男がそういって、常吉の方に歩いてくる。暗くて顔はよく見えないが、やはり長野のようだ。

「あんたか。長野さん、ずい分、早いじゃないか。もっと遅くなると……」

その時、常吉は、長野の奇妙な様子に気が付いた。傘とペンライトを左手で持ち、右手には別のものを握っている。

銃……。

長野の右手が上がった。まずい。そう思った瞬間に銃口が火を噴き、轟音が鳴った。

胸に衝撃を受け、体が後方に飛んだ。

長野満義は、雨の中で常吉を見下ろした。SIG SAUER P230に付いた雨粒を上着の袖で拭い、ホルスターに仕舞う。ペンライトの光で、倒れている男の顔を照らす。常吉は雨に濡れながら両目を見開き、何かに驚いたような顔で死んでいた。

横に倒れているトランクを起こし、見つめた。中から、かすかに物音がした。

長野はトランクを引きずりながら、霧の中にぼんやりと浮かぶ合掌造りの古民家に向かって、ゆっくりとした足取りで歩きはじめた。

2

岬から眺める東の稜線が、白々と明けはじめた。

手前には、広大な海面の闇が広がる。その上を、灯台の光がゆっくりと移動していく。ちょうど海と陸との境目の辺りで、小さな光が点滅している。あれは、新潟県の柏崎刈羽(かしわざきかりわ)原発だろうか。田臥健吾はまだ暗い風景を眺めながら、ぼんやりとそんなことを考えていた。

雨は、いつの間にか止んでいた。空には月が垣間見え、その下を厚い雲が風に流されていく。それを待っていたかのように、岬の周囲にパノラマのような風景が浮かび上がりはじめた。

田臥は、岬から眼下の海面を眺めた。ついいましがたまで漆黒の闇から波の音だけが聞えてきた海に、打ち寄せる波の光景が見えた。その周囲の岩場には、県警の捜査官が持つ数十個のライトの光が、何かのイルミネーションのように動いていた。

海面までは、どのくらいの高さがあるのだろう。県警の誰かが、四八メートル……といっていたのを聞いたような気がする。

笠原は、岩場に落ちたのか。それとも、海に落ちたのか。いずれにしてもこの高さから落ちれば、奇跡でもない限り助からないだろう。

「田臥さん……まだここにいたんですか……」

室井の声に、田臥が振り返る。灯台の光の中に、タバコを銜えた室井が歩いてくるのが見えた。

「一本、くれ」

「体に良くないっすよ」

田臥は箱からマイルドセブンを一本抜き、室井が差し出したライターで火をつけた。

「まだ、〝死体〟は上がらないのか」

薄暗い大気の中に、煙を吐き出しながらいった。

「まだみたいですね……。笠原も、笠原と一緒に落ちたという犯人の男も。夜明けを待って、海上保安庁も船を出すそうです……」

「撃たれた警官はどうなった」

「三〇分ほど前に、病院で死亡が確認されました。まあ、あれじゃあ助かるわけがないですけどね……」

「そうか……」

田臥は苦い煙を吸い込み、灯台と森の間に倒れていた駐在所の警察官の姿を思い浮かべた。銃弾で頭部の半分近くを吹き飛ばされ、雨の中で薄目を開けたまま夜空を見上げていた。掛川要一という今年で四九歳になる真面目な警察官で、二〇年以上も連れ添った妻と、東京の大学に通う息子がいたと聞いていた。

だが、犯人はなぜ警察官を射殺したのか。笠原と、間違えたのか。それとも、邪魔者として排除しただけなのか。

いずれにしても、プロの〝仕事〟だ。おそらくその男は、犯人グループに雇われた殺し屋だろう。やはり娘の誘拐は、笠原を誘き出すための罠だったということか。

だが、笠原は本当に死んだのだろうか。あの男が、簡単に死ぬとは思えない。

「ところであの女……塚間有美子という看護師の女はどうしますか」

室井が訊いた。

「聴取は？」

「一応は。やはり千葉の四街道の自分の家に戻ったら、脱獄犯の笠原がいた。そのまま拉致されて、逃亡の手助けをさせられた。そしてここまで連れてこられた。まあ、こちらの想定たようです。笠原と一緒に、海に落ちちゃったらしいですけどね……」
「持っていたらしいですよ。CDロムを一枚。それをリュックの中に入れて、持ち歩いてい
「例の〝資料〟の件は。笠原は、何か持っていたといっていなかったか」
どおりですね」

CDロムか……。

「県警に、そのリュックを回収するように指示してくれ」

「もう、いってあります。まだ見つかっていませんが……」

「他には。女は他に、何かいっていなかったか」

「特に、何も。奴らが使っていた車は大井埠頭の近くでナンバーを取り替えたとか、色をスプレーで塗り替えたとか、そんな程度ですかね……」

「女は、どうしてる」

「県警のバンの中にいますよ。女の身柄は、どうしますか。この後は、県警にまかせますか」

田臥は、考えた。本来ならば、女の保護は県警にまかせるべきだろう。その方が、手間が省ける。

だが……。

「女は、我々が連れていく。携帯を返して、車に乗せるんだ」

「連れていくって、どこへ……」

「いいから、来い」

田臥がタバコを消し、駐車場の方に向かって歩きだした。

3

心地好い夢を見ていた。

寒さも、苦しさも感じない。

まるで母親の胎内の羊水に浮いているように、重力さえも存在しない。

誰かに抱かれてあやされるように、体がゆったりと揺れている。

夢の中には、何人もの懐かしい顔が出てきては消えた。死んだ両親。美しい妻の尚美の笑顔。まだ幼い頃の萌子も、あどけなく笑っていた。

自分も間もなく、皆のもとへ行ける。それなのになぜ、死の実感がないのだろう。そう思いながら、意識がゆっくりと戻りはじめた。

波の音が、聞こえてくる。

笠原武大は、静かに目を開けた。高く暗い空に雲が流れ、青い月が光っていた。

どうやら自分は、海に浮いているらしい。死ななかったようだ。だが、なぜ意識を失いながら、波間に漂い、浮いていられたのだろう。

しばらく考え、やっと理由がわかった。自分が沢歩き用のウェットパンツやベストを身に付けているからだ。中に溜まった空気が、浮力を保ってくれたらしい。それで、寒さもあまり感じない。

ここは、どこだろう……。

笠原は顔を上げ、水の中で体を起こした。背後を振り返ると、断崖の影が見えた。陸が、意外と近い。その下の波間に漁港らしき小さな堤防と、明かりが見えた。

体を、動かしてみた。腹の傷と撃たれた左腕が痛んだが、それ以外は大きな怪我はしていないようだった。漁港に向かって、両手で大きく海水を掻いた。

その時、左肩に激痛が疾った。腕が、動かない。どうやら海に落ちた時に、左肩を脱臼したらしい。

仕方なく、片手と足だけで泳いだ。ウェットパンツやベストのおかげで、体は沈まない。波の力をうまく利用すれば、漁港までは泳げそうだった。

泳ぎながら、考えた。あの〝カウボーイ〟という男はどうしたのだろう。断崖から落ちた時に、死んだのだろうか。

三〇分ほど泳ぎ続け、何とか漁港まで辿り着いた。港内の静かな水面を泳ぎ、繋留してあった小さな漁船によじ登った。夜明けが近いが、海が荒れているために、人は誰もいない。

笠原は甲板に倒れ込み、しばらく荒い息をしたまま動けなかった。これから、どうすべきか。だが、その時、重大なことに気が付いた。背中のリュックが、無くなっている……。

体を起こし、リュックを探した。だが、ここにあるわけがない。思い返してみれば、泳いでいる最中にもリュックがあった記憶はなかった。

気を失っている間に、無くしたらしい。どうすればいいのか。あの中には、すべての情報を書き込んだCDロムが入っていた……。

笠原は、ゆっくりと体を起こした。脱臼した左肩に、激痛が疾る。だが、こうしてはいられない。

操舵室の柱に右手で体を支え、左肩を当てて強く押した。歯を食い縛る。だが、骨は入らない。

もう一度だ。今度は全身の体重を掛け、ぶつけるように強く押した。

肩の関節がはまる、不気味な音が鳴った。激痛。思わず低い悲鳴を上げ、呻きながらその場に崩れ落ちた。

右手で、左肩を摑む。しばらく、痛みが引くのを待った。左手が動くようになったことを確かめ、息を吐き出した。

操舵室の壁に寄り掛かり、もう一度、考える。これから、どうすればいいのか。家族は、みんな死んだ。もしかしたら、娘の萌子さえも。胸にぽっかりと穴が空いてはいても、不思議なことに、涙は一滴もこぼれてこなかった。

奴らは、まだ生きている。ここで、戦いを止めるわけにはいかない。だが、あの〝資料〟を失ったいま、奴らとどのようにして戦えばいいのか。

いや、たったひとつだけ、方法があるかもしれない……。

笠原は、よろけるように立ち上がった。操舵室に入っていく。小さな操舵輪の周りに、回転計や速度計などのメーター、魚探のモニター、無線機のスイッチやマイクなどが並んでいた。その中に、どこかの神社のお守りが付いた鍵が下がっていた。

燃料のゲージを見た。まだ、半分近く残っている。これで何キロ航行できるのかはわからないが、少なくとも禄剛崎から離れたどこか別の漁港までは行けるだろう。

笠原は船首に向かい、防波堤に舫ってあるロープを外した。操舵室に戻り、セルを回す。振動と共に船尾から黒い排気ガスが吹き上がり、ディーゼルエンジンが一発で目覚めた。

ギアをバックに入れ、慎重にスロットルを開く。以前、バスフィッシングをやっていたことがあるので小型船舶免許くらいは持っているが、漁船を操船するのは初めてだった。港内の中央まで下げてからギアを前進にシフトし、防波堤の切れ目から外洋に出た。

波に向かって、スロットルを開く。東の空が、明るくなりはじめていた。

4

囲炉裏(いろり)の中で、コナラの太い薪が赤く熔けるように燃えている。

太い梁から下げられた自在鉤には、鉄鍋が吊るされていた。

鍋からは湯気が立ち昇り、鍋物の食をそそる匂いが漂う。薪の火の周囲には岩魚を刺した竹串が立てられ、すでに頃合よく焼けていた。だが、囲炉裏を囲む二人の男と一人の女は、誰も手を付けようとしない。

「なあ、長野よ……」板倉勘司がゆっくりと、日本酒の入った備前のぐい呑みを口に運ぶ。「こんなやり方は、あまり利口だとは思えんがね……」

板倉がぐい呑みを囲炉裏の縁に置くと、小峰舞子が揃いの備前の徳利から酌をした。

「そうでもないと思いますよ……」正面に座る長野がいった。「私は、職務を遂行しただけだ。〝正当防衛〟のために、やむをえず銃を使用した。機密任務で動く警察庁の捜査官にとっては、それほど珍しいことではないんですよ……」

長野は、囲炉裏の縁に置かれた酒には手をつけない。右手には、SIG P230が握られている。

「あの〝仔猫〟はどうするんだ」板倉が、部屋の隅に置かれたトランクを見た。「話を、すべて聞かれてるぞ。子供だと思って、安易に考えない方がいい……」

長野の口元が、かすかに笑う。

「承知しています。私は笠原の娘が誘拐されてここに監禁されていることを知り、救出しにきた。しかし、間に合わなかった。そういうことです」

長野の話を聞きながら、板倉が酒を口に運ぶ。

「お前も、〝ワル〟だな……」

「ありがとうございます。しかし、板倉さんほどではありません」

舞子は正座をしたまま、二人の会話に黙って耳を傾けている。

「しかし、損だとは思わないのか」板倉がいった。「これから先、我々がいままでどおりうまくやれば、いったいどれほどの利益が生まれるのか。それをすべて、どぶに捨てるつもりなのかね」

長野の表情は、変わらない。

「確かに、〝金〟は魅力です。しかし、そのために、これまで積み上げてきたものをすべて失おうとは思わない……」

「笠原が、それほど恐ろしいのかね」

今度は、板倉が笑った。

「あの男は、天才です。まさか我々のコンピューターのセキュリティーを突破して、侵入されるとは思わなかった。しかし、あの男が恐ろしいわけではありません……」

「ならば、何を恐れている」

板倉が訊いた。

「あの男が持っている〝資料〟ですよ。経産省から流出した、例のインサイダー取引に関するデータです。もしあれが〝うち〟の公安かマスコミの手に渡れば、すべてを失うのは私だけではない。板倉さん、あなたと、バックにいる政界の先生方だって、全員が破滅するんですよ」

長野がいった。だが、板倉は、それでもまだ笑っている。

「もし笠原が死に、奴の持っている資料をこちらが回収できたとしたら」

だが、長野が首を横に振る。

「無理でしょう。あの男が、簡単に殺られるとは思わない。まして、あの資料を……」

その時、舞子のｉＰｈｏｎｅが鳴った。ゆっくりと手に取り、長野を見た。

長野が、小さく頷く。

「出ろ」

舞子が、電話に出た。先方としばらく話し、板倉にいった。

「〝カウボーイ〟からです……」

「何だって」

「〝ゲーム〟が終了したそうです。〝アダム〟は、死にました。〝アイテム〟も入手したそうです……」

「それで」

板倉が、舞子に訊く。

「〝アイテム〟を、どうするかといっています。郵送するか。いまから、こちらに持ってくるか……」

「郵送はまずいな。ここの場所を教えて、持ってくるようにいいなさい」

「はい」

舞子がいわれたとおりにカウボーイに伝え、電話を切った。

「さて、どうする」板倉が、長野にいった。「笠原は、死んだ。例の〝資料〟も手に入った。

もしカウボーイがここに来て、我々が殺されていれば、〝資料〟は永久に手に入らなくなる。それとも今度は、君がカウボーイと戦うつもりなのかね」

長野は、黙って板倉の話を聞いていた。やがて、ふと力を抜いたように笑った。そして右手の銃を、ホルスターに納めた。

「ところで、腹が減りましたね。鍋を少し、いただけませんか」

長野が、舞子にいった。


カウボーイは、イリジウムの衛星携帯電話を切った。

この携帯電話がひとつあれば、サハラ砂漠でもヒマラヤでも南極でも、世界じゅうのどこからでも電話を掛けることができる。だがカウボーイがイリジウムを使用するのは、緊急事態の時だけだ。〝クライアント〟も、それを理解している。

しかも、先方と会話が嚙み合わなかった。こちらが〝アダム〟の死を「確認していない」といっているのに、〝セイレーン〟は「ゲームは終了したのですね……」といった。〝アイテム〟を入手したことは理解したが、現在地の住所を教え、「持ってくるように……」と命じた。

これは、明らかにおかしい。カウボーイがクライアントに直接会うことは、契約には含まれていない。それ以前の大前提として、クライアントとは絶対に直接接触しないことになっている。先方も、それは承知している。

何か、緊急事態が起こったようだ。しかもそれをはっきりといえないということは、聞かれてはまずい〝敵〟が目の前にいるということを意味している。つまり、その〝敵〟を「倒せ」という命令だ。

カウボーイは左目を覆うように巻かれた包帯を、もう一度、位置を直しながら固定した。全体に、血が赤黒く滲んでいる。

断崖から落ちた時に、波で岩場に体を打ちつけられた。その時に顔の左側半分と、眼球をひとつ失った。だが、右目がひとつ残っていれば、車も運転できるし銃も撃てる。

カウボーイはアウディA4クワトロの助手席のメディカルボックスから小さなケースを出し、それを開けた。注射器が二本と、何本かのアンプルが入っていた。その中からモルヒネのアンプルを選び、それを自分の腕に注射した。

荒く、息をつく。その息が整うのを待って、アウディのエンジンを掛けた。

ナビに、〝セイレーン〟から聞いた住所をセットする。現地到着まで、およそ六時間――。

カウボーイはギアをドライブに入れ、アクセルを踏んだ。

5

御舟崎(みふねざき)の辺りを過ぎ、富山湾に入ると、海は急に穏やかになった。

前方に見える北アルプスの稜線から陽光が差し込み、空に流れる雲と静かにうねる海面を朝焼けの色に染めた。いつの間にか船の周囲に、かん高く鳴く海鳥が舞いはじめていた。

笠原は、能登半島の東側の海岸線に沿って船を進めた。途中でいくつかの町の明かりや漁港らしきものを見かけたが、それがどこなのかはわからなかった。何隻もの漁船が行き来し、遠くに海上保安庁の巡視船らしき船も見かけたが、ただひたすらに南下する笠原の船には誰も気を留めなかった。

禄剛崎から、二時間半ほど走っただろうか。腕の時計を見ると、あと一〇分ほどで午前八時になる。燃料計の針は、もう底を突きかけていた。

笠原は、船を着ける場所を探した。ちょうど前方に両側から岬が突き出し、その奥が湾になっているところが見えた。いまも笠原の目の前で、一隻の漁船が湾の中に入っていた。湾の中に、漁港があるらしい。笠原は、船首を海峡に向けた。中に入ると湾は意外なほど広大で、奥行きもあった。

しばらく行くと、静かな湾の右側に、小さな漁港が見えた。笠原は、その漁港の中に船を入れた。エンジンの回転を落とし、他の船と船の間の堤防に着けた。

陸に上がり、船を舫う。堤防の上で、地元の老人が一人、笠原を見つめていた。

「ここは、どこですか……」

笠原が、老人に訊いた。

「わりゃ、ここは穴水（あなみず）町の……岩車（いわぐるま）っち漁港やがえ……」

老人が、怪訝そうに答える。

だ。

〝穴水町〟という地名は、聞いたことがあった。確か、輪島市からはそれほど遠くないはず
「すみません。この漁船は、禄剛崎の近くの船なんです。持ち主に、連絡を取っていただけませんか」

笠原がポケットから札束を出し、その中から二枚を抜いて老人に渡した。

「まあ、だんないが……」

「よろしくお願いします」

笠原は、歩いて漁港を後にした。

小さな村を抜け、国道に出る。目の前に、〝岩車〟というバス停があった。時計を見ると、あと一〇分ほどで穴水駅行きのバスが来る。

服は、すでにほとんど乾いていた。警察は、もう笠原を死んだと思っているはずだ。少し考え、笠原はバスに乗ることに決めた。

バスが穴水駅に着くと、笠原は駅前に並んでいるタクシーに乗った。そして、運転手に告げる。

「輪島市の、朝市通りへ。その突き当りの方なんだが、工房長屋はわかりますか」

「はい、わかります……」

初老の運転手が、長距離の客を喜ぶようにメーターを倒した。

午前一〇時前には、輪島市に着いた。

輪島は、何年振りだろう。石畳の道の両側に、古く懐かしい街並が続く。

笠原は道に迷ったような振りをして、運転手に工房長屋の一画を一周させた。妻の尚美の実家の、小谷地の家の前も通った。だが、予想外に閑散としていた。萌子の誘拐事件で警察が非常線を張っていると思ったのだが、刑事らしき姿どころかほとんど人影すら見えない。

笠原はさらに裏の路地までタクシーを回させ、ここで料金を支払って降りた。

タクシーが走り去ると、笠原は周囲を見渡した。塗師屋(ぬしや)造りの家が並ぶこの路地のことも、よく覚えていた。尚美が帰省した時には萌子と三人でこの道を歩き、近くの海辺や重蔵神社まで散歩に行ったものだ。あの頃はまだ萌子も小さく、笠原と尚美の手にぶら下がるようにして笑っていた。

笠原は、滲み出る涙を汚れた上着の袖で拭った。だが、こうしてはいられない。この近くの建物と建物との間に、小谷地の親父さんの工房の裏に出る細い抜け道があったはずだ。

やはり、記憶どおりだった。抜け道は、すぐに見つかった。笠原は辺りに誰もいないことを確かめ、抜け道に体を滑り込ませた。

枯れ草の残る隙間を、奥へと進む。間もなく、工房の裏口に出た。耳を当て、中の様子を探るが、まったく人の気配がない。

留守なのだろうか。裏口のドアを、そっと開ける。鍵は掛かっていなかった。薄暗い作業場には、誰もいない。

笠原は明かりを灯け、工房の中に入った。漆の匂いが、つんと鼻をつく。その匂いに、一瞬、千葉刑務所の〝工場〟の記憶が呼び覚まされた。

笠原はクライミングシューズを脱ぎ、静かに工房に上がった。漆器職人は、埃を嫌う。磨き込まれた床の上を、埃を立てないように細心の注意を払って奥へと進む。

作業場の前で、立ち止まった。小さな窓から差し込む光の中に、懐かしい風景が浮かび上がった。一段高くなった畳の部屋に親父さんが座る場所があり、目の前には使い古された作業台が置かれている。その周囲にはまだ下地塗りをされただけの木地や何種類もの大きさの刷毛、ヘラ、砥石などの道具や、無数の漆の塗料と器が並んでいる。

部屋の奥にはガラス戸で仕切られ、漆を乾かすために温度と湿度を調整された〝漆風呂〟がある。その中の棚には、上塗りを終えた椀や箱物が置かれている。だが、その数は少なかった。萌子の事件があったからなのか、ここ数日はあまり仕事をしていなかったようだ。

笠原は、手元にあった仕上げ塗り用の刷毛を手に取った。漆の塗り師は、この刷毛も自分で作る。板と板との間に挿まれた毛は、女性の黒髪だ。

以前、親父さんから、まだ娘時代の尚美が髪を切った時に、それを使って刷毛を作ったと聞いたことがあった。その刷毛は、まだこの工房の中に残っているのだろうか。ふと、そんなことを思う。

「われや、ここで何しちゃるか」

男の声に、笠原は振り返った。入口の三和土に、義父の小谷地宗太郎が立っていた。

「お久し振りです……」

笠原が刷毛を手にしたまま、深々と頭を下げた。

「この、だらぶちが。なぜ、ここに来れよったか」

宗太郎の声には、怒気が含まれていた。

「申し訳ありません……」

「この……だらが……。なして……なして……いま頃んなってよぉ」

怒りに満ちた表情が、見る間に崩れはじめた。宗太郎の目には涙が溢れ、声が震えていた。

「すみません……。娘さんを、そして、萌子を守れませんでした……。本当に、申し訳ありません……」

笠原が、宗太郎に歩み寄る。そして目の前に立ち、もう一度、深々と頭を下げた。

宗太郎は、拳を握った。肩を震わせながら、それを振り上げた。だが、やがて泣き崩れるように拳を下ろし、笠原の体を抱いた。

「なしてよぉ……。お前が尚美を殺したんじゃねえことはわかってた……。だけど、なしてよぉ……」

笠原は、老いて小さくなった義父の肩を抱いた。いまは、そうするしかできなかった。

「申し訳ありません……」

笠原も、泣いた。後はもう、お互いに言葉にはならなかった。

誰かの気配を感じた。ふと、視線を上げる。工房の外に、背広を着た男が二人、立っていた。

「笠原武大だな」

男の一人がいった。

笠原は宗太郎から離れ、男の前に立った。

「そうです。私が笠原です……」

「私が、田臥だ。そして、こいつが室井だ。生きていれば、ここに来ると思っていた。会いたかったよ……」

田臥が、右手を差し出した。

奇妙なことに、笠原は手錠を掛けられなかった。

家に入ると、義母の文子と塚間有美子が待っていた。文子は笠原の顔を見ると、何度も頷き、涙を流した。そして笠原の手を両手で包み込むように握り、小さな声で「お帰り……」といった。有美子が一歩下がったところで笠原を見つめ、ただ黙って頷く。

田臥と室井が、その光景を不思議そうに見ていた。

「なあ、笠原。お前が〝犯人〟ではないことを、お義父さんとお義母さんは知っていたのか」

田臥が訊いた。

「娘から聞いたんでしょう……」

笠原が答える。

「しかし、お前の娘は〝父親が殺した〟と警察に証言したはずじゃないか」

「私が、そうしろといい聞かせました。娘の命を、守るためです。もし犯人は別にいるといっていたら、娘も二年前に殺されていたでしょう……」

田臥が、納得したように溜息をついた。

「最初から、収監された後で脱獄するつもりだったのか」

笠原が、頷く。

「そうです。〝奴ら〟の手を逃れるためには、それしかなかった。収監されるのは千葉刑務所であることはわかっていたし、たとえどの刑務所からでも、〝奴ら〟から身を守るよりは脱獄する方が簡単だと思ったので……」

笠原の言葉を聞き、田臥が呆れたように首を振った。

「それで、なぜここに戻ったんだ。〝何か〟を取りに来たんじゃないのか」

田臥が訊いた。

「そうです……」笠原が、宗太郎の方を見た。「お義父さん、萌子の部屋を見せていただけませんか」

「かまわねえよ……」

狭い階段で、二階に上がった。宗太郎が襖(ふすま)を開け、四畳半の私室に入る。笠原は、この部屋を覚えていた。子供の頃から、尚美が使っていた部屋だ。

小さなベッドがひとつに、勉強机がひとつ。萌子が使っていた本棚には、少女マンガの単行本と大人でも難しいような文学作品が無作為に並んでいた。その中には岩波文庫の『モンテ・クリスト伯』の全七巻があったが、なぜか三巻だけが抜けていた。

笠原は勉強机の上のＭａｃのコンピューターを開き、電源を入れた。

「このコンピューターを、調べましたか」

笠原が訊くと、田臥と室井の二人が顔を見合わせた。

「いや、中は調べていない。一応、電源は入れてみたが、複雑なパスワードでブロックされていてどうにもならないと聞いているが……」

笠原が、頷く。コンピューターが立ち上がるのを待って、キーボードで長いパスワードを打ち込んだ。ディスプレイの中に、意味不明の記号が書かれたフォルダが並ぶ。

笠原がその中のひとつをクリックし、開く。ディスプレイ一面に、奇妙なアルファベットだけの羅列が並んだ。その中の二行だけが、文字が赤になっていた。

〈――ＴＪＬＡＦ・ＴＫＳＴＯ・ＸＸＧＧ・ＭＢ――〉

〈――ＴＬＬＢＡ・ＴＫＳＴＯ・ＸＸＧＧ・ＭＢ――〉

「何なんだ、これは」

田臥が訊いた。

「車のナンバーです……」笠原がディスプレイを見たまま答える。「私と娘だけがわかる、暗号です……」

数字や区分の表示、車種からその車を目撃した日付までが、すべてアルファベットに置き換えてある。

「おれには、まったくわからん……」

田臥が、首を傾げる。笠原は勉強机の上のメモ用紙に〈――品川３３０　と　××―７７――〉というナンバーと〝黒いメルセデス・ベンツ〟という車種を書き、田臥に渡した。

「萌子はこのナンバーの車を二回、見ている。一度は二年前……私の妻が殺される四日前に。もう一度は今年……萌子が誘拐される二日前に……」

「つまり……その車の持ち主が〝犯人〟だということか」

田臥が訊いた。

「犯人かどうかはわかりません。しかし、少なくとも萌子はその車に乗っていた人間が妻の死に関係していたと考えていたし、自分も狙われていると思っていたようです。だからこのアルファベットにだけアンダーラインが引かれて、文字が赤くなっているんだ……」

「おい、この車の持ち主を調べてくれ」田臥がメモを、室井に渡した。「他には、何かないか」

「ちょっと、待ってください……。たぶん、これだ……」

笠原が複雑なキーワードを打ち込み、〝宿題〟と書かれているフォルダを開いた。

「これは……」

田臥が、驚いたように声を出した。

ディスプレイ一面に、何かの表のようなものが表示された。企業名、日付、金額を表す数字、政党名と政治家の名前。その件数は、膨大な数になる。

「以前……二〇〇五年に私が経産省から持ち出した〝ある事業〟に係る企業から政治家へのリベートの支払い記録です……」

「こんな金額を、現金で受け渡していたのか」

田臥が訊いた。

「違います。株ですよ。未公開株をインサイダー取引で政治家に安く買わせ、それを上場後に企業がまた高額で買い戻す。そういうトリックです」

「誰が……そんなことを考えたんだ……」

「〝私〟です。私が、この件の経産省側の担当だったんです……」

「その、〝ある事業〟とは？」

「〝原発〟です……」

田臥と室井が、顔を見合わせた。

「それで、〝奴ら〟はあんたのことを狙ったのか……」

「〝奴ら〟のことを、もう知っているんですね」

笠原が訊いた。

「一応、当りは付けてあった。胴元は、板倉勘司だろう」

「そうです。板倉です。萌子のことも、おそらく……」

笠原が、拳を握り締めた。

「その資料を、こちらのコンピューターに送信してくれないか」

「わかりました。メールアドレスを教えてください」

笠原が、Ｍａｃのメール機能を開いた。

「いいかね。こちらのアドレスは……」

「ちょっと待ってください。何か、メールが入っている……」

笠原が、ディスプレイに表示された未開封のメールを開いた。

〈――私は笠原萌子です。

昨日、誘拐されて、山の中の広い家に閉じ込められています――〉

「萌子からだ。萌子の、メッセージだ」

笠原がいった。

「何だって！」

田臥と室井が、ディスプレイを覗き込んだ。

〈――私を誘拐したのは板倉という四〇歳くらいの男の人と、もしかしたら小峰マイコという女の人――〉

「おい、室井」

「はい」

「本部に連絡して、板倉の逮捕状を取れ」

「しかし……」

「これだけ証拠が揃えば、十分だろう。それから、板倉の所在を調べさせるんだ」

「ちょっと待ってくれ」笠原がいった。「娘のいる場所が書いてある」

〈――私はいま、福井県勝山市郡町3―××のローソンの近くにいると思います――〉

「よし、室井。この住所とメールアドレスから、相手の位置情報を調べさせろ。おれたちは、勝山市に向かうぞ」

「はい。それで、笠原と塚間有美子はどうしますか……」

室井が、笠原を見た。

「私も、連れていってもらえませんか。もし萌子が無事ならば、何かできることがあるかもしれない」

笠原がいった。

田臥と室井が、笠原を見つめる。

やがて田臥が、頷いた。

「いいだろう。付いてきてくれ」

田臥がいった。

6

鍵を開けるような、小さな音が聞こえた。

直後に自分の自由を奪っていた呪縛が解かれ、新鮮な空気が流れ込んできた。

萌子は、目映い光の中で目を開けた。光に慣れてくると、目の前に小峰舞子の顔があった。

他に、男が二人。一人は知っている。板倉という男だ。もう一人のスーツを着ている男は、初めて見る顔だった。

「そこから出なさい」

舞子がいった。萌子がゆっくりと体を起こす。スーツを着た男が囲炉裏端から立ち、ゆっくりと歩いてきた。

「笠原萌子ちゃんだね」

男に訊かれ、萌子が頷く。

「私は警察庁の者だ。もう、心配はいらないからね」

男が口元に、冷たい笑みを浮かべる。

萌子は男の声に、聞き覚えがあった。〝ツネヨシ〟を銃で撃った男、そして〝お父さん〟の持っている〝資料〟を狙っている男だ。

「だいじょうぶかね」

まだぼんやりする萌子に、男が訊いた。

「はい、だいじょうぶです……」

萌子が答える。だが、萌子にはわかっていた。この男は、板倉や舞子の仲間だ。だがいまは、〝お父さん〟が脱獄したことが理由で揉めている。

「何かほしいものはないか。喉が渇いただろう……」

男が優し気な声で訊いた。

「その前に、トイレに行かせてください……」

「こっちよ」

舞子がふらつく萌子を立たせ、暗い廊下へと向かった。

歩きながら、萌子は周囲を観察した。前の家とは違う、知らない場所だった。古い、日本の民家だ。

トイレには、一人で入った。高い所に小さな窓があり、格子がはまっていた。外は、明るかった。いずれにしてもこの家からは、そう簡単には逃げられそうもない。
トイレから出ると、外で舞子が待っていた。また長く暗い廊下を歩き、囲炉裏のある部屋に戻った。萌子はあらためて、天井を見上げた。一部が高い吹き抜けになっていて、屋根の形に組まれた垂木や棟木が見えた。

「萌子ちゃん、ここに座りなさい」

男が囲炉裏端の自分の座る横を指していった。萌子は、いわれたとおりにそこに座った。正面に板倉という男。左側には舞子。その位置関係にどのような意味があるのかはわからなかったが、どこかゲームの場所取りのような雰囲気を感じた。

舞子が囲炉裏の鍋から、雑炊のようなものをよそった。それを、萌子の前に置く。だが、あまり食欲がわかなかった。

「お水が飲みたい……」

萌子が、小さな声でいった。舞子が水差しからグラスに水を注ぎ、それを萌子に渡す。少し震える手でコップを持ち、一気に飲み干すと、やっと生気が戻ってきたような気がした。

「それにしても、遅いな。もうあれから、六時間近く経つ……」

スーツを着た男が、腕の時計を見ながらいった。

「まだ、六時間だ」板倉が応える。「お前も相変わらず気が短いな。〝カウボーイ〟は石川県の緑剛崎から連絡をしてきたんだぞ。それにあの男は、怪我をしているらしい。どんなに早くても、ここに着くのは今日の夜になるだろう。それまで少し、寝ておいたらどうだ」

「まさか」男が笑った。「心配には及びませんよ。警察庁の人間は、丸三日くらいは眠らない訓練を受けてるんです。それよりも〝カウボーイ〟が本当に例の資料を手に入れたのかどうか。そちらの方が心配でね」

萌子は雑炊を食べながら、大人たちの会話に耳を傾けていた。板倉も、スーツを着た警察庁の男も、決定的なことは口に出さない。しかし、その言葉の端々に、微妙な駆け引きがあることは感じ取れた。

そうなると、萌子の立場も少しずつわかってくる。自分も、駆け引きの駒のひとつだ。そしてスーツの男が自分の脇に座らせたということは、現時点で主導権を握っているのが誰かは明らかだ。

「〝カウボーイ〟は、必ずここに来る。それまで我々は、ここで待つしかない……」

板倉がいった。口元が、かすかに笑う。

「もし〝カウボーイ〟が、例の〝資料〟を持っていなかったとしたら?」

スーツの男がいった。

「賭けるかね」

「何を、ですか」

板倉が囲炉裏端に置いたぐい呑みに酒を注ぎ、それをゆっくりと口に含む。

「いまさらそんなことを、説明するまでもないだろう……」

萌子は二人のやりとりに耳を傾ける。そして、大人たちの表情を窺う。何か、危険なことが起こるような予感があった。

「おじさん、長野さんというんでしょう」

突然、萌子がいった。

全員が、萌子を見た。スーツを着た男の顔から、表情が消えた。

「どうして、私の名前が〝長野〟だと思うんだね……」

長野が訊いた。この場では誰も、男を〝長野〟とは呼んでいない。

「前に、そこにいる舞子さんという人のタブレットを見たの。そのメールの送信履歴に、〝長野〟っていう名前がいっぱいあったからそう思ったの」

舞子が驚いたように萌子を見た。

「それで……私が〝長野〟だとしたら、何かいいたいことがあるのかな?」

萌子が、こくりと頷く。

「そこの板倉さんというおじさん、嘘をついてる……」

萌子が板倉を指さす。今度は板倉の顔から、笑いが消えた。

「萌子ちゃんは、何を知っているのかな」

長野が板倉の顔色を見ながら訊いた。

「〝資料〟って、お父さんが経済産業省の時のお仕事の資料のことでしょう」

三人の大人が、顔を見合わせた。

「そうだよ。おじさんたちは、その大切な〝資料〟を探しているんだ」

「お父さんは、そんな〝資料〟なんて持ってないもん。だから、〝カウボーイ〟という人がここに資料を持ってくるなんて、嘘……」

萌子はそういって、大人たちの顔を見渡した。それぞれの顔に、動揺が表れていた。萌子の口元に、かすかな笑みが浮かぶ。

「じゃあ……〝資料〟なんて最初からなかったのかな？」

だが、萌子は首を横に振った。

「〝資料〟は、あるわ。私、見たことあるもん」

長野が、強張った笑顔を作る。

「どこにあるの。萌子ちゃんは、その〝資料〟がある場所を知ってるのかな……」

萌子が、頷く。

「うん、知ってる……」

「教えてくれないかな。その、〝資料〟がどこにあるのか……」

「私が持ってるの。お父さんから、〝資料〟預かってる……」

三人の大人の表情が、強張る。萌子はそ知らぬ顔で、雑炊をすする。

「萌子ちゃん、〝資料〟のある場所を教えてくれない……」

それまで黙っていた舞子がいった。

萌子は器を囲炉裏端に置き、ふう……と小さく息をついた。

「私のパソコンの中に入ってるの。有名な会社や、政治家のおじさんたちの名前がいっぱい書いてあるのでしょう」

「パソコンって、輪島の家にあるのかな……」

長野の声が、少し震えているように聞こえた。

「そう。私の部屋にあるわ。ママにもらったＭａｃのパソコン……」

大人たちがまた、顔を見合わせた。

「長野、何とかならないのか。警察庁二課のお前なら石川県警に手を回して……」

だが、長野が首を横に振る。

「いや、板倉さん、それは無理だ。そんなことをしたら今回の誘拐事件の裏が、すべてわかってしまう……」

「それなら、どうすれば……」

萌子は大人たちが慌てる様子を、冷静に見守っていた。

〝お母さん〟がくれたパソコン。それを萌子は、〝お母さん〟にいわれ、二年前、あの事件が起きる前に、友達の家に隠しておいた。その中に大切なフォルダがあることも、〝お父さん〟に聞いていた。

萌子はいま、自分が主導権を握ったことを理解した。あの〝資料〟があれば、勝てる。そう思った。

「いいことを教えてあげるわ」

三人の大人が、萌子を見た。

「いいことって……何だい」

長野が訊いた。

「パソコンを一台、貸してくれないかしら。インターネットに接続してるのなら何でもいいわ。そうしたら、その〝資料〟をおじさんたちに見せてあげることができる……」

「そんなことが、できるのか」

「簡単よ。私のパソコンだもん。アクセスすれば、見ることも消しちゃうこともできるし。何重にもセキュリティを掛けてあるけど、私、全部暗証コードを覚えてるから……」

大人たちが、お互いに眴せを送り合う。板倉が頭を抱え、長野が溜息をつく。

「ねえ、萌子ちゃん……」

長野がいった。

「なあに？」

「その〝資料〟をおじさんたちに見せてくれるかな。そして、できれば……消しちゃってほしいんだけどね……」

萌子が頷く。

「いいわよ。でも、私もおじさんたちにお願いがあるの」

「何だい」

「私、アイスクリームが食べたいの。ハーゲンダッツのクッキーアンドクリームがいいな……」

萌子がそういって、にこりと笑った。

7

笠原武大は、車のリアシートで揺られていた。

腕の中にはテディベアを抱いた有美子がいて、お互いの体に寄り掛かるようにうつらうつらと眠っている。久し振りの穏やかな時間でありながら、どこか不安で、夢と現実の間を行き来するような浅い眠りだった。

車が、大きく揺れた。その衝撃で体勢が崩れ、目が覚めた。自分がどこにいるのかを認識するまでに少し時間が掛かったが、周囲の風景は眠りに落ちる前とそれほど変わっていなかった。ただ窓から見える西日だけが、いまは日本海の水平線に沈もうとしていた。

「ここは、どこだ……」

高速道路の風景をぼんやりと眺めながら、訊いた。

「いま、金沢を過ぎたあたりだ。あと二時間ほどで、現地に着く。それまで寝ていたらどうだ。疲れてるんだろう」

運転席の田臥がいった。

「あなたたちだって、疲れてるんでしょう」

笠原の腕の中で、有美子も目を覚ました。

「おれたちは平気だ。警察官というのは、疲れることに慣れてるんだ」

スカイラインの覆面は、サイレンを鳴らしながら他の車の間を走り抜ける。普通ならば有り得ないような速度だが、不思議と恐怖感はなかった。いや、それとも、笠原の感性の中にはすでに〝恐怖〟などという感覚は残っていないのか……。

「あれから、萌子からメールは入っていないですか」

笠原が訊いた。

あのパソコンには、萌子自身が送信したメールが入っていた。そのアドレスは、架空の名義で登録されたものだった。同じアドレスにメッセージを送信してみたが、すでに消去されたのかメールは戻ってきてしまった。

だが、もしかしたらまた萌子からメールが入るかもしれない。萌子のパソコンはこの車に持ち込み、いまもインターネット回線に接続してある。

「メールは……入ってないね」助手席の室井がパソコンを確認しながらいった。「しかし、昨日のメールがどこから発信されたのかは、使われたW-Fiのルーターの番号から完全に特定できた」

「どこですか」

「やはり、福井県勝山市郡町の郊外にある山荘からだな。そこに娘さんが〝いた〟ことは確からしい」

室井が自分のコンピューターを操作しながら、事務的に答える。

「〝いた〟というのは?」

笠原が訊いた。

「先程、所轄の勝山署の者を行かせた。いま報告があったんだが、山荘には誰もいないそうだ」

淡々と話している間にも、田臥が運転するスカイラインは猛スピードで他の車の流れを切り裂くように走り抜けていく。有美子が無言で、笠原の腕にしがみつく。

「その山荘の持主は……」

「梅田謙蔵という男だ」運転する田臥がいった。「その名前、どこかで聞いたことがないか」

「梅田……」笠原が一瞬、考える。「まさか衆議院議員の……」

「そうだ。君の資料のリストにも名前が載っていた。その梅田謙蔵だよ。元経産省資源エネルギー庁官房副長官で、〝元〟日本原子力研究機構理事だった井上光明の後援者でもある。井上のことは知ってるのか」

「知ってます。元経産省の上司で、今回のことを仕組んだ主謀者の一人ですから。しかし、〝元〟日本原子力研究機構理事というのは……」

「やはり、知らなかったのか」田臥がいった。「井上は、昨日の朝早く福井市の自宅で死体で発見されたよ。ラジオで聞かなかったのか」

「まさか……。しかし、なぜ……」

「娘さんのメールにもあったじゃないか。あの〝井上〟というのは、光明のことだよ。いまのところ所轄は自殺だと見ているが、まあ、そんなわけはないな……」

笠原は、自分が経済産業省にいた時のことを思い出していた。井上は原発事業関連の事業を民間に割り振る、事実上の責任者だった。特に敦賀発電所、美浜発電所、大飯発電所、高浜発電所に加え、『日本原子力研究機構』の新型転換炉ふげん発電所、高速増殖原型炉もんじゅを抱える福井県内では、絶大な実権を握っていた。

その井上が、いわゆる日本の〝原発村〟の元締の一人である板倉勘司と組んだ。さらに井上は板倉の虎の威を借りて、自分も株のインサイダー取引で儲けようとした。しかも経済産業省を辞めた後も日本の原子力業界に影響力を維持し、日本原子力研究機構の理事に納まっていた――。

萌子はあのメールの中に、〈――昨日まではもう一人、井上という五〇歳くらいの男の人がいましたが、この人は処理されてしまったそうです――〉と書いていた。つまり井上は、板倉から何らかの怒りを買い、消されたということか……。

「なあ、笠原。少し、聞きたいことがある」

田臥がいった。

「何でしょう」

「板倉勘司という男と、会ったことはあるのか」

「一度だけ、あります」

「どんな男だった」

笠原が、少し考えた。

「ひと言でいうなら、冷酷な男ですね。人間のような、体温を感じる目をしていない……」

そうだ。あの男ならば、自分の身を守るためなら誰でも消すだろう。たとえそれが、まだ大人にもなっていない萌子であったとしても……。

「なぜ、あの〝資料〟を使って週刊誌に株価予想記事なんか書いたんだ。あれだけの資料があるなら、警察庁か検察に告発した方が早かっただろう」

室井がいった。

「警察庁に、告発はしました。それが元で、経産省を追われたんです」

「窓口と、担当は？」

室井が振り返る。

「二課の、長野という人です……」

「あの糞野郎が……」

田臥が運転しながら、悪態をついた。

「しかし、二課がだめならマスコミに告発するという手もあっただろう」

室井がいった。

「もちろん、それも考えました。しかしもしやれば、妻や娘に危害を加えると脅されていました。一応、セブンデイズの石井さんにも資料を預けていたんですが……」

その石井も、笠原の逮捕後に消されている。

「ところで、このリストに載っている企業というのは何なんだ。原発関連であることはわかるが、すべて新しい会社だし、その業務内容がまったく見えてこない。調べてみても、簡単な会社概要くらいしか出てこないんだ……」

資料のリストに載っている会社名は、全部で一一社。すべて二〇〇五年から二〇〇九年までに設立され、株式上場された新規企業ばかりだ。

「原発関係とはいっても、直接プラント建設には関係しない会社です。主に〝ふげん〟と〝もんじゅ〟に関連する維持管理を請け負う下請け会社、といえばわかりますか……」

「何でそんな企業をわざわざ一一社も立ち上げて、しかもこれだけの大金が裏で動くんだ。談合か?」

田臥が訊いた。

「ひとつは、談合です。利権を、一一社で均等に分けて政局の派閥に分配する。さらに正確にいうなら、〝ふげん〟や〝もんじゅ〟の莫大な維持管理費を〝洗浄〟して政界や利権団体に振り分けるためのトンネル会社でもあります……」

「年間に、どのくらいの金が動くんだ」

「〝もんじゅ〟だけでも、運転停止中の維持費が一日に約五五〇〇万円。年間に約二〇〇億円です。〝ふげん〟についてはすでに廃炉作業が行われていますが、その費用は一五〇〇億円を超えます。その予算の約一割が、例の一一社を通して政界や利権団体に流れるわけです……」

「そのシステムを統括するのが井上のいた日本原子力研究機構で、元締めが板倉勘司だという図式か……」

「そういうことです」

「あ〜あ。馬鹿ばかしい。仕事やるの、嫌になっちまったよ」

室井が呆れたようにいった。

北陸自動車道は小松、片山津のインターを通り過ぎ、加賀インターの手前から次第に内陸へと入っていく。最寄りの福井北のインターを降りた時には、すでに完全に日は落ちていた。ここからさらに県道一一七号から国道四一六号を経由し、勝山市へと向かう。

市内に入る所で夕刻の渋滞に巻き込まれ、思った以上に時間が掛かった。フォーブスの〝世界で最も綺麗な都市トップ25〟の第九位に選ばれた美しい街並を抜けて、ナビに住所を入れたコンビニの前を通る。さらに所轄の案内でスキーリゾートへと向かう山道を登っていき、問題の山荘に着く頃には夜の八時近くになっていた。

山荘は、紅葉に染まりはじめた森の中の道の突き当りにあった。周囲には、他に人家はない。別荘地からは外れた、完全な一軒家だった。

山荘の門の前には、所轄の車が数台、駐まっていた。〝制服〟の警察官だけでなく、私服の刑事も何人か集まっている。だが、山荘の門や窓には、明かりは灯っていなかった。

田臥はその中央に車を入れ、降りた。助手席からも体を伸ばしながら、室井が這うようにして出てきた。

現場の責任者は、前島という初老の刑事だった。

「私が本庁公安の田臥だ。それで、中の様子は」

田臥が、前島に訊いた。

「中の様子ったって……まだ入ってませんよ。わかっているのは、あの家には誰もいない。それだけは確かですけどね」

前島の様子が、おかしい。他の刑事たちも、薄笑いを浮かべながら様子を見ている。

「中に入ってみなきゃ、わからないだろう。〝犯人〟がいなくても、何か残っているかもしれない」

だが前島は田臥から目を逸し、マイルドセブンに火を点けた。

「〝犯人〟って、いったい本庁じゃ何を〝ガサ〟ってんですか。ここは代議士の梅田謙蔵先生の別荘ですよ。先生がこの別荘は、もう三カ月以上も使っていない。誰にも貸してさえいない。そうおっしゃってるんでね。それで、十分じゃないですか」

前島がそういって、タバコの煙を吐き出す。

そういうことか。梅田の地元は、この福井県だ。自分の郷土の代議士には、察庁の人間にも手は出させないということか。

「おい、室井」

「何すか……」

室井が、少し眠そうな声で応える。

「梅田謙蔵の携帯の番号を調べて電話を掛けろ」

田臥が前島から目を逸さずに、いった。

「はいはい……ちょっと待ってくださいね……」

前島という刑事の表情が薄笑いを浮かべたまま固まった。まさか、そんなわけはないだろう……と、そういっているような顔だった。

だが、この男はわかっていない。警察庁公安の〝サクラ〟は、日本の国会議員すべての直通電話番号を把握している。実際に面識があり、緊急時には直接連絡を取ることも珍しくない。

室井が掛けた番号に、先方が出たようだ。しばらく話した後に、携帯を田臥に差し出した。

「梅田先生本人が出ましたよ」

「御苦労……」田臥が、携帯を受け取る。「ああ、梅田先生ですか。本庁公安の田臥ですが……。実はいま、先生の勝山の山荘の前にいるんですがね……」

前島の口から、銜えていたタバコが足元に落ちた。

一〇分後には、田臥と室井は古い洋館の山荘の中に入っていた。笠原と、塚間有美子も一緒だった。だが、所轄の刑事は、前島以外は外で待たせてある。

一階の広いリビングに、寝室がひとつ。二階にはリビングの吹き抜けを囲むように回廊があり、寝室が三部屋並んでいる。部屋の中は生活感が無いほどに、綺麗に掃除されていた。暖炉の中には、薪の燃え殻さえ残っていない。

「鑑識を入れている時間はない。とにかく、手掛りを探すんだ」

田臥がいった。

全員で手分けして家の中を捜索した。リビングや客寝室には、塵ひとつ落ちていない。寝室のベッドやソファーのカバーは、すべてクリーニングしたばかりのものに換えられていた。冷蔵庫の中も、ごみ箱も空だった。

「くそ。完全にクリーンアップしていきやがった……」

室井が、悪態をついた。

笠原は、家の中をゆっくりと見渡した。

そして、考える。

自分がもしこの家の中で誰かを監禁するとしたら、どの部屋を使うだろう……。

まず、リビングということは有り得ない。玄関が目の前にあるし、キッチンやバスルーム、裏口、庭の掃出し窓など開口部が多すぎる。リスクが大きすぎるし、たとえ縛るなどしたとしても、犯人の心理からすれば常にその姿を目の前にしているのは重圧になるだろう。

もちろん、バスルームやキッチンも有り得ない。犯人グループ——おそらく複数だ——がここをアジトに使っていたのだとすれば、その生活の妨げになる。

二階の三つの寝室はどうだろう。中央のメインベッドルームはダブルベッドが二つあり、シャワールームも付いている。ここは犯人グループの誰か——おそらく板倉勘司——が使っていたはずだ。それに中学生の少女一人を監禁するのに、これほど広く贅沢な部屋は必要としない。

他の二部屋は、可能性がある。ベッドはダブルがひとつ。もしくは、シングルが二つ。いわゆるゲストルームだ。だが、どちらの部屋も窓が大きく、庭に飛び降りようと思えば逃げられる。これも、違う……。

「何を考えてるの？」

有美子が訊いた。

「もし萌子がこの家にいたとしたら、どの部屋に監禁されていたのか……。それを考えていた……」

「わかったの？」

「こっちだ」

笠原は、一階の寝室に入っていった。八畳ほどの広さの洋間に、セミダブルのパイプベッドがひとつ。イギリス製の、アンティークのデスクがひとつ。トイレとシャワー、洗面台の付いているバスルームがあり、ベッドの上には小さな窓がひとつ。その窓には防犯のためなのか、鉄格子がはまっていた。しかもドアには、古いが頑丈そうな鍵も付いている。

萌子がいたのは、ここだ。この部屋しかない……。

「この部屋だ。〝何か〟があるはずだ。君はバスルームの方を探してくれ」

「わかった」

そうだ。〝何か〟があるはずだ。もし萌子がこの部屋に監禁されていたなら、あの子が何も残さないはずがない。

笠原は、部屋のひとつひとつを注意深く観察した。花柄の壁紙が貼られた壁には、何もメモらしきものは書かれていない。ベッドのシーツは、新しいものに換えられている。マットレスの下にも、何も入っていない。

デスクの抽出しも、すべて開けてみた。下に潜り込み、裏側を見ても何もない。窓にはカーテンがあったはずだが、いまは外されている。

クローゼットを開ける。中にはプラスチックの籠がひとつと、ハンガーが三つ。他には何もない。

「バスルームにも、何もないわ……。あったのは、これだけ……」

有美子が洗いたてのタオルを一枚と、新品の歯ブラシを一本持って出てきた。受け取り、確認する。やはり、何もない。

「下水口の中は？」

「綺麗に掃除してあるわ。髪の毛一本残ってないし、漂白剤の臭いがする……」

「わかった。一緒に部屋の中を見てくれ。萌子なら、何かを残していくはずなんだ……」

笠原は、部屋の中の照明器具の中もすべて確かめてみた。天井の照明器具は、萌子がこの部屋にある椅子やベッドを使っても手が届かない。バスルームの照明器具も、異状はない。

あとひとつ……。

笠原はベッドサイドのスタンドに歩み寄った。スイッチを入れてみた。だが、明かりが点かなかった。

「電球が切れてるの……」

有美子が訊く。

「ちょっと待て。中を、調べてみる」

笠を外したが、何もない。豆電球の方は点くので、電源は入っている。

四〇ワットの電球を外してみた。タングステンの線は、切れていないようだ。ソケットの中を覗く。中に、折り畳んだ小さな紙が入っていた。

「田臥さんたちを呼んでくれ」

「はい……」

有美子が一度、部屋を出ていく。間もなく、田臥と室井を連れて戻ってきた。

「何か見つかったのか」

田臥が訊いた。

「その中を見てくれ」

二人が、ソケットの中を見る。室井が田臥を見て頷き、ペンの先で慎重に取り出す。それをデスクの上に置き、広げる。

「何だこれは……」

お互いに、顔を見合わせた。色褪せた小さな紙には、細かい文字がびっしりと印刷されていた。岩波文庫の『モンテ・クリスト伯』第三巻から破り取られたページだった。

「萌子だ……」笠原がいった。「亡くなった、妻の尚美の本です。輪島の実家の、萌子の使っていた部屋の本棚に置いてあったんです。そういえば、全七巻の内の三巻だけが無くなっていた……」

「ちょっと待ってください。中に、何か入ってる。人間の髪の毛だな……」

室井がいった。

「おそらく、萌子のものです。この細くて茶色掛かった長い髪は、見覚えがある……」

「毛根が残ってる。DNA鑑定をすれば、本人のものかどうか特定できるな……」

田臥が、頷く。

「どうしますか」

室井がポケットからビニール袋を出し、紙片と髪の毛を入れた。

「これだけ物証があれば、パクれるな……。よし、本庁に連絡して、まず梅田を任意で引っ張るようにいえ。被疑要件は〝誘拐〟だ。その間に県警にDNA鑑定をやらせて、梅田に板倉の所在を確認させるんだ。とにかく、ここを出よう……」

四人で、山荘を出た。所轄の刑事たちが、無言でそれを見送った。

8

萌子は囲炉裏端から離れた所にある炬燵(こたつ)に入り、ハーゲンダッツのアイスクリームを食べていた。

まだ小学校の頃から、このアイスクリームが大好物だった。でも、いつも好きな時に食べさせてもらっていたわけではなかった。〝お母さん〟や〝お父さん〟は、何か特別なことがある時でなければ買ってくれなかった。

でも、今日は食べてもいい日だと思う。死んだ〝お母さん〟と、〝お父さん〟も、許してくれるだろう。

だが萌子は、ただこのアイスクリームを食べたかっただけでわがままをいったわけではなかった。他にも、理由があった。ひとつは、自分がいまどこにいるのか。少しでもその情報を得るためだ。

萌子がアイスクリームが食べたいといったのは、柱の古い時計で午後七時を少し回った頃だった。その後、大人たちはしばらく何かを話していたが、三〇分ほどして舞子が家を出て行った。そして午後九時を少し回った頃、アイスクリームの入ったコンビニの袋——デイリーヤマザキ——の袋を提げて帰ってきた。

舞子が留守をしていたのは、約一時間半。つまり、品物を探す時間を除いても、車で片道三〇分以内にはコンビニもないような山の中に自分は監禁されているということだ。

もうひとつは、時間稼ぎだ。萌子は自分のパソコンと二人の友達の携帯の三カ所に、助けを求めるメールを送った。ここの場所の前に監禁されていた山荘には、いろんなところに自分の痕跡も残してきた。少しでも時間が稼げれば、誰かが気が付き、それだけ自分が助かる可能性は高くなる。

〝お父さん〟は、いっていた。どんな時でも、絶対に諦めるなと。最後まで自分の力を信じて、生き残る方法を見つけろと――。

萌子は、アイスクリームを食べた。美味しい。そして少し離れた囲炉裏端で、声を潜めながら話し合う大人たちを観察する。

何かを深刻な様子で話しながら時折、萌子の方を見る。やはり、萌子が自分が資料を持っているといったことが問題になっているらしい。

それはそうだろう。あの〝資料〟が何なのかは、中学生の自分でもわかる。

あの人たちには、あの奇妙な資料が必要なのだ。たとえ、人を殺しても。子供を誘拐しても。この山の中で、ハーゲンダッツのアイスクリームを探してくるほどに。

時折、断片的に、大人たちの声が聞こえてくる。

――あの子のいっていることは本当なのか――。

――まさか――。

――それなら〝カウボーイ〟が持ってるのは何なんだ――。

――〝囮〟か――。

――両方、本物ということも考えられるだろう――。

萌子はそ知らぬ顔をして耳を傾けていた。面白かった。

最初に萌子が〝資料〟を持っているといった時、長野という警察官に根掘り葉掘り訊かれた。萌子が見たのはどんな資料なのか説明しろといわれたので、覚えている限りの会社名や政治家の名前、金額などを並べ立ててみた。それを聞いていた大人たちの表情から血の気が引いていく様子を思い出すと、思わず笑みがこぼれそうになる。

アイスクリームの最後のひと口を食べ終え、冷たくなった両手を炬燵の中に入れた。大人たちは、まだ真剣な顔で話し合っている。その様子が、おかしい……。

しばらくすると、舞子が萌子の方に歩いてきた。

「萌子ちゃん、ちょっと訊きたいことがあるんだけど……」

萌子の向かいの炬燵に入り、強張った笑いを作る。

「なあに？」

萌子が小首を傾げる。

「さっき聞いた話。萌子ちゃんのパソコンに入ってる〝資料〟のことよ。それは、本当にあるのね」

萌子が、こくりと頷く。

「あるわよ。見たもん。だからさっき、書いてあったことを教えてあげたでしょう」

舞子がまた、強張った笑いを浮かべる。

「でも……もし私たちのパソコンから萌子ちゃんのパソコンにアクセスしたら、〝わかっちゃう〟わよね」

「〝わかっちゃう〟って？」

萌子が首を傾げる。

「だから、その……」舞子の表情が、苛立つ。「つまり、警察によ。もし萌子ちゃんのパソコンを警察の人が見たら、この場所がわかっちゃうんじゃないかということ……」

「そんなことないよ……」萌子が、おかしそうに笑う。「私のパソコンは、何重にもセキュリティが掛けてあるもん。警察の人が見ても、セキュリティは解除できないの。専門家の人がパスワードを探そうとしても、何日も掛かるわ」

「それなら、〝安全〟なの？」

「安全よ。もし警察の人が私のパソコンを持ってて、中の情報を見ようとしても、セキュリティの解除には三日か四日は掛かると思う。それまでに、ここを逃げればいいじゃない。それでも心配なら、どこかのネットカフェのパソコンを使ってもいいし……」

萌子にそういわれて、舞子が複雑な顔をした。

「それで、もしそれをやるとして……」

舞子が、溜息をつく。

「うん……やるとしたら？」

萌子が訊いた。

「私たちは、見てていいのかしら。つまり、あなたの後ろで……」

「もちろん、いいわよ。私が後ろで見ていて、お姉さんにやり方を教えてあげてもいいし……」

萌子が笑う。

「そうすれば、本当に消すことができるのね、その……資料を……」

「できるわ。こっちのパソコンに移すこともできるし、もちろん、何の痕跡も残さずに消してしまうことも……」

「ちょっと待っててね」

舞子がそういって、また囲炉裏の方に戻っていった。

三人が、また小声で話しはじめた。萌子は、その様子がおかしかった。だが、結局は、萌子の思いどおりになるような気がする。

その時、舞子の携帯が鳴った。横の長野が頷き、電話に出た。

誰からだろう……。

カウボーイは、イリジウムの衛星携帯電話から聞こえてくるセイレーンの言葉に耳を傾けていた。

相手は、淡々と話している。だが、その言葉の端々から、僅かな異変を探り取る。そして、自分がいま、何をすべきなのかを考える。

電話を切った。カウボーイは静かに、リクライニングで背もたれを倒したアウディＡ４のシートに体を横たえる。

残った右目を閉じる。左目を失っても、まだひとつ目が残っていることに奇妙な快感を覚えた。自分はまだ、死んでいない……。

頭の中で、もう一度セイレーンの言葉を反芻する。

彼女は、「アイテムを〝本物〟かどうか確認しろ」といった。だが、最初の契約では、アイテムの中身は絶対に見てはならないことになっていた。もし見れば、次は自分が狙われることになるだろう。

さらにカウボーイは、自分の現在地と共に、許可があれば一〇分以内に指定された地点に入ることを告げた。これに対してセイレーンは「それは無理ね」と否定し、さらに「私たちは動きが取れなくなっているので、そこには行けない……」といった。

カウボーイの質問に対する答えにはなっていない。やはり、どこかおかしい。近くに話の内容を知られたくない〝誰か〟がいるだけでなく、何か不測の事態が起きているのだ。

クライアントに、忠誠を尽すつもりなどはない。ただ、ルールとして、仕事をした分のギャランティを受け取らなくてはならないだけだ。

カウボーイは、右目を開けた。ゆっくりと体を起こし、車から降りる。

車は、深い森の中の林道に駐まっていた。カウボーイはトランクを開け、黒いタートルネックのセーターの上に迷彩のパーカーを着た。ニット帽で頭に巻かれた包帯を押えるように被り、重いリュックを背負う。リュックの中には、米軍のC4プラスチック爆弾と信管ケース、イリジウムに対応するIED起爆装置が入っている。

さらにカウボーイは、ペリカン製のライフルケースを開けた。中には口径30-06、トリジコン社製ライフルスコープを装着したレミントンM700が一丁、入っていた。これは暗殺用の単発のトンプソン・コンテンダーとは違う。射程距離七〇〇メートル以上、装弾数六発の狙撃用バトルライフルだ。

カウボーイは迷彩のファイバーストックで軽量化したレミントンM700を肩に担ぎ、30-06の実砲を三ダース、パーカーのポケットに入れた。トランクを閉じ、車をロックする。LEDライトのスイッチを入れ、暗い森の中に分け入った。

獣道のような細い道を歩き、やがて断崖の上に出た。目の前に深い渓があり、下に川が流れている。渓には車一台がやっと通れるほどの吊橋が掛かっていた。

対岸には、古い合掌造りの家が、二棟見える。一軒には明かりが灯っているが、もう一軒には人のいる気配がない。カウボーイがいる岩場から二棟の家までは、目測で約六〇〇メートルほどあるだろうか。確率は高くないが、狙えない距離ではない。

二棟の家の背後は森に囲まれ、その先には山が迫っている。他に、道はない。問題は、あの吊橋をどうするかだ。

カウボーイは深い闇の中に、静かに沈み込んだ。

9

車は白山(はくさん)街道——国道一五七号線——を金沢に向かっていた。

運転は、室井智に替わっている。田臥健吾は電池が切れたロボットのように、助手席で眠りを貪っていた。

「これから、どうするんですか……」

後部座席の笠原が訊いた。

「どうするといっても……。とりあえず金沢に戻って、石川県警と合流して次の情報を待つしかないだろうな……」

室井が、静かな口調で答える。スカイラインの覆面も、それまでとは打って変わってトンネルの連続する手取湖畔の道をゆっくりと走っていた。

「梅田代議士の方はどうなりましたか。何か連絡は……」

室井の耳にはイヤホンが付いていて、無線で様々な情報が入ってきている。だが、その音声は、笠原には聞き取れない。

「本庁の方が任意で聴取しているので、そのうちに何かわかるかもしれないけどね……。しかし相手は代議士だから、あまり強くは叩けないからなぁ……」

室井の言動は、頼りないほどにのんびりしていた。

笠原は、苛立っていた。萌子は、まだ生きているのか。もし無事だとしても、こうしている間にも命が危険にさらされているのだ。

「あれ以来、萌子からは何も連絡が入っていませんか」

笠原にいわれ、室井が田臥が眠ったまま抱えているＭａｃのコンピューターを確認した。

「何もメールは入っていないみたいだなあ……。まあ、焦っても仕方ないさ……」

室井が運転をしながら、おっとりといった。


同じ頃、萌子は別のウィンドウズのコンピューターに向かっていた。

ウィンドウズに触れるのは久し振りだったが、操作には特に問題はない。後ろでは板倉、長野、舞子の三人が、萌子のやることを固唾を呑んで見守っていた。

萌子の指先が、まるで魔法のような速度でキーボードの上を動く。その動きを何度見ても、萌子が打ち込む暗証コードは三人の大人たちに憶えられないだろう。さらに萌子は自分のコンピューターのメールアドレスを打ち込み、一度息を吐いた。

「最初に、空メールを送るの。そうすると自動的にURLが送られてくるから、それをクリックして、もう一度別の暗証コードを入れて開くの。そうすると、〝資料〟が見られるようになってるの。やっていいかしら……」

三人の大人たちが、萌子の後ろで顔を見合わせる。

「やってくれ……」

板倉がいった。全員が息を呑んで、見守る。萌子の指先がまたキーボードの上を、素早く動く。

「メールを送信するわね……」

萌子がいった。

送信。そして、受信。さらに長くて複雑な暗証コードを打ち込む。

「あとは〝実行〟をクリックするだけ。そうすれば〝資料〟が見られるわ……」

萌子が振り返り、コンピューターの前から立った。

舞子がマウスを手にし、他の二人の顔色を見る。頷き、〝実行〟をクリックした。ディスプレイが切り替わり、画面に表のようなものが表示された。

「これだ……」

三人の顔が、画面に引き寄せられた。

萌子はその様子を、冷静な目で見つめていた。

いまならば、この三人を破滅させてやることができる。

勝った……。


「いま……何時ごろだ……」

田臥の鼾が止まり、寝言のようにいった。

「もう、一〇時を回ってますよ。よく寝ましたね……」

室井が運転しながら、皮肉まじりにいった。

「うるさい。三〇分ほど寝ただけだ……」田臥がそういって、大きなあくびをした。「それで、〝本社〟の方からは何かいってきたか」

「いいえ、まだ何も。梅田は板倉に別荘を貸しただけで、本当に何も知らないのかもしれませんね……」

「ここへきて、行き止まりか……」

田臥は何げなく、手にしていた萌子のＭａｃのコンピューターを開いた。

「おい、何か、メールが入ってるぞ。車を停めてくれ」

「えっ、さっき見た時には入ってなかったんだけどな……」

室井が手取川ダムの駐車場に車を入れた。

「メールを開いてみてくれないか」

田臥が後部座席の笠原にコンピューターを手渡す。笠原が受け取り、パスワードを打ち込む。

「何か、空メールが一本入ってますね。アドレス帳に登録のないアドレスからです。そのアドレスに、自動的に一通メールが返信されている……」

「どういうことだ？」

田臥が、ディスプレイを覗き込む。

「わかりません。萌子ちゃんが何か、細工をしたのかもしれない。その返信メールにＵＲＬが含まれているんですが、それがパスワードがないと開けないようになっている……」

「ああ、ややこしいな。だからコンピューターって奴は苦手なんだよ……」

室井が溜息をつく。

「ただ、ひとつだけ確かなことがありますね。この最初の空メールを送ってきたのは萌子ちゃんでしょう。つまり、彼女は無事に生きている……」

「先方のメールアドレスはどうだ。登録があれば、相手がわかるはずだ」

「もしまた架空名義のアドレスでも、どこかのＷｉ－Ｆｉを経由していれば位置を特定できるかもしれないな。やってみますか……」

室井が自分の携帯にメールアドレスを添付し、本文を作成する。それを警察庁公安〝サクラ〟の本部宛に送った。

「何と指示したんだ？」

田臥が訊いた。

「人命が懸かっているから〝大至急〟発信元を確認しろといっておきました。何か、引っ掛かってくるといいんですが……」

車を、走らせた。暗い国道に出て、金沢方面に向かう。対向車は、ほとんど走ってこない。手取川第二ダムの標識を過ぎ、瀬戸野（せとの）の交差点を過ぎたその時だった。室井の携帯の、メールの着信音が鳴った。

「来ましたよ。早いな……」

室井が車を寄せ、メールを確認する。

「どうだ。何か、わかったか」

「ビンゴ！　メールアドレスの登録は架空名義みたいですが、メールの発信地点は特定できたみたいですね……」

「どこだ」

「白川郷です……」

「白川郷だって?」

目の前の交差点の上に、標識が掛かっていた。直進すれば野々市(ののいち)、金沢方面。信号を右折すれば、白山スーパー林道を経て〝白川郷〟の文字が見えた。


萌子は大人たちの様子を見守っていた。

三人共、ディスプレイに表示されたつまらない〝資料〟に夢中になっていた。

いまならば裏口からそっと逃げ出しても、誰も気が付かないかもしれない……。

でも、外は暗くて寒い。殺されたツネヨシの幽霊が出るかもしれないから、怖いし。寒いのも、怖いのも嫌だ。

大人たちが、話し合っている。何を話してるのだろう。そのうちに舞子が、萌子の方にやってきた。

「ねえ、萌子ちゃん……ちょっと、教えてくれるかしら……」

声が優しく、少し震えていた。

「なあに?」

萌子が、小首を傾げる。

「〝資料〟を見せてくれて、ありがとう。それで、もうひとつの約束。ちゃんと、やってくれるわよね……」

舞子の口元が、引き攣るように笑う。

「約束って、何だっけ？」

萌子が焦らすようにいった。

「ほら、あの〝資料〟……消してくれるっていったでしょう……」

「そうだったかしら……」

「焦らさないで」

「わかったわ。やってあげる……」

萌子が立ち、またコンピューターの前に座った。一〇本の指がキーボードを素早く叩き、ディスプレイの上にアルファベットと数字がランダムに並んでいく。さらにマウスポインタが画面の中を生き物のように動き、ディスプレイの上に現れる奇妙なアイコンを次々とクリックしていく。

萌子が振り返った。

「準備ができたわ……」

大人たちが、顔を見合わせる。

「準備って？」

「だから……あの〝資料〟を消す準備よ。あとは、ディスプレイの真中に爆弾のマークがあるでしょう。そのアイコンをクリックするだけ。そうすると〝資料〟が爆発して消えるの

「……」

「本当に？」

「そうよ。お姉さんがやってみて。私は、見てるから」

舞子が後ろから手を伸ばし、マウスを持った。板倉と、長野が見守る。マウスポインタが動き、爆弾のアイコンをクリックした。

――Ｂｏｍｂ！　Ｂｏｍｂ！　Ｂｏｍｂ！――

ディスプレイの中に文字と炎の画像が広がり、やがて中央に大きなドクロのマークが浮かんだ。萌子はその瞬間を楽しそうに、笑いながら見ていた。

最高の、演出。これで完全に、勝った！

「これで……本当に終わったのね」

舞子が訊いた。

「ちょっと待ってね。いま、確かめてみるから……」

萌子がまたキーワードを打ち込み、アイコンをクリックする。だが、画面に、消去したはずの〝資料〟の一ページ目が表示された。

「おかしいな……消えてないわ。間違えちゃったみたい……」

萌子が大人たちに振り向き、悪戯っぽく笑った。

10

週刊『セブンデイズ』の副編集長、加藤閏は、今日も飲んでいた。

打ち合わせがわりに飯を食った後で、いつもの新宿のピアノバーに寄った。カウンターに座り、ピアノの演奏を聴きながら、ニッカの『竹鶴』の薄い水割のグラスを傾けていた。

時計を見た。まだ、一〇時半だった。あと一時間は、飲んでいたかった。あまり早く家に帰ると、妻の恵美子(えみこ)が起きている。無駄に顔を合わして、不必要な危機を招く必要はない。

そう思ったところに、携帯がメールを着信した。

校了明けの夜のこんな時間に、誰だろう……。

メールを開く。編集部の久保田(くぼた)という若手記者からだった。

〈――お疲れ様です。

実はいま、編集部のアドレスに変なメールが入ってきまして、どうしようかと。タイトルが「笠原武大の機密資料」となっていまして、本文の方に原発関連の企業名や二〇人以上の政治家の名前、とんでもない額の金の流れが書き込まれた表のようなものが添付されているんですが――〉

加藤が突然、椅子から立った。

「ママさん、帰る。いつものように伝票は社の方に回して。よろしく！」

「ちょっと加藤さん、いきなりどうしたの……」

だが加藤は、振り切るように店を飛び出し、エレベーターに乗った。携帯で、編集部に電話を入れた。

「ああ、加藤だ。いま編集部に、誰が残ってる？　お前だけか……。わかった。とにかく、デスクの太田を呼び出せ。おれは、編集長に連絡する。これから社に戻るから、帰らずに待っててくれ……」

電話で話しながらエレベーターを降り、目の前の区役所通りに出てタクシーを止めた。


同時刻──。

まったく同じようなことが、東京を中心とするマスコミの各社で起こっていた。

『毎朝新聞社』の社会部デスク宮内要は、メールで送られてきたばかりの奇妙な資料をプリントアウトし、見入っていた。

いったいこの資料は、何だ……。

タイトルにある〝笠原武大〟という名前は、知っている。つい先日、千葉刑務所を脱獄した殺人犯だ。基本的なデータは、すでに社会部でも把握している。元経済産業省の役人。省内では原発事業関連を担当。先日〝自殺〟した日本原子力研究機構理事の井上光明の元部下で、原発絡みの贈収賄では、再三その名前が浮上していた男だ。しかも二年前の妻殺しは、内部告発の代償として〝嵌められた〟という噂まであった。

しかも、この添付されている〝資料〟だ。これに載っている企業名、いわゆる〝原子力村〟の国会議員、そして莫大な裏金の流れ。すべて、こちらが持っているデータと矛盾していない。

時計を見た。一〇時三五分。朝刊の校了まで、まだ時間はある。

「一段くらいで、やってみるか……」

宮内はプリントアウトした資料を手に、編集長のデスクへと向かった。

午後一〇時五五分からの『JKTVニュース』のスタジオでは、本番まで約二〇分を残して当日のニュース原稿の読み合わせもほとんど終わっていた。キャスターの横尾正史がひと息つき、ペアを組む女子アナウンサーの元村加代子と二人で最後の打ち合わせに入っていた。

そこにディレクターの徳田逸郎が、とんでもないニュースを持ち込んできた。

「〝本物〟なのか……」

「代議士の名前は、すべて実名ですね……」

「ここに上がってる一一社の社名を含めて、すべて我々がこれまでに調べてきたことと内容が一致してるんですよね……」

匿名で送られてきたメールをプリントアウトした〝資料〟を前にし、プロデューサーの福田義則を含めた四人の間でそんな会話があった。

「まさか、政治家の実名を出すわけにはいかないしな……」

「いまの時点では、企業名も伏せておかないと……」

「しかし、この金額については問題ないだろう。A社からある政治家に、株のインサイダー取引に乗じて二〇億円が渡った、という表現なら……」

「うちがやらなくても、どうせ二三時三〇分からのFTNでやるだろう。あちらさんにも、同じ匿名のメールが入ってるはずだ。もし先に〝抜かれ〟たら、うちの面目が潰れる……」

「それならスポーツコーナーの後で二三時二五分くらいから、二〇秒枠くらいで〝抜いて〟やりますか。それまでには映像をはめ込んで、原稿も上がりますから……」

この日の夜、日本じゅうのマスコミが一斉に動き出した。

11

ヘッドライトに浮かぶ夜の山道の風景が、横に歪むように流れる。

闇の中に、高回転で回るエンジン音が唸る。

シートの下からは、タイヤがグリップを失い、サスペンションが突き上げる不快な振動が伝わってくる。

ここ数日間で、幾度となく味わった現実離れした感覚。だが有美子は、不思議なほど恐いとは思わなかった。左手でテディベアを抱き、右手で笠原の手を握っている。

フロントシートでは、二人の警察官が大声で言葉を交わしていた。

「県警は。岐阜県警は何といってる？」

「所轄の高山警察の方から、何台か現場に向かったそうです」

「〝何台〟というのは、〝何〟が何台だ。人数は。こちらと現着はどちらが早い」

「わかりません。山の中で、携帯も無線も電波が途切れる……あ、いま無線が入りました」

「どうなった？」

「現着予定時刻は……〇時三〇分。ナビを見ると、こちらよりも高山署の方が二〇分ほど早く現着します。車輌は三台……人数は八名……」

「足りない。ヘリを出せ。そう伝えろ！」

運転席の田臥という警察官が、さらにアクセルを踏み込んだ。車が、不自然な動きで横を向く。有美子はその光景を、まるで映画でも観るようにぼんやりと見守っていた。

「いま……奇妙な情報が入ってきました……。あれ、どういうことなんだろうな……」

助手席の室井という警察官が、無線のヘッドホンに耳を傾ける。

「どうした。何が起きた！」

「いや、よくわからないんですが、深夜のニュース番組でマスコミが大騒ぎしているそうなんです。日本原子力研究機構に関連して、株のインサイダー取引を通じて政界に数百億の金が流れたとか……。今夜、マスコミ全社に贈収賄を告発する怪文書が一斉に送られてきたとか……」

「何だと。いったいそれは、どういうことなんだ」

「萌子だ……」有美子の手を握りながら、笠原が呟くようにいった。「萌子が、例の資料をばら撒いたんだ……」

ヘッドライトの光の中に、林道の白いガードレールの影が流れていく。

12

三人の大人の目は、脅えていた。

萌子は俯き、叱られた子供のように——確かに萌子はまだ子供だった——上目遣いに三人を見た。

「ごめんなさい……」

だが、心の中ではおかしくて仕方がなかった。

「ねえ……萌子ちゃん。どうやったらあの〝資料〟を消せるの？　お願いだから、教えてちょうだい」

舞子がいった。板倉と長野も、不安そうな目で萌子を見つめている。

「私にも、わからないの……。やり方は間違っていないはずなんだけど……。もしかしたら、ウィンドウズとＭａｃの相性が悪いのかも。私のは、Ｍａｃだから……」

萌子が、消え入るような声でいった。だが、心の中では笑うのを我慢していた。どうせ、もう遅い。あの〝資料〟は、新聞社やテレビ局に送られちゃったのだから。でも大人たちは、何も気付いていない。

「ねえ……萌子ちゃん……」

「何？」

「もしMａｃのコンピューターがあったら、消せるの？」

「うん」萌子がこくりと頷く。「Mａｃがあればできると思う。でも、ここにはないでしょう……」

大人たちが、何かの相談をはじめた。萌子から少し離れ、こちらに聞こえないように小声で話している。その様子が、東京から輪島に転校してきた時に地元の子供たちが萌子を仲間外れにした時の様子に似ていて、ちょっとおかしかった。

舞子が、戻ってきた。

「ねえ、萌子ちゃん。ひとつ、良い方法があるの」

「何？」

萌子が小首を傾げる。

「いまから大きな町に行って、二四時間営業のネットカフェを見つけましょう。それならば、Mａｃのパソコンもあると思うの。そうしたら……」

萌子が、こくりと頷く。

「そうしたら、うまく行くと思うわ」

しめた。これで、逃げるチャンスができる……。

だがその時、奇妙な音が聞こえてきた。

一瞬、大人たちの表情が固まる。ヘリコプターの音、だ……。

長野が立ち、家から出た。外で、暗い空を見上げる。その姿が、上空からのスポットライトの光に照らし出された。

「まずい。県警のヘリだ！」

慌てて家の中に戻り、戸を閉めた。

板倉と舞子が、萌子を振り返る。そして鬼のような形相でいった。

「萌子ちゃん、あなたいったい、何をしたの……」

まずい、バレちゃった……。

萌子が首をすくめた。

カウボーイは、岩に同化するように潜んでいた。

息を潜め、気配を殺している。モルヒネが効いているせいか、いまはもう左目を含む顔の半分を失った傷もあまり痛まない。

だが、神経は剃刀(かみそり)のように研ぎすまされていた。耳は枯れ葉の落ちる音や地中の虫の気配まで聞き分け、鼻は大気のかすかな変化を分析し、ひとつ残った右目は周囲で起きるすべての出来事を冷静に観察していた。

いまもカウボーイの右目の視界の中で、異変が起きていた。深い渓を挟んだ対岸の合掌造りの家の影の上空に、一機の小型ヘリコプターがホバリングしている。エンジン音と、月明かりの中でかすかに見えるカラーリングから岐阜県警のヘリであることがわかる。ヘリからはスポットライトの強い光軸が伸び、地上の合掌造りの家を照らしている。

さらにカウボーイの右耳は、右背後から迫る別のかすかなエンジン音を捉えた。振り返る。深い渓に沿った道を、三台の車がゆっくりと進んでくるのが見えた。バンが一台に、セダンが二台。サイレンは鳴らしていないが、道路脇の水銀灯の下を通過した時に警察車輌であることがわかった。

まだ、かなり距離がある。

イリジウムの携帯電話が鳴った。

番号を確認する。クライアントからの連絡だった。カウボーイは電話を繋ぎ、イリジウムを耳に当てた。

「〝カウボーイ〟だ……」

クライアントの声が聞こえてくる。指示を、すべて聞いた。その間、僅か一五秒。最後にひと言、いった。

「すべて、了解した。これから〝敵〟を排除する」

電話を切り、イリジウムを置いた。レミントンM700ライフルを、握る。トリジコン社製ライフルスコープを合掌造りの家の上空でホバリングする警察ヘリに向け、照準を合わせた。

距離は、約六〇〇メートル。だがこれだけ大きな標的を、外すわけがない。

――南無阿弥陀仏……南無阿弥陀仏……南無阿弥陀仏――。

トリガーを引いた。

一発！

さらにボルトを操作し、一発！

感触で、エンジンのあたりに二発着弾したのがわかった。だが、ヘリは落ちなかった。攻撃から逃げるように急上昇し、大きく旋回して対岸の尾根の方に飛び去った。

同時に背後から、サイレンの音が聞こえた。こちらに向かってくる三台の警察車輛の屋根の上で、赤色灯が回転した。サイレンと赤い光は一度カウボーイの背後の岩陰に隠れ、しばらくして道の反対側に現れた。対岸の合掌造りの家に渡る、吊り橋の方に向かっていく。

カウボーイはライフルを置き、イリジウムの携帯電話を手にした。番号をプッシュし、橋のアンカレイジに仕掛けたＣ４プラスチック爆弾に連動するＩＥＤ起爆装置のパスワードを入力した。

――南無阿弥陀仏……南無阿弥陀仏……南無阿弥陀仏――。

警察車輛が、橋を渡りはじめるのを待った。渓沿いの県道を右折し、橋に向かっていく。

そして先頭の車輛が橋に差し掛かり、アンカレイジの上を通過した所で〝Ｃａｌｌ〟ボタンを押した。

山を揺るがすほどの轟音が響き渡った。

渓が一瞬のうちに巨大な炎に包まれ、周囲の山肌までが赤く染まった。その炎の中に、千切れた橋の残骸と三台の警察車輌が落ちていくのが見えた。

カウボーイの口元が、かすかに笑った。

13

田臥健吾はまだ薄暗い光の中で、渓の対岸の風景を見つめていた。

切り立つ山の手前に、合掌造りの民家が二軒。どちらの窓にも、明かりは灯っていない。背後の山の稜線が、白々と明るくなりはじめていた。

この一件に係わって、何度目の夜明けになるだろう。だが、夜明けはこれが最後だ。今夜こそ、温かいベッドでゆっくりと眠ってやる。

眼下の渓には、無数の投光器の光が交錯していた。その光の中で、県警や消防の何人もの捜索隊の影が蠢(うごめ)いている。

渓を見下ろしながら、田臥は前日の朝の光景とオーバーラップさせていた。だが、今回はあまりにも被害は甚大だ。吊り橋と共に渓底に落下した県警の車輌は、三台。その車輌に乗っていた警察官は、八名。現在までのところ五名の遺体が発見され、三名が行方不明となっている。だが、おそらく、全員絶望だろう。

田臥は、ついいましがた県警の捜査主任から聞いた説明を頭の中で反芻していた。

対岸に見える集落は、すでに五年前には廃村になっている。集落へ向かう車道は爆破された古い吊り橋が一本だけで、いまは完全に陸の孤島になっている。徒歩で現場に向かうには白川郷側から帰雲山の大政峠を越えて七キロ以上の険しい山道を行くか、東の飛騨市側から御前岳の三ノ谷を渡って行くしか方法はない。

しかもヘリで上空を飛べば、ライフルで狙われる。県警も狙撃隊を配備しているが、敵の位置がわからない。これでは、手も足も出ない。

せめて、相手のライフルの位置さえ確認できれば……。

田臥が、傍らの室井に訊いた。

「まだ、板倉の方からは何もいってこないのか」

「まだ、何も。こちらからは連絡する手立てがないんで、一応、例のメールアドレスにメールだけは入れてるんですがね……」

県警の拡声器が、しきりに対岸の〝犯人〟グループに投降を呼び掛けている。だが、相手が板倉と長野なのかどうか。笠原萌子が、無事なのかどうか。そもそも、あの民家の中に誰かがいるのかどうか。現段階では、何も確認できていない。

「笠原は、どうしている」

田臥が訊いた。

「車の中にいますよ。彼女と一緒に」

「何か、いってたか」

「奇妙なことをいってましたね。自分なら、一人で娘を助けることができると……」

「一人で？　どのくらい前の話だ？」

「三〇分くらい前かな……」

「ちょっと、一緒に来てくれ」

田臥は、自分たちが乗ってきたスカイラインの覆面の方に走った。道路脇に、県警の警察車輛が一列に並んでいる。その最後尾のスカイラインの前に立ち、リアドアを開けた。

塚間有美子が、毛布に包まって眠っていた。だが、笠原の姿が見えない……。

「おい、君。起きてくれ。笠原はどうした。どこに行ったんだ」

肩を揺すりながら、訊いた。

有美子がゆっくりと目を開け、ぼんやりとした顔であたりを見た。

「どうしたんだろう……。私が眠るまではいたんですけど……」

田臥が室井を振り返った。

「まずいな……」

「あいつ、どこに消えたんだ……」

轟音！

その時、一発の銃声が、夜明けの渓の静寂を破った。

笠原武大は、対岸の岩壁にいた。

渓に下りて上流の岩伝いに川を渡り、すでに地上から一五メートルの中腹まで登っていた。この直立する岩の壁は、命綱なしでは消防のレスキューでも登れないだろう。だが、命さえ惜しまなければ、登れない岩ではない。

体を振り、右のエッジに指先を掛けた。上腕の筋肉が張りつめ、体を引き上げる。次のホールドを探そうとした時に、頭のすぐ上の岩肌が破裂するように砕け散った。

直後に、ライフルの銃声が聞こえた。

誰かに、狙われている。だが、笠原は怯まなかった。頭上のエッジに向けて傷ついた左手を伸ばし、体を引き上げる。

直後に脇腹を掠めるように二発目が着弾し、銃声が鳴った。

カウボーイは、トリジコンのライフルスコープの狭い視界を見つめていた。

一〇倍に拡大された視界は、ちょっとした風でも大きく揺れる。その画面の中に、対岸の岩盤にへばり付く人影を捉えていた。

距離は、約七〇〇メートル。カウボーイの位置からは左斜め前方で、すぐ目の前に張り出す松の木の枝で狙いにくい。

だが、カウボーイには、それが誰だかすぐにわかった。あの男……〝アダム〟だ。

奴は、生きていたのか。だが、今度こそ仕留めてやる。

カウボーイはM700ライフルのボルトを操作して三発目の銃弾を装塡し、スコープの照準を合わせた。

――南無阿弥陀仏……南無阿弥陀仏……南無阿弥陀仏――。


渓に、三発目の銃声が鳴った。

「いったい、どこから撃ってるんだ!」

田臥は渓に沿って走りながら、まだ夜が明け切らない渓を見渡した。

「対岸からじゃない。こちら側から撃ってるんだ。笠原を狙っている!」

室井が、叫ぶ。

二人はすでに、対岸の岩壁を登る笠原の姿を確認していた。その笠原が、銃声と同時に奇妙な動きをする。近くに、着弾しているようだ。

「あいつ、何であんな無茶なことを……」

このままでは笠原が、殺られる。

その時、対岸の山の稜線に太陽が顔を出した。朝日が瞬時のうちに渓に広がり、風景を染め上げていく。

「あそこだ。何か光った!」

室井が、走りながらいった。

「どこだ！」

「あそこです。前方、視線より約一〇度上。約五〇〇メートル先の岩壁です。あの松の木の裏です！」

田臥は走りながら、遥か前方の岩壁から突き出す松の木を注視した。どこだ。あれだ。確かに、何かが光った。

「見えた。あれだ！」

同時に、四発目の銃声が聞こえた。

笠原を、見た。岩壁にしがみつく笠原の体が、まるで電線に絡まる凧のように大きく揺れた。

萌子は、銃声を聞いた。

全部で、四発……。

理屈ではなく、直感的に〝お父さん〟が狙われているのだと思った。

だが、身動きが取れない。長野の左腕で、首を絞めるように抱え込まれていた。もう一方の手に握られた銃が、萌子の目の前にあった。

「長野、馬鹿な真似はよせ。いま、政治的な力のある人間と交渉している。話がまとまれば、ここを出られる」

銃で狙われている板倉がいった。

「気休めはやめましょう。もう、ただの経済事件じゃないんだ。あんたらは、この娘を誘拐した。何人もの警察官を殺した。ここまで泥沼に足を踏み入れたら、もう〝政治的な力〟なんて無意味なんですよ……」

「それならば、どうするつもりなんだ」

「だから、前にもいったでしょう。私は、職務を遂行するだけだ。誘拐された笠原の娘を、助けに来ただけだ……」

「いまの日本の警察にそんな言い訳が通用しないことは、警察庁の役人のお前が一番よく知っているはずだ。違うか」

萌子は、板倉と長野の会話を冷静に聞いていた。

もし長野が板倉と舞子を射てば、次は自分が殺される。この悪い流れを変えるには、何か決定的な要因が必要だ。だが、何も思い浮かばない……。

萌子は、心の中で叫んだ。

——〝お父さん〟、助けて——

笠原は、両手の指先だけで全体重を支えていた。

激痛に、顔を歪める。左足の大腿部に、着弾した。両足に、力が入らない……。

だが、その時、頭の中で萌子の声を聞いたような気がした。

——〝お父さん〟、助けて——。

笠原は息を整え、また岩壁を登りはじめた。

「狙撃手!」

田臥は走りながら、県警機動隊の狙撃手に向かって叫んだ。

バンの陰から対岸の民家を狙っていた狙撃手が、慌てて立ち上がる。

「何でしょう」

「あの松の木の陰に、人がいる。見えるか」

田臥がそういって、約五〇〇メートル先の岩壁から生える松の木を指さした。横にいた観測手が、観測用テレスコープを目標に向ける。

「何か、見えますね……。人だな……」

「私にも、見えます」

狙撃手がいった。

「あれが、敵のスナイパーだ。いま対岸の岩壁を登っている、あの男を狙っている」

「どうしますか」

「標的を、射殺しろ」

「わかりました」

狙撃手が、射台の方角を調整する。その上に横になり、標的に向けて照準を合わせる。横で観測手が、標的までの距離と風向き、風速などの指示を出す。

第一弾、発射！

渓に、轟音が鳴り響いた。

「的失！　左下三〇度、六〇センチ！」

観測手がテレスコープを覗きながらいった。

狙撃手がボルトを操作して次弾を装填し、再度、照準を合わせる。

だが、次の瞬間だった。田臥の目の前で狙撃手の後頭部から血飛沫が噴き出し、体が崩れるように飛んだ。


カウボーイは、スコープの中の光景にうっとりと見惚れていた。

――南無阿弥陀仏……南無阿弥陀仏……南無阿弥陀仏――。

自分の愛銃から放たれた銃弾が確実に〝標的〟の頭部を射抜き、倒した。いまはその周囲を、他の警察官たちが混乱した蟻の群れのように右往左往している。

慌てるがいい。そして、恐れよ。その気になればお前たちなど、全滅させてやることもできる。

カウボーイは次弾をチャンバーに送り込み、対岸の岩壁にしがみつく〝アダム〟に照準を合わせた。

間もなく奴は、岩陰から出てくる。光の当る場所に、姿を現す。

次の一弾で、確実に仕留められる。

田臥は、県警のバンの中に運ばれていく若い狙撃手の姿を呆然と見ていた。消防隊員が手を貸し、胸を開いて蘇生措置を試みる。だが、無駄なことは誰の目にも明らかだ。あたりには、彼の脳の大半が撒き散らされている。

田臥は地面から、血で汚れたライフルを拾い上げた。豊和工業製のM1500ボルトアクションライフルだった。

良い銃だ。そして田臥が、警察庁に入庁してから最も使い慣れたライフルでもあった。

田臥はその銃を手にしたまま、目の前の木の陰に膝を突いて腰を落とした。

「田臥さん……いったい、何をするつもりなんですか……」

室井が、パトカーの裏に身を隠したまま訊いた。

「奴を、殺す……」

「殺すって……相手は、プロのスナイパーですよ。こっちが殺られる……」

「うるさい。お前は、おれのクワンティコ時代の射撃の腕を忘れたのか。いいからそこのテレスコープを拾って、観測手を務めろ！」

「まったく、もう……勘弁してくださいよ……」

室井がパトカーの裏から這い出し、テレスコープを摑んだ。

田臥は自分のベルトを外し、それを立木に巻き付けた。木とベルトの隙間にライフルの銃身を差し込み、一回転させて固定する。こうすれば銃が跳ね上がることもないし、次の照準を合わせるのも早い。

岩盤と松の木の枝の中に、かすかな人影が見えた。照準が、揺れる。息を吐き、止めた。

トリガーを、絞る。

轟音と共に、右肩に鋭い衝撃が疾る。

だが、外れた。

「左下……約二〇度……。約……五〇センチ……」

パトカーの陰で室井がテレスコープを覗きながら、震える声でいった。

だが、銃の癖はわかった。次弾を装塡し、照準を合わす。

スコープの視界の中で、銃を持った男の影が動いた。ゆっくりと、こちらを向いた。

カウボーイは、スコープの中の標的の姿を捜した。

立木の根元に、銃を持ったスーツ姿の男が一人。あいつだ。

照準のセンターが、男の頭部を捉える。顔が、半分しか見えていない。だがこの距離からならば、30-06の弾丸は立木の幹を貫通する。

——南無阿弥陀仏……南無阿弥陀仏……南無阿弥陀仏——。

息を止めた。指先が、かすかに動いた。

スコープの中で、〝奴〟が笑っている。

田臥には、確かにそう見えた。銃口が、真っ直ぐにこちらを向いている。

だが、逃げるつもりはなかった。田臥もまた、第一弾の誤差を修正して敵を捉えていた。

いま撃てば、当たる……。

敵の銃口が、火を噴いたのがわかった。それより一瞬早く、トリガーを引いた。

渓に、二つの銃声が重なった。次の瞬間に田臥の目の前の立木が炸裂し、意識が飛んだ。


カウボーイは、笑っていた。

笑ったまま顔面に銃弾を受け、残っていた右目と脳の一部が吹き飛んだ。

銃を持った体が大きく揺れ、岩棚からこぼれるように渓に落ちた。重力を感じなくなり、鳥になったような気分がした。

気持いい……。

それが、この世の最後の記憶となった。


笠原は、断崖を登り詰めた。

頂上に体を引き上げようとした瞬間、ほぼ同時に二発の銃声を聞いた。

対岸を振り返った。岩壁に沿って、黒子のような人影が落ちて行くのが見えた。

人影は岩にぶつかり、木の幹に叩きつけられ、回転しながら深い渓に吸い込まれていった。

同じ光景を、対岸の合掌造りの家の窓から長野も見ていた。

それが〝カウボーイ〟のコードネームで呼ばれる男であることを、瞬時の内に理解した。

「どうやら、〝カウボーイ〟が死んだようだ。板倉さん、これであなたのカードは一枚も残っていない。残念ですが……」

長野が左手で萌子を押えながら、SIG P230の銃口を板倉に向けた。

その時、傍らの舞子が動いた。舞子は囲炉裏の中から鉄の長火箸を握り、長野に襲い掛かった。

「シャー！」

舞子が灰を蹴り上げ、飛んだ。瞬間、長野が舞い上がる灰に向けて銃を放った。

銃声！

胸に銃弾を受けた舞子の体が、壊れた人形のように落ちた。だが、その直前に投げた長火箸が、長野の肩に深々と刺さっていた。

民家に向かう小径を疾っている時に、笠原はまた銃声を聞いた。

今度は渓の方からではない。前方の、民家からだ。

萌子……。

笠原は銃弾で撃ち抜かれた大腿部の傷を押え、足を引きずりながら、前方に聳える合掌造りの民家へと急いだ。

民家の前には、三台の車が駐まっていた。国産のバンが一台と、黒いメルセデスの四輪駆動車が一台。さらにシルバーのＢＭＷの大型セダンが一台。バンの後部の陰に、男の死体がひとつころがっていた。

メルセデスのナンバーを見た。

〈――品川３３０　と　××―７７――〉

間違いない。萌子が見た車だ。

この民家の中に萌子が……そして、板倉がいる……。

笠原はよろめきながら民家に近付き、戸の横に壁を背にして立った。中の気配を探る。

銃声！

同時に、男の叫び声が聞こえた。

もう、躊躇する時間はなかった。笠原は軒下の薪に立て掛けてある斧を握った。戸を開け、家の中に飛び込んだ。

不思議と、怪我をした足に痛みは感じなかった。土間から、囲炉裏端に駆け上がる。走りながらスローモーションのように、周囲の情況が見えた。

手前に女が一人、倒れていた。すでに、死んでいる。

囲炉裏の向こうに、男が一人。呆然と笠原の姿を見つめていた。板倉だ。

右の窓辺に、男がもう一人。驚いたように、笠原を振り返った。右手に銃を握っている。

その手首に、萌子が嚙み付いていた。

「萌子！」

叫んだ。

笠原が走りながら、斧を振り上げた。萌子がそれを見て、男を突き放すように飛びのいた。

「やめろ！」

男が、悲鳴にも似た叫び声を上げた。両手で、頭を庇った。笠原はその真上から、斧を振り下した。

「お父さん！」

気が付くと萌子が、笠原の体にしがみついていた。スーツを着た男が壁に寄りかかって震えながら、笠原を見上げている。その頭の上の背後の柱に、黒光りする斧の刃が深々と刺さっていた。

笠原はいつの間にか、手の中に銃を握っていた。その銃を、板倉とスーツを着た男に交互に向けた。

14

早朝の山道に何台もの救急車輛が止まり、赤色灯の光が回転していた。

いまも一台の救急車輌に、ヘリから下ろされた担架がひとつ運び込まれた。担架には顔の上まで、白い布が掛けられていた。

田臥は自分自身も担架の上に乗せられ、救急隊員から額の治療を受けながらその光景を見つめていた。

「しかし、あんたも無茶苦茶な男だよなあ……、とてもIQが一七二もある男のやることだとは思えんよ……」

並んで置かれた担架の上で、やはり撃たれた大腿部の応急処置を受けている笠原にいった。周囲では室井と有美子、そして笠原の娘が二人を心配そうに見守っていた。

「田臥さんこそ。〝カウボーイ〟と正面から撃ち合ったらしいじゃないですか。できれば、私の手で女房と両親の敵を取りたかったが……」

「こっちの台詞だ。あの長野の野郎、あいつだけはおれの手でワッパを掛けてやりたかったんだ……。それじゃあな、お先に……」

先に処置を終えた田臥が、手を振りながら救急車に運び込まれていく。続いて笠原の担架も、別の救急車に乗せられた。

「御家族の方、誰か一名だけ同乗できますよ」

若い救急隊員がいった。

「私が乗る」

萌子がそういって、笠原の後から飛び乗った。それを見ていた有美子が、少し淋しそうな顔をした。

「だいじょうぶ。病院はわかってますから、ぼくが塚間さんを〝覆面〟に乗せていきますよ」

室井が、笑いながらいった。

救急車の後部ドアが、閉まった。サイレンが鳴り、走りだした。笠原の横には萌子が座り、心配そうに見つめながら手を握っていた。

「萌子、ごめんな……」

笠原がいった。

「もう、いいよ。お父さんが何をやりたいのか、私ちゃんとわかってたし……」

萌子が片方の手で、涙を拭った。

「ところで萌子、例の資料をマスコミに散蒔(ばらま)いたのは、お前か」

「うん……」萌子が頷く。「いけなかった？」

「いや、それでいい。しかし、よくあいつらの見張っている目の前でそんなことができたな……」

「簡単よ。いつでもできるように、日本じゅうのマスコミのメールアドレスを調べてセットしておいたの。それであの人たちに私のＭａｃにあの資料が入っていることをわざとばらして、消去してあげるって嘘をついたの。それで〝実行〟をクリックさせて、メールを一斉送信させたの……」

「よく、そんなことを考えついたな」

「当然よ。だって私、お父さんの娘だもん……。ねえ、お父さん……」

「何だ」

「ひとつ、訊きたいことがあるんだけど」

「いいよ。いってごらん」

「あの有美子さんていう女の人、お父さんの〝彼女〟なの?」

萌子が初めて、ちょっと怒ったような顔をした。

解説

細谷正充（書評家）

八〇センチメートル。これは私が愛用している、スチール製本棚の横幅である。今回の解説を書くために本書の単行本を確認しようと、本棚の前に行ったところ、柴田哲孝のコーナーが、二列目に突入していることに気づいた。つまりは単行本だけで、八〇センチの横幅が埋まってしまっているのだ。それだけ順調に作者が、作品を刊行していることの証左といえよう。面白い物語を書き続けているから読まれる。次の作品を求められる。エンターテインメント作家としての充実した活動が、形となって眼前にあるのだ。本書を読めば、その充実ぶりが、はっきりと分かることだろう。

本書『デッドエンド』は、「小説推理」二〇一三年二月号から、翌一四年三月号にかけて連載された。単行本は、二〇一四年五月、双葉社より刊行。物語は、千葉刑務所の中から始まる。

妻を殺した罪により、無期懲役となった笠原武大。東大卒で、経産省の役人から雑誌記者になったという彼は、IQ172の天才である。また、高校時代は陸上部に所属し、一〇〇メートルで全国六位。東京大学では、フリークライミング同好会に入っていた。まさに文武両道の人物なのだ。

そんな知能と運動能力を生かして笠原は、千葉刑務所から脱走する。逃亡中に傷を負い、看護師の塚間有美子の部屋に転がり込むと、たちまち彼女を味方に付けた。有美子を協力者にして、隠していたCDロムを入手した笠原。それを使って何事かをしようとするが、娘の萌子が誘拐されたとのニュースに接し、救出のために能登へ向かう。その萌子は、誘拐犯に捕らわれながら、生き延びるために、父親譲りの頭脳を必死で働かせていた。

一方、なぜか脱獄事件を担当することになった公安の田臥健吾警視は、警察庁が持つ笠原のデータに、アクセスできない部分があったことから、妻殺しに疑問を抱くようになる。笠原が捕まった後、彼の周囲の人々が不審死を遂げていることも、その推理を補強する。過去の事件の真相と、脱獄した笠原の目的は何か。笠原の行動を予想した田臥も、部下の室井智と共に、能登を目指すのだった。

本書の冒頭を読んでいて、これは脱獄物かと期待した。いや、いきなり脱獄物とか書いてしまったが、脱獄を題材にした小説は少ない。すぐに思い出せるものだと、ジャック・フットレルの「十三号独房の問題」、スティーブン・キングの「刑務所のリタ・ヘイワース」、ジャック・フィニィの『完全脱獄』。日本だったら、実在の脱獄王を主人公にした吉村昭の『破獄』と、その程度であろうか。むしろ脱獄物だと、映画の方が多い。『大脱走』『パピヨン』『第十七捕虜収容所』『穴』『アルカトラズからの脱出』『ミッドナイトエクスプレス』『ショーシャンクの空に』（原作は「刑務所のリタ・ヘイワース」）『ブレイクアウト』……。

いや、どれもこれも面白い映画であり、比べてしまうと小説の脱獄物の少なさが引き立ってしまうのである。

そこに本書だ。久しぶりに小説の脱獄物が来たかと、ワクワクしてしまったのである。だが、脱獄そのものは、すぐに成功してしまう。おっと、これからどうなるのかと思ったら、しばらくの間は、物語の方向性がはっきり見えてこない。しかし、妻殺しの汚名を着せられて権力に追われる笠原を、まったく無関係の有美子が助け、恋に落ちる場面に至り、やっと作者の狙いが理解できた。訳ありで追われる主人公と、彼と出会い、助けるうちに恋心を覚えるヒロイン。これは冒険小説によくあるパターンではないか。

などと考えたのは、本書を読み進めていて、ロバート・ラドラムの『暗殺者』を想起したからだ。スケールの大きな冒険小説や謀略小説を得意としたラドラムが、日本でも人気を獲得する契機となった、記念すべき大作である。記憶喪失で発見され、自分の過去を求めるジェイソン・ボーン。彼と出会ったことで、巨大な陰謀の渦に巻き込まれた、カナダ人の女性経済学者マリー・サンジャック。ふたりの冒険を描いた『暗殺者』と、本書の内容は、もちろん違う。でも、魅力的なヒーローと、意思の強いヒロインの活躍に、『暗殺者』と通じ合う、冒険小説ならではの面白さを見出さずにはいられないのだ。

そう、本書は最近の日本では少なくなった、王道の冒険小説なのである。ここが分かると、物語の後半で、フリークライミングをしていた笠原が、必死で断崖をよじ登ることになる展開も納得だ。トレヴェニアンの『アイガー・サンクション』や、ボブ・ラングレーの『北壁の死闘』といった山岳冒険小説を彷彿させる、決死のクライミングに興奮。己の肉体と精神の限界に挑むような笠原の行動を、応援したくなるのである。

さらに誘拐された萌子の、静かなる闘いも見逃せない。中学生でありながら、父親譲りの頭脳を駆使し、誘拐犯たちと渡り合う少女が、サスペンスを盛り上げるのだ。しかも彼女の行動が、痛快な結末へと繋がっていく。萌子のIQは分からぬが、笠原と同等かそれ以上なのではなかろうか。

ちなみにIQとは、インテリジェンス・クオリティ——知能指数のことである。煩雑になるので算出方法は書かないが、IQ70から130の間に、九五パーセントの人が収まるという。私も、小学生の頃にIQ検査をした記憶があるのだが、たしか110前後であった。まあ、平々凡々である。だから笠原や萌子がストーリーの端々で見せてくれる、厳しい局面を打開する知能の高さに、素直に感心してしまうのだ。

しかし、父娘の最大の武器はIQではない。娘の無事を願い、果敢に危地に向かう笠原。心の中で父に助けを求め、折れそうな心を支える萌子。互いを思いやる魂が、絶望的な状況を打ち砕いていく。冒険小説は、これでなくちゃいけない。壮絶なアクションだけでなく、主人公たちの熱き心が、物語をヒート・アップさせ、血を滾らせてくれるのである。

この他、ヒロインである有美子の揺れる心や、笠原と公安の田臥の交差、敵の放った殺し屋(これがまた個性的だ)との死闘、最後で美味しい場面をかっ攫っていく田臥の行動など、読みどころは満載。そして終盤で、笠原が持っているCDロムの中身と、一連の事件の真相が明らかになったとき、作者のメッセージが伝わってくる。物語の核心に迫るテーマなので詳細は省くが、現在の日本が抱える切実な問題を扱っているのだ。二〇一三年五月に刊行された「私立探偵・神山健介」シリーズの第五弾『漂泊者たち』と通底するテーマに、早くから社会問題を題材として取り上げていた作者の、真摯な創作姿勢を発見することができるだろう。そこも本書の注目ポイントになっているのだ。

出版不況が常態化した現在、単行本が文庫化されないという話をよく聞く。だが、柴田哲孝に関しては、心配無用だ。本書を含め、次々と単行本が文庫になっているではないか。この調子では、本棚の二段目が埋まるのも、さして遠いことではなかろう。そして、三段目に突入するのがいつになるか、今から楽しみにしているのである。

本作品は二〇一四年五月、小社より単行本として刊行されました。

この物語はフィクションです。実在の人物、団体などには一切関係ありません。

し-33-02

デッドエンド

2016年9月18日　第1刷発行
2018年10月23日　第5刷発行

【著者】
柴田哲孝
しばたてつたか

【発行者】
稲垣潔

【発行所】
株式会社双葉社
〒162-8540 東京都新宿区東五軒町3番28号
［電話］03-5261-4818(営業)　03-5261-4840(編集)
www.futabasha.co.jp
(双葉社の書籍・コミックが買えます)

【印刷所】
大日本印刷株式会社

【製本所】
大日本印刷株式会社

【CTP】
株式会社ビーワークス

【表紙・扉絵】南伸坊
【フォーマット・デザイン】日下潤一
【フォーマットデジタル印字】恒和プロセス

落丁・乱丁の場合は送料双葉社負担でお取り替えいたします。
「製作部」宛にお送りください。
ただし、古書店で購入したものについてはお取り替えできません。
［電話］03-5261-4822(製作部)

定価はカバーに表示してあります。

ISBN978-4-575-51923-5 C0193
Printed in Japan